陶庵梦忆

新校注

[明]张 岱 著
[清]王文诰 评
栾保群 校注

江苏凤凰文艺出版社
JIANGSU PHOENIX LITERATURE AND ART PUBLISHING, LTD

十竹齋臨

霜凇沆砀，天与云、与山、与水，上下一白。湖上影子，
惟长堤一痕，湖心亭一点，与余舟一芥，舟中人两三粒而已。
到亭上，有两人铺毡对坐，一童子烧酒，炉正沸。见余大惊喜，
曰：『湖中焉得更有此人！』

——《湖心亭看雪》

林帝浣 绘

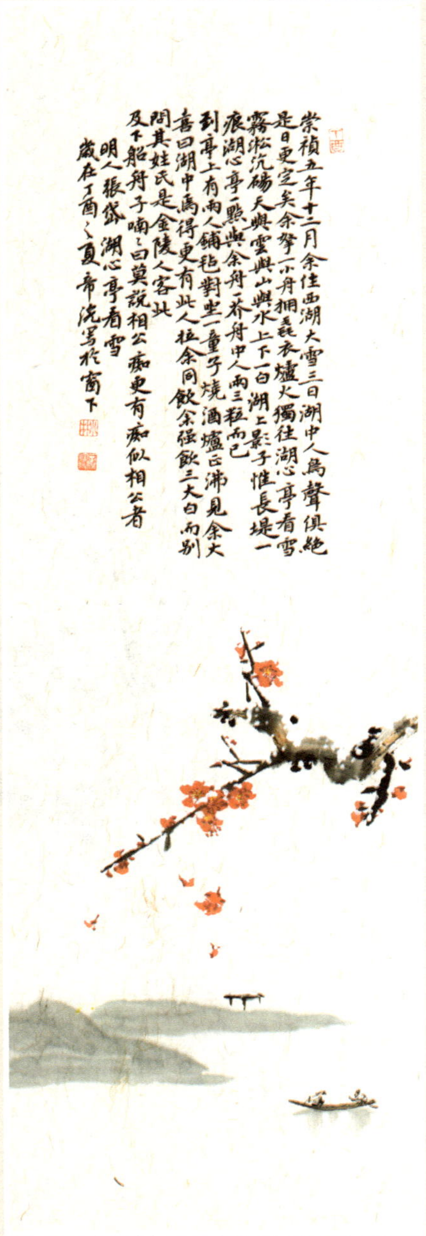

嘉兴人开口烟雨楼，天下笑之，然烟雨楼故自佳。楼襟对莺泽湖，涳涳蒙蒙，时带雨意，长芦高柳，能与湖为浅深。

——《烟雨楼》

林帝浣 绘

春时，四壁下皆山兰，槛前芍药半亩，多有异本。余解衣盘礴，寒暑未尝轻出。

——《不二斋》

林帝浣 绘

春以莺粟、虞美人为主，而山兰、素馨、决明佐之。春老，以芍药为主，而西番莲、土萱、紫兰、山矾佐之。夏以洛阳花、建兰为主，而蜀葵、乌斯菊、望江南、茉莉、杜若、珍珠兰佐之。秋以菊为主，而剪秋纱、秋葵、僧鞋菊、万寿、芙蓉、老少年、秋海棠、雁来黄、矮鸡冠佐之。冬以水仙为主，而长春佐之。

——《金乳生草花》

林帝浣 绘

食品不加盐醋而五味全者，为蚶，为河蟹。河蟹至十月与稻粱俱肥，壳如盘大，坟起，而紫螯巨如拳，小脚肉出，油油如螾蜓。掀其壳，膏腻堆积，如玉脂珀屑，团结不散，甘腴虽八珍不及。

——《蟹会》

林帝浣 绘

山阴则破塘笋、谢橘、独山菱、河蟹、三江屯蛏、白蛤、江鱼、鲥鱼、里河鲻。远则岁致之，近则月致之、日致之。

——《方物》

林帝浣 绘

戊寅九月至留都，抵岸，即访闵汶水于桃叶渡。日晡，汶水他出，迟其归，乃婆娑一老。方叙话，遽起曰：『杖忘某所。』又去。余曰：『今日岂可空去？』迟之又久，汶水返，更定矣。睨余曰：『客尚在耶？客在奚为者？』余曰：『慕汶老久，今日不畅饮汶老茶，决不去。』

——《闵老子茶》

林帝浣 绘

山人张东谷，酒徒也，每悒悒不自得。一日起谓家君曰：『尔兄弟奇矣！肉只是吃，不管好吃不好吃；酒只是不吃，不知会吃不会吃。』二语颇韵，有晋人风味。

——《张东谷好酒》

林帝浣 绘

月色苍凉，东方将白，客方散去。吾辈纵舟酣睡于十里荷花之中，香气扑人，清梦甚惬。

——《西湖七月半》

林帝浣 绘

天镜园浴凫堂，高槐深竹，樾暗千层。坐对兰荡，一泓漾之，水木明瑟，鱼鸟藻荇，类若乘空。余读书其中，扑面淋头，受用一绿，幽窗开卷，字俱碧鲜。

——《天镜园》

林帝浣 绘

自余读书山艇子，辄留小舟于池中，月夜，夜夜出。余设凉簟，卧舟中看月，小傒船头唱曲，醉梦相杂，声声渐远，月亦渐淡，嗒然睡去。

——《庞公池》

林帝浣 绘

棚以二竿竹搭过桥，中横一竹，挂雪灯一，灯毬六。大街以百计，小巷以十计。从巷口回视巷内，复叠堆垛，鲜妍飘洒，亦足动人。十字街搭木棚，挂大灯一，俗曰『呆灯』，画《四书》、《千家诗》故事，或写灯谜，环立猜射之。

——《绍兴灯景》

林帝浣 绘

陶菴張長公小像

校点说明

作为一本面向大众的古典文学注本，它的前言照例应该用百分之三十以上的篇幅介绍作者，百分之六十以上的篇幅介绍作品，其中思想性和艺术性三七分还是四六分均可，至于版本校勘一类的情况，我想三两行说完最好，超过五行就有些让人不好忍受了。但这一本我却不得不破例，因为作者和作品都为读者熟悉，即使变个法门，也不会有几个人爱看的。所以我想把篇幅让给别人谈得较少的内容，即此书的版本和校勘，希望尊贵的读者能耐着性子看上几行，也许会觉得有继续赏光的必要。

《陶庵梦忆》是近年最为热销的古籍之一，各种版本多到据说有四五十种。但遗憾的是，就我所见所知的这一部分（包括我自己做过的在内），它们直接或间接采用的底本都是一个，也就是最差的粤雅堂本。

其实《陶庵梦忆》的版本系统并不复杂。张岱《石匮书·艺文志》中所载《梦忆》二卷（此书本名《梦忆》，“陶庵”二字为乾隆时王文诰所加），应该是他的手订本，或即传说中的“凤嬉堂抄本”，但此本至今没有发现。现在为人熟知的只有两个系统的四种刻本：

一，《砚云甲编》一卷本。乾隆乙未（四十年，1775）据瓯山金忠淳藏本刻，题名《梦忆》，内无小题，仅四十三篇。（以下简称“砚云本”。）

二之一，乾隆甲寅（五十九年，1794）王文诰从王竹坡、姚春漪所得抄本刻成八卷本。始题书名为《陶庵梦忆》，共收一百二十三篇，每篇有小题，后有评语。（以下简称“乾隆本”。）

二之二，王见大本。乾隆甲寅版失，至道光壬午（二年，1822）王文诰又据甲寅本重刻为巾箱本，删去乾隆本“纯生氏”（即王文诰）评，因小序自署“王文诰见大”，故人称“王见大本”。（以下简称“道光本”。）

二之三，咸丰壬子（二年，1852）《粤雅堂丛书》八卷本。南海伍崇曜跋文称，此本亦据乾隆甲寅本重刻，删去“纯生氏”评及每卷所题“文诰编”字样。（以下简称“咸丰本”。）

先介绍一下八卷本系统三种刻本的情况：

据王文诰识语，“乾隆本”所据的底本并未分卷，是他自己“釐为八卷”的。至于八卷中各篇的位置顺序，王文诰只是略做了调整。第一卷开篇沿用了原本的《锺山》以示“尊君”，然后把《孔庙桧》和《孔林》下移到第二卷开篇以示“尊孔”，其余诸篇的前后顺序可以说和砚云本几乎一致，也就是说，乾隆本所用的稿本原来就是遵从着张岱“不次岁月”、“不分门类”所编，从而可以推想其稿本与张岱原本的一致性。但乾隆本中的各篇小题，则很可能非原稿所有。理由如下：据康熙刻本《西湖梦寻》，中有《包衙庄》篇，实即《梦忆》之《包涵所》；《小蓬莱》，即《梦忆》之《奔云石》；所附《西湖香市记》，即《梦忆》之《西湖香市》；附《岣嵝山房小记》，即《梦忆》之《岣嵝山房》；附《西湖七月半记》，即《梦忆》之《西湖七月半》；附《湖心亭小记》，即《梦忆》之《湖心亭观雪》；附《定香桥小记》，即《梦忆》之《不系园》。同一篇文章，《梦忆》的小题均与张岱在《梦寻》中所题有所不同，有的甚至根本不同，再加上“砚云本”也无小题，不妨可以揣测：此本之小题或为王文诰所加。王文诰做了这些工作之后，于每卷题上“文诰编”三字，也无不妥。

再看“道光本”。这个本子好像存世不多，周作人注意搜寻乡邦文献有年，可是直到上世纪四十年代才觅得一个不全本，其中七、八两卷还是抄补的。我托朋友在京沪及江浙各大图书馆都咨询过，结果很失望：砚云本、乾隆本和咸丰本都有馆藏，就是没有这个“王见大本”。我把最后的希望寄于北京国家图书馆，但在借阅书目中也是查无踪迹，真是出乎意料。好在上海古籍出版社有马兴荣先生点校的《陶庵梦忆》与《西湖梦寻》合订本，用道光本出校三条，其中第三条较为重要。《梦忆》最后一篇《嫏嬛福地》有“呜呼陶庵张长公之圹”，道光本则改为“有明陶庵张长公之圹”，也就是说，乾隆时为避祸删去的“有明”二字，在道光时得到了恢复。除此之外，道光本主要是对乾隆本的错字做了些纠正。可以说，道光本就是乾隆本的刊正本，同出一人之手，气脉相承。

但“咸丰本”就不同了，虽然它也是据乾隆本重刻，但出于别人之手，不但心中没什么底数，动起手来更是无所顾惜。它倒也纠正了一些乾隆本的错字，但猛浪无知的删改更多。聊举数例：《齐景公墓花樽》一篇，乾隆本的“乾阳刘太公”，不知为什么被咸丰本改为“乾刘阳太公”，害人胡猜；另如《奔云石》中把黄汝亨书室“寓林”改作“武林”，自作聪明；《柳敬亭说书》乾隆本作“不辄言”，咸丰本改作“辄不言”，“不辄言”与“辄不言”语有轻重，改后柳麻子大不近人情；《砎园》“则閟而安，则水之”，删去“水之”

二字，使一组四个排比句到最后竟不成语；《葑门荷荡》“鼓吹之胜以杂”，改“杂”为“集”，《冰山记》“噤龈”改为“噤断”，让人不知所云；《兖州阅武》之“蹦骗翻腾”改“骗”为“骑”，全不懂“骗马”之意。最不可思议者，《松化石》一篇竟改为不知为何物的“松花石”。咸丰本对乾隆本错字的纠正，多属字形之误，如“女宫”改“女官”，“周墨浓”改“周墨农”，以及“地嶽”改“地狱”之类，即便不改，读者也能看出，后来的校者也会改动，但胡乱删改的那些就只能误导读者，让人入迷途而难返。所以我认为咸丰本小功难抵大过，是诸本中最差的一个版本。不幸的是，就我所见过的《陶庵梦忆》诸本（包括俞平伯和台静农的标点本），不管它们是从哪里辗转而来，溯其原始，“底本”都是这个最差的咸丰本。（近日偶见有自称以乾隆本为底本者，可惜只是在咸丰本上做了一些改动，只能说是局部性参校。）

下面再谈一卷的“砚云本”。乾隆本篇目虽然是砚云本的三倍，但却比砚云本少了四篇和《锺山》一篇的最末一节（这些都应是为避祸故意删掉的）。我见到的最早把这“四篇一节”合入八卷本的，是上海古籍出版社出版的夏咸淳、程维荣二先生校注的《陶庵梦忆》。我整理《梦忆》时采用的就是此本的文字，而且我能断定，眼下所有收入这四篇一节的《梦忆》版本，大抵和我一样是直接或间接抄录此本的。因为此本文字有一处笔误，就是《锺山》最末一节的“孝陵玉石二百八十二年”一句，这“玉石”二字在砚云本中本来是“玉食”。但这一处笔误，结果成了夏程本的标志性特征，可以说，坊间凡是作“玉石”的版本，都是抄录夏程本，而我还没发现有一种是不作“玉石”的。

但“砚云本”的价值并不止于多此四篇一节，还在于它的文字与乾隆本多有异同，而可喜的是，相比之下，砚云本往往明显胜出。所以虽然它仅有四十三篇，但它是四种版本中错误最少的，也是文字最接近张岱原作的。同样令人遗憾的是，到现在为止，用乾隆本作参校本的或有，用砚云本作参校的却没见过（仅马兴荣本用砚云本纠正了《孔庙桧》的一处年号）。

说到这里必须强调一下，我丝毫没有任何指责的意思。我年轻时读的俞平伯本，上世纪八十年代初买到的影印《美化文学集刊》本和马兴荣本，都是我的阅读老师，它们的底本都是“咸丰本”，但并不影响那个时代对读书界的积极影响。我深表遗憾的只是事经三十多年，花样翻新了几十种，用的底本竟然还是这个最差的“咸丰本”！《陶庵梦忆》是本神奇的书，好像怎么印怎么注都会有人买，甚至注成“天方夜谭”也能荣膺大名家的好评。既然如此，谁还要管它什么版本呢？

至于我自己，对《陶庵梦忆》的版本完全是个门外汉，只是在八年前才略有接触，摸索到还有个比通行本更好的“乾隆本”，并且因题页有“见大”白文印而误以为就是“王见大本”。三年后在年轻朋友侯体健先生的帮助下才见到“砚云本”，而且至今还与“道光本”无一面之缘。以这样的浅陋，也没什么资格来谈版本，所想做的，只是希望为大家喜爱的《陶庵梦忆》能少一些错字，让人读得更明白些，所以不得不强扯了那么一堆话，以求读者的理解。

于是根据掌握的版本情况，便以乾隆本为底本，用砚云本和咸丰本参校。《西湖梦寻》中有六篇采自《梦忆》，因此书曾经由张岱的几位朋友评校，且成书较晚，虽间有因避讳的改动和误字，但也有参校价值。除此之外，张岱本人的其他著作如《嫏嬛文集》、《石匮书》以及别人著作可校正本书的，也尽量采用。所见异同，在有把握的前提下择善而从，与现有的通行本相比，总计改易增删一百余字。且又难免“妄测”故习，对一些可疑字句虽然缺少佐证，却不肯藏拙而忍不住说出鄙见，如卷七《山艇子》中“不敢以竹二之”，疑为“不敢以竹竹之”，等等。但“妄改”则是不敢的，所以只在注释中说明，供读者参考，如此之类又有若干处。至于各个版本以及所引诸书的异同，除了一见即知的形近之误外，都在校记中列举无遗，博雅君子自可决定去取。

此外要说明的是，王文诰在三十年间两次刻印《陶庵梦忆》，分卷，加题，校订，可谓是张岱的功臣。他为《梦忆》诸篇后面所加的评语，虽然多是自说自话，但总不比现在人所做的更差。所以为了感念这位张岱的知音和功臣，这次保留了“纯生氏”的评语，我想大多数读者是会理解的，何况王文诰还是苏诗名刻《苏文忠公诗编注集成》的辑注者呢！

下面再简单谈一下注释。本书的注脚密度大一些，但绝不把“百度”搬家，也不对难点“装瞎”，努力的目标是让读者从这里找到别的注本中没有的解释。对别家注释有所采用和借鉴，必标其名，不敢厚颜掠美。但有的解释，我也未必苟同，出现较大差异也是可能的，如卷七《松化石》之“潇江”应是“清江”之误，卷八《过剑门》与“剑门关”毫无关系，诸如此类，很有一些。至于表示认同或斥为胡说，都由诸君自便，我是春雨秋霜，莫非菩提，只要赐下的批评我能领悟，下次有机会一定改正。在注释过程中，颇受王培军先生教益，是不可不提的。

《梦忆》除了那几篇骈体文之外，很少用典故，对于中等文化的读者，如果不求甚解的话，有没有注释也差不了太多。但如果认起真来，那种风俗散文也最让人头疼，就是读书多而且是绍兴人的周作人，也未必全能解释清楚，何况我辈。我在前一个注本中，凡涉及到地方山川方物的多有失误，比如《栖霞》的“摄山”，本来我是曾经爬过的，但却不知道这是山名，乱说了一通。多蒙南京的朋友武健先生指正，这次总能有机会改过，并顺便请他把与南京、扬州、镇江相关的诸篇一一订正。

另一位年轻的老朋友严晓星先生，杂览得无边际，只要看到谈《梦忆》和张岱的文章，就发给我。结果让我发现近年绍兴本地学者不仅从文献上研究张岱，更利用本地优势从乡土地理上考察张岱，从而使张岱及其作品立体化，所见虽然只是零星短文，其中却多真知灼见，非外乡人所能想到。所以最近听说有绍兴娄如松先生的《陶庵梦忆注笺校》出版，立刻买了下来。作者对《梦忆》中涉及的地名、景点乃至一木一石都亲自踏勘寻觅，实在让人感动和羡慕。此书的乡土特色和成果，对于解读《梦忆》有无可替代的功用，让我恍若置身其境，似乎回到三十多年前在秋雨中探访的卧龙山。这次注释《梦忆》，对这些绍兴学者的成果多有借鉴，这是不可不特别表示感谢的。

至于对《梦忆》和它的作者的介绍，张岱本人所写的《自序》和《自为墓志铭》已经足够了。如果硬要我说两句感想，那么对张岱其人，即便说他是“浊世佳公子，乱世大丈夫”也不算过分。至于《梦忆》，对张岱来说自然是寄托着故国之情的，但对我们就难免隔膜。正如读张岱认为绘于南渡之后的《清明上河图》，有谁能从中体味出张择端的故国之情呢？所以也没必要向这方面特意拔高《梦忆》，好像多谈几句《梦忆》的性灵、文采便辱没了它的“民族大义”。我还是老看法，《梦忆》中半数以上的文章是鼎革之前的旧作，有些只是在首尾略作了点染，便好像是忆旧之作了，但当时当境的特有情感是无法抹掉而张岱本人也不愿意抹掉的。《梦忆》现存一百二十七篇，时间跨度大，文章风格变化也大。周作人说，如果自己能写出其中的一两篇，就很满足了，这话虽然夸张，但也可见其艺术水平之高。这些凝聚了张岱半生心血的文章，怎么可能于颠簸流离、瓶粟屡罄的困境中，不到一年的时间就井喷似地纷呈于世呢？张岱所说的“饥饿之余，好弄笔墨”，“遥思往事，忆即书之”这几句话可信而不可过信。他自己呕心沥血写出的文章，不会为迁就时间而随意更动，只要细心品读，诸篇的写作时代不难辨清。举个最简单易明的例子，弘光时阮大铖为马士英谋主，兴党祸，乱朝政，投降清兵，为敌先导，赵之龙则是城尚未破，先到户部查钱粮，封府库，然后上表迎降，以奉敌酋。在亲历这些变故之后，张岱如果还能写出《阮圆海戏》和《牛首山打猎》，岂不是太昏了？《梦忆》诸篇写作时间的判定，直接影响到张岱人格和作品的价值判断，绝非细事。但这只是我的一点儿拙见，与已经被评论家塑造好的张岱形象和《梦忆》主题颇多抵触，想来不会那么容易被接受的。

目录上标注了砚云本各篇的顺序，书末附上《〈陶庵梦忆〉诸篇事迹编年》，供有兴趣的朋友参考。至于标点、校勘和注释中的错误，亟望读者诸公多加指正，至盼至盼。

栾保群

2018 年 7 月 28 日

目录

【卷三】

【卷四】

【卷五】

【卷六】

补遗

附录

注：小题后面圆圈中的数字，是砚云本诸篇的顺序。砚云本是没有小题的。

丹書
十竹齋

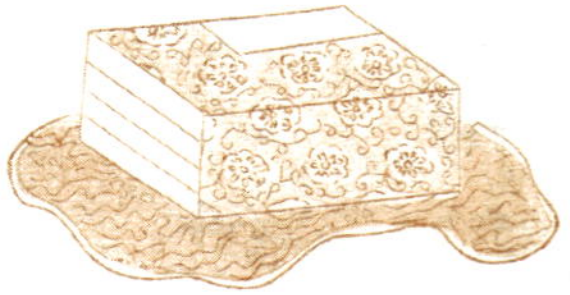

自序

陶庵国破家亡，无所归止，披发入山，骇骇[①]为野人。故旧见之，如毒药猛兽，愕窒[②]不敢与接。作《自挽诗》，每欲引决。[③]因《石匮书》其未成，尚视息人世。[④]然瓶粟屡罄，不能举火，始知首阳二老直头饿死，“不食周粟”，还是后人妆点语也。[⑤]

饥饿之余，好弄笔墨，因思昔人生长王、谢，[⑥]颇事豪华，今日罹此果报：以笠报颅，以蒉报踵，仇簪履也；[⑦]以衲报裘，以苎报絺，仇轻暖也；[⑧]以藿报肉，以粝报粻，仇甘旨也；[⑨]以荐报床，[⑩]以石报枕，仇温柔也；以绳报枢，以瓮报牖，仇爽垲也；[⑪]以烟报目，以粪报鼻，仇香艳也；以途报足，以囊报肩，仇舆从也。[⑫]种种罪案，从种种果报中见之。

鸡鸣枕上，夜气方回，因想余生平，繁华靡丽，过眼皆空，五十年来，总成一梦。今当黍熟黄粱，[⑬]车旅蚁穴，[⑭]当作如何消受？遥思往事，忆即书之，持向佛前，一一忏悔。不次岁月，异年谱也；不分门类，别《志林》也。[⑮]偶拈一则，如游旧径，如见故人，城郭人民，翻用自喜，真所谓痴人前不得说梦矣。[⑯]

昔有西陵脚夫[17]为人担酒，失足，破其瓮，念无所偿，痴坐伫想曰："得是梦便好！"一寒士乡试中式，方赴鹿鸣宴，[18]恍然犹意非真，自啮其臂曰："莫是梦否？"一梦耳，惟恐其非梦，又惟恐其是梦，其为痴人则一也。余今大梦将寤，犹事雕虫，[19]又是一番梦呓。因叹慧业文人，名心难化，[20]正如邯郸梦断，漏尽钟鸣，卢生遗表，犹思摹拓二王，以流传后世，[21]则其名根一点，坚固如佛家舍利，[22]劫火猛烈，犹烧之不失也。

①骇骇：惊惧貌。骇，原书作"駴"，即"骇"字异体。本书全改正体，后不再说明。

②愕窒：愕然而僵，不相通语。

③《自挽诗》：陶渊明属纩之际，自作《拟挽歌辞》三篇。张岱《张子诗秕》存《和挽歌辞》三首，其一云："张子自觅死，不受人鬼促。义不帝强秦，微功何足录。出走已无家，安得貍首木。行道或能悲，亲旧敢抚哭。我死备千辛，世界全不觉。千秋万岁后，岂遂无荣辱。但恨《石匮书》，此身修不足。" 引决：自尽。

④《石匮书》：张岱所著有明一代史籍，自洪武至天启，二百二十卷，现存二百一十八卷。又述崇祯一朝为《后集》六十三卷，现存五十五卷。

视息人世：司马迁《报任安书》："所以隐忍苟活，函粪土之中而不辞者，恨私心有所不尽，鄙没世而文采不表于后也。"又自言所著《史记》"草创未就，适会此祸，惜其不成，是以就极刑而无愠色。仆诚已著此书，藏之名山，传之其人通邑大都，则仆偿前辱之责，虽万被戮，岂有悔哉。"

⑤直头饿死：只是没有粮食吃而直截饿死，无须别的缘由。《史记·伯夷叔齐列传》：伯夷、叔齐，孤竹君之二子也，互让其国而出逃。值武王东伐纣，伯夷、叔齐叩马而谏。武王既灭殷，而伯夷、叔齐耻之，

义不食周粟，隐于首阳山，采薇而食，遂饿死。张岱言“不食周粟”为司马迁妆点语，意谓本无粟可食，总归要饿死，所以为义而死只是后人妆点的好话也。

⑥王、谢：东晋时王导、谢安并为贤相，出处关系着东晋国运。二家簪缨相继，人材众多，且世系较长久，为众豪族中最有名者，故一般以“王谢”作为豪门的代称。

⑦蒉：草鞋。以下俱为“以……报……仇……”句式。诸“报”字，皆“报应”之意，用在文章中，自有其感情色彩。但在对文句的理解上，就不能太拘泥。比如此句，用白话来说，就是：现在头上只能戴竹笠，脚上只能穿草鞋了，这就是对过去头戴冠冕的报复。

⑧衲为布袍，裘为皮衣。苎为粗麻，絺（chī）为细葛。

⑨藿，野菜。粝为粗米，粻为精米。

⑩荐，草席。

⑪以绳为门枢，以瓮片为窗牖，极言室陋。爽垲，高爽干燥的房屋。

⑫路要自己用脚走，行李要自己用肩扛，这就是对过去出门就是车马仆从的报应。

⑬黍熟黄粱：唐陈翰《异闻集》：开元间，道者吕翁，经邯郸道上邸舍中，遇邑中少年卢生。卢生发叹：“大丈夫应取功名方能适意。”言讫，目昏思寐，是时主人蒸黄粱为馔，翁乃探囊中枕以授之。生俯首枕之，梦中娶清河崔氏女，举进士，登甲科，历官至宰相，荣华富贵，崇盛赫奕，一时无比。末节颇奢荡，好逸乐，后庭声色皆第一。前后赐良田甲第，佳人名马，不可胜数。后年渐老，屡乞骸骨，不许，及病，上遗表于帝，其夕遂卒。于是卢生欠伸而寤，见方卧于邸中，主人蒸黄粱尚未熟。

⑭车旅蚁穴：《异闻录》：淳于棼，家住广陵，所居宅南有大古槐一株。淳因沉醉，昏然若梦。见二使者，云：“槐安国王奉邀。”生不觉随二使上车出户，驱入穴中，山川风候，与人世甚殊。又入大城，题曰“大槐安国”。国王招生为金枝公主驸马，荣耀日盛，次于王者。王又任生

为南柯太守，守郡二十载。后公主薨，生罢郡还国。王疑惮之，命其回乡，使人送之。俄出一穴，见本里闾巷，不改往日。下车，入门升阶，己身卧于堂东庑之下。生遂醒，斜日方西，梦中倏忽，若度一世。生寻槐下穴，上有积土，为城郭台殿之状，有蚁数斛，隐聚其中，即槐安国都也。又穷一穴，直上南枝可四丈，即生所领南柯郡也。

⑮《志林》：苏轼有《志林》，或称《东坡志林》，传本较多，其中有的版本是按门类而编者。

⑯痴人前不得说梦：宋僧惠洪《冷斋夜话》卷九有“痴人说梦梦中说梦”条：“僧伽（即后世所说的泗州大圣）于龙朔中游江淮间，其迹甚异。有问之曰：‘汝何姓？’答曰：‘姓何。’又问：‘何国人？’答曰：‘何国人。’唐李邕作碑，不晓其言，乃书传曰：‘大师姓何，何国人。’此正所谓对痴人说梦耳，李邕遂以梦为真，真痴绝也。”痴人说梦，本为成语，谓痴人以梦话为真也。今颠倒用之，则以前朝旧事为梦，而自嘲为痴人。

⑰西陵脚夫：西陵，镇名，在杭州钱塘江之西，属萧山境，苏小小墓在焉。又称西兴，因为水陆码头，脚夫多集中于此，又称“西兴脚子”。

⑱鹿鸣宴：乡试放榜次日，官府召请帘内外考官及新科举人宴会，宴中歌《诗经》中的《鹿鸣》，故称鹿鸣宴。

⑲雕虫：扬雄以文章词赋为“雕虫篆刻，壮夫不为”。

⑳慧业：佛教语，此即指天生聪明敏慧。　名心：好传名于世之心。王士禛《分甘余话》：“古人著述诗文，一生心力所寄，必有所托，以思传于后世。如白乐天写集三本，一付庐山东林寺，一付苏州南禅，一付龙门香山寺。……岂名心亦未尽忘耶？”可作此语注脚。

㉑卢生于黄粱梦中官至极品，年老病笃，遂上遗表而卒。而“犹思摹拓二王”，则是张岱发挥以自嘲。二王，羲之、献之父子，并以书名世。已经要死了，所上遗表还要讲究书法，可见“名心难化”。张岱这一发挥是借用汤显祖《邯郸梦》第二十九折情节，原剧大略为：卢生道：“叫大儿子将文房四宝，扫席焚香，待我写下遗表，谢了朝廷，便死瞑目矣。”

其妻道："公相不烦自写。"卢生道："你不知，俺的字是锺繇法帖，皇上最所爱重。俺写下一通，也留与大唐家作镇世之宝。"

㉒名根：好虚名的业根。　舍利：舍利子，佛教徒遗体火化后留下的坚硬珠状物。

扇枕
十竹齋

十竹斋珍藏

卷一

塔影入雲藏

锺山

锺山[1]上有云气，浮浮冉冉，红紫间之，人言王气，龙蜕[2]藏焉。

高皇帝[3]与刘诚意、徐中山、汤东瓯[4]定寝穴，[5]各志其处，藏袖中，三人合，穴遂定。门左有孙权墓，请徙，太祖曰："孙权亦是好汉子，留他守门。"及开藏，下为梁志公和尚塔，[6]真身不坏，指爪绕身数匝。军士輂[7]之不起，太祖亲礼之，许以金棺银椁，庄田三百六十奉香火，[8]舁灵谷寺塔之。[9]今寺僧数千人，日食一庄田焉。陵寝定，闭外羡，[10]人不及知，所见者门三，飨殿一，寝殿一，[11]后山苍莽而已。

壬午[12]七月，朱兆宣簿太常。[13]中元祭期，[14]岱观之。飨殿深穆，暖阁[15]去殿三尺，黄龙幔幔之。列二交椅，[16]褥以黄锦，孔雀翎织正面龙，[17]甚华重。席地以毡，走其上，必去舄轻趾。[18]稍咳，内侍辄叱曰："莫惊驾！"近阁下一座稍前，为硕妃，是成祖生母。[19]成祖生，孝慈皇后衽为己子，事甚秘。[20]再下，东西列四十六席，[21]或坐或否。

祭品极简陋。朱红木簋、木壶、木酒樽，甚粗朴。簋中肉止三片，粉一铗，黍数粒，东瓜汤一瓯而已。[22]暖阁上一几，陈小铜炉一、小箸瓶二、杯棬二；[23]下一大几，陈太牢一、少牢一而已。[24]他祭或不同，岱所见如是。先祭一日，太常官属开牺牲所中门，导以鼓乐旗帜，牛羊自出，[25]龙袱盖之。至宰割所，以四索缚牛蹄。太常官属至，牛正面立，太常官属朝牲揖，揖未起，而牛头已入燖[26]所。燖已，舁至飨殿。次日五鼓，魏国[27]至，主祀，太常官属不随班，侍立飨殿上。祀毕，牛羊已臭腐不堪闻矣。平常日进二膳，亦魏国陪祀，日必至之。[28]

戊寅，岱寓鹫峰寺。[29]有言孝陵上黑气一股，冲入牛斗，[30]百有余日矣。岱夜起视，见之。自是流贼猖獗，处处告警。壬午，朱成国与王应华奉敕修陵，[31]木枯三百年者尽出为薪，发根，隧其下数丈，[32]识者为伤地脉，泄王气。今果有甲申之变，[33]则寸斩应华亦不足赎也。[34]孝陵玉食[35]二百八十二年，今岁清明乃遂不得一盂麦饭，[36]思之猿咽。[37]

纯生氏曰：《梦忆》首叙锺山，亦犹《禹贡》之首叙冀州也。

①锺山：位于南京东北。又有金陵山、蒋山等名，有“龙蟠虎踞”之称。明孝陵在山南麓偏西。

②龙蜕：龙的遗骸，此指明太祖朱元璋的遗骨。

③高皇帝：朱元璋死后庙号太祖，谥高皇帝。砚云本作“明太祖”，应是妄改。

④刘诚意：刘基，字伯温。处州青田人。通经史，善诗文，晓天文

术数，精兵法。辅佐朱元璋实现帝业，以功封诚意伯。后人比为诸葛武侯。朱元璋称之为“吾之子房（张良）”。　徐中山：徐达，字天德，濠州锺离人，世业农。少有大志，长身高颧，刚毅武勇。年二十二，往从朱元璋，一见语合。元璋称吴王，以达为左相国。即帝位，以达为右丞相。灭元，大封功臣，授达开国辅运推诚宣力武臣，中书右丞相参军国事，封魏国公。卒，追封中山王，赠三世王爵。配享太庙，肖像功臣庙，位皆第一。　汤东瓯：汤和，字鼎臣，濠人，与朱元璋同乡里。身长七尺，倜傥多计略。郭子兴初起，和帅壮士十余人归之，以功授千户。从元璋攻大洪山，克滁州，授管军总管。元璋称帝，授开国辅运推诚宣力武臣、荣禄大夫、柱国，封中山侯。卒后追封东瓯王。

⑤寝穴：墓穴。

⑥梁志公和尚：即宝志和尚，南朝时人。少出家道林寺，修习禅业。至宋、齐间，举止怪异，长发徒跣，言如谶记，多有应验。江东士庶皆共事之。至梁天监十四年无疾而终，梁武帝为宝志禅师建塔于独龙阜玩珠峰前。塔，此指志公葬处，非舍利塔之类也。

⑦葦（jú）：马驾的大车。此处或作“举”意，谓把棺柩从墓穴中提起。

⑧以三百六十庄田的收入为其香火钱。庄田，此指皇帝直接拥有的“皇庄”之类。

⑨灵谷寺：初建于梁武帝天监年间，本在锺山南麓独龙阜（即今明孝陵），有志公塔，内存宝志和尚遗骨。初名开善精舍，唐称宝公院。明初改名蒋山寺。洪武十四年，朱元璋为建孝陵，迁蒋山寺及志公塔于今址（中山陵之东）。“灵谷寺”名即由朱元璋亲定。后毁于兵火，今仅存无梁殿。　塔之：埋葬后在上面建以佛塔。

⑩羡（yán）：通“埏”，墓道。外羡即露出地面部分的墓道。

⑪飨殿，即享殿，祭享之殿。寝殿，皇陵的正殿。

⑫壬午：崇祯十五年（1642）。

⑬朱兆宣簿太常：朱兆宣，朱燮元第四子（燮元见卷三《白洋潮》注）。太常，九卿之一，掌祭祀礼乐。簿，太常卿下设典簿之官，此处

做动词，意谓朱兆宣担任太常典簿。张岱家族与山阴朱氏辗转有姻亲关系（朱燮元女嫁祁世培，祁世培与张岱堂弟张燕客为两姨表亲）且与朱兆宣有交，故能借机参观中元祭陵之礼。“簿”，乾隆本误作“薄”，据咸丰本改。

⑭中元祭期：七月十五日中元节，朝廷、官府及民间均于是日祭祀祖先，并施食饿鬼。

⑮暖阁：形如小屋，为受祭神灵所止之处。

⑯二交椅：为朱元璋及皇后马氏灵座。

⑰正面龙：即“团龙”图案，龙首居中，龙面正向，龙身团绕四周。

⑱舄：此处为鞋的通称。 轻趾：轻步。

⑲张岱《石匮书·皇后纪》：“闻之秘传，高后五子，皆娠诸宫人，而后竟不诞。懿文母李淑妃，成祖母硕妃。传之太常祀典及孝陵位次，确确不爽。”据说硕妃为高丽人。

⑳孝慈皇后：即明太祖马皇后，洪武十五年崩，谥孝慈皇后。 衽：衣襟，此为抱养义，砚云本、乾隆本俱同。咸丰本改作“妊”，则为孕育义，不当。 事甚秘：明成祖朱棣一直称自己生母为马皇后，以示为高皇嫡子。

㉑此四十六席当是明太祖妃嫔，因其贵贱而或坐或否。

㉒铗：箸，筷子。 东瓜，即冬瓜。此祭品之简陋，或由太祖时已定，非后世草率也。

㉓陈：陈设。 “小铜炉”，乾隆、咸丰本无“小”字，据砚云本补。 箸瓶：插箸匙所用。 杯棬：木制杯盂。

㉔“下一大儿”，咸丰本同，砚云本作“下大儿一”。 太牢一、少牢一：古祭祀以羊一、牛一、豕一为太牢，或亦专指牛为太牢，以羊为少牢。此处太牢专指牛。

㉕牺牲所：临时畜养祭牲之处。 “自出”，砚云本无“自”字。

㉖焊：水煮去毛。

㉗魏国：魏国公，徐达后裔。徐达本封为魏国公，中山王系追封，

且仅赐王爵三世。自弘治时起，魏国公历世多协守南京。此时魏国公为徐弘基。

㉘“陪”，乾隆本误作“倍”，从砚云本改。“日必至之”，咸丰本作“日必至云”，误。

㉙戊寅：崇祯十一年（1638）。　鹫峰寺：位于南京白鹭洲，距夫子庙不远。始建于梁武帝天监间，明天顺间重修。

㉚牛斗：牛、斗均为二十八宿之一，其分野在吴、越。黑气冲牛斗，则吴越一带有祸患，而南京正在分野中。

㉛壬午为崇祯十五年。　朱成国：明成祖“靖难”功臣朱能封成国公，此为其后嗣，即成国公朱纯臣。　奉敕修陵：《春明梦余录》卷七〇有《察勘皇陵纪》一则，记崇祯十四年，明思宗遣成国公等三人特往南京孝陵，会同奉祀及守备神宫监、礼部礼科，察勘附陵三十里及龙脉经行处，并左右砂水，俱不许开石烧灰及栽补树木等事。原礼部郎中，现任浙江提学副使王应华随行踏勘。

㉜发根：掘出树根。　隧：掘地道，此指为掘树根而挖地成沟隧。

㉝甲申之变：崇祯十七年，李自成破京城，明思宗自杀，明亡。

㉞寸斩应华亦不足赎也：明亡后，王应华与原大学士苏观生等拥立唐王朱聿鐭称号于广州。及败，应华降清。

㉟玉食：精美的食物。

㊱麦饭：煮麦粒为饭，此处用以比喻简陋粗糙的食物。

㊲猿咽：如哀猿之呜咽。　按，自“戊寅岱寓鹫峰寺”至此共一百二十三字，为乾隆本及咸丰本所无，今据砚云本补。

报恩塔

中国之大古董，永乐[1]之大窑器[2]，则报恩塔[3]是也。报恩塔成于永乐初年，非成祖开国之精神，开国之物力，开国之功令[4]，其胆智才略足以吞吐此塔者，不能成焉。塔上下金刚、佛像千百亿金身。一金身，琉璃砖十数块凑砌成之，其衣折不爽分，其面目不爽毫，其须眉不爽忽，[5]斗笋[6]合缝，信属鬼工。

闻烧成时具三塔相，[7]成其一，埋其二，编号识之。今塔上损砖一块，以字号报工部，发一砖补之，如生成焉。夜必灯，岁费油若干斛。天日高霁，霏霏霭霭[8]，摇摇曳曳，有光怪出其上，如香烟缭绕，半日方散。[9]永乐时，海外夷蛮重译[10]至者百有余国，见报恩塔，必顶礼赞叹而去，谓四大部洲[11]所无也。

纯生氏曰：昔有西域僧言，此塔为天下第一。或云塔能出火，光焰薄天，亦时于塔门中隐现小塔，金镫璎珞，垂工不绝，亦云奇矣。独怪高帝初欲沙汰佛氏，后乃选天下高僧为诸王子辅，卒之燕飞帝座，月落江湖，高僧则兵法娴于佛法，杀人到处盈城，王子则霸图埒于浮图，孝思以为不匮，虽曰天意，何其谬哉！查夏重诗有云："法转风轮翅，光摇火树镫。地维标宝刹，天阙界金绳。（道尽傪心梵教。）比戈残骨肉，国事异中兴。此举无名极，当时负愧曾。"⑫直是诗中之史矣。

①永乐：明成祖朱棣年号。

②窑器：指窑烧的陶瓷器物。此塔为琉璃砖瓦叠砌而成，故云。

③报恩塔：即大报恩寺之琉璃塔，遗址在今南京中华门外。据说此寺最早兴于东晋时高僧康会，梁武帝重建，即有名的长干寺。北宋改名为天禧寺。明初朱元璋重建。朱棣即位，改名报恩寺并建此塔，标榜自己为高帝正统，以饰篡攘之丑。

④功令：法规，制度。

⑤古代计量，度起于"忽"，蚕吐丝为一忽。十忽为一丝，十丝为一毫，十毫为一厘，十厘为一分。"忽"，砚云本误作"勿"。

⑥"笋"即"榫"。斗笋即连接拼合榫头。

⑦具：备办。三塔相，指三份造此塔的琉璃砖料。

⑧霏霏霭霭：形容光彩纷然密集如光雪祥云。

⑨清宫梦仁《读书纪数略》卷十二记金陵四十景，有"报恩塔光"。金眉生《水窗春呓》记云：金陵城南报恩寺浮图，高数十丈，巨丽甲海内。每燃塔灯，远望如火焰山，真奇境也。粤匪（此指太平军）以地雷轰之，遂仆。相传永乐兴造，先后十九年，其下砖石，数倍于地上之塔。

⑩重译：相隔遥远，语言不通，须由中间国家辗转翻译。

⑪四大部洲：依佛家说，世界中心为须弥山，山之四周有北俱卢洲、

南赡部洲、东胜身洲、西牛货洲共四大部洲。此以四大部洲代指整个世界。

⑫此查慎行（字夏重）《登金陵报恩寺塔二十四韵》诗之节录，“天阙界金绳”下略“碧落开千里，丹梯转百层”等三十字，下接“比戈残骨肉”一句，又略二十字，方接“国事异中兴”。由此知“道尽侈心梵教”六字为纯生氏或某氏所插之评语，非诗句也。

天台牡丹

天台多牡丹，大如拱把，[1]其常也。某村中有鹅黄牡丹，一株三干，其大如小斗，植五圣[2]祠前。枝叶离披，[3]错出檐甃之上，三间满焉。花时数十朵，鹅子、黄鹂、松花、蒸栗，[4]萼楼穰吐，[5]淋漓簇沓。土人于其外搭棚演戏四五台，婆娑乐神。[6]有侵花至漂发[7]者，立致奇祟。土人戒勿犯，故花得蔽芾[8]而寿。

纯生氏曰：黄牡丹出姚氏者岁数朵，不闻树大。马嵬驿牡丹高与楼等，铜陵县民家有可系马者，皆不以黄著名。若五圣祠所植，迨古今之冠欤？唐人诗云："晓艳远分金掌露，暮香深惹玉堂风。"自然富贵风韵，堪以品题姚花，而姚氏不称玉堂之目。陶庵记此花不减林下风味，语虽幸之，而意实惜之，与赋影园者有间矣。

①天台：今浙江天台县，以境内名胜天台山而名。崇祯十一年，张岱同秦一生游宁波、普陀、天童寺，又至鄞县游阿育王寺，有可能此时到过天台一带。据天台小友徐永强介绍：除国清寺方丈楼百年牡丹外，天台城里桥上村原陈氏老宅中也还有老牡丹在，听邻居介绍，原树桩比手臂还粗，树干挂到墙外。　拱把：两手合围状。

②五圣：即五通神或五显神，江南民间多供奉之，盖亦财神之一种也。

③离披：枝叶繁盛状。

④鹅子、黄鹂、松花、蒸栗：以上所举为四种不同深浅浓淡的黄色。鹅子即雏鹅。

⑤萼楼穰吐：花萼层叠成楼，花穰浓腴外吐。

⑥婆娑乐神：婆娑歌舞以娱享“五圣”之神。

⑦漂发：毫发。

⑧蔽芾：语出《诗·召南·甘棠》：“蔽芾甘棠，勿翦勿伐。”言牡丹因不受人侵伐而枝叶茂盛。

金乳生草花

金乳生喜莳草花。①住宅前有空地，小河界之。乳生濒河构小轩三间，纵其趾于北，②不方而长，设竹篱经其左。北临街筑土墙，墙内砌花栏护其趾。再前，又砌石花栏，长丈余而稍狭。栏前以螺山石③累山披④数折，有画意。草木百余本，错杂莳之，浓淡疏密，俱有情致。

春以莺粟、虞美人为主，而山兰、素馨、决明⑤佐之。春老⑥，以芍药为主，而西番莲、土萱、紫兰、山矾⑦佐之。夏以洛阳花、建兰⑧为主，而蜀葵、乌斯菊、望江南、茉莉、杜若、珍珠兰⑨佐之。秋以菊为主，而剪秋纱、秋葵、僧鞋菊、万寿、芙蓉、老少年、秋海棠、雁来黄⑩、矮鸡冠佐之。冬以水仙为主，而长春⑪佐之。其木本如紫白丁香、绿萼、玉碟、蜡梅、西府、滇茶、日丹⑫、白梨花，种之墙头屋角，以遮烈日。

乳生弱质多病，早起，不盥不栉，蒲伏阶下，捕菊虎，芟地蚕，花根叶底，虽千百本，一日必一周之。瘠头者火蚁，[13]瘠枝者黑蚰，[14]伤根者蚯蚓、蜒蝣，[15]贼叶者象干、毛猬。[16]火蚁，以鲞骨、鳖甲置旁，引出弃之；黑蚰，以麻裹箸头捋出之；蜒蝣，以夜静持灯灭杀之；蚯蚓，以石灰水灌河水解之；毛猬，以马粪水杀之；象干虫，磨铁线穴搜之。[17]事必亲历，虽冰龟[18]其手，日焦其额，不顾也。青帝[19]喜其勤，近产芝三本以祥瑞之。

纯生氏曰：乳生隐于花者也，而以花显于世。一手一足之烈，乃不徒老于灌园哉。四时插入"春老"，结到"产芝"，具见文心灵异。

①金乳生喜莳草花：金乳生为绍兴人。张岱友人祁彪佳《越中园亭记》云："金乳生植草花数百本，多殊方异种，虽老圃不能辨识，四时烂漫如绣。" 莳：种植。

②趾：墙脚屋脚，即宅基。 纵其趾于北：即把房址尽量延伸到距河最北之处。猜测房屋的位置，应该是在河的北岸。

③螺山石：其石奇曲如螺，有指为昆明圆通山之石者，金乳生未必有此远致之力也。

④累：堆砌也。 山披：因墙篱而垒就的坡陀，以放置花草。

⑤莺粟：即罂粟。咸丰本误作"莺栗"。 素馨：本名耶悉茗花，初秋开花，花白色，香气清冽。 决明，夏秋开花，花黄色。决明子即其种子，可代茶或供药用。

⑥春老：春天将尽，即晚春。

⑦西番莲：北方称大丽花为西番莲，但张岱于本书《梅花书屋》中言"梅根种西番莲，缠绕如缨络"，显然与大丽花不是一种。据沈胜衣

先生《西番莲的前生今世》一文考证，此花于明季传入我国，“花朵奇特艳丽、花期甚长”，“藤蔓细长柔软，善于缠绕攀爬”。　土萱：开黄花，即田间水旁所栽之黄花菜，称“土”以与堂前所栽之萱草相区别。　山矾，即玉蕊花，其叶可以染黄，不借矾而成色，故以名。

⑧洛阳花：即石竹。　建兰：因自闽中所出，故称。

⑨蜀葵：又名一丈红，浙中人好植之，五月时花最盛。　乌斯菊：又名无丝菊，开于六月。　望江南：又名凤凰草，花金黄。　杜若：即杜蘅，香草名，夏日开白花。　珍珠兰，即金粟兰，因其花如珠，其香似兰，故称珠兰或珍珠兰。

⑩剪秋纱：即剪秋罗，一名汉宫秋，色深红，八月间开。　秋葵：此秋葵即向日葵，非食用菜蔬之秋葵。　僧鞋菊：即草乌头，九月开花，淡紫娇艳，与菊同时，又叫鹦哥菊、双鸾菊、鸳鸯菊、僧鞋菊，皆以花之形状名之。　万寿：即万寿菊，自秋至冬开花。　芙蓉：指木芙蓉，花有数种，大抵以大红及黄色者为贵，八九月间次第开放。　老少年：一名雁来红，以秋天雁来时而色娇红得名。　秋海棠：一名八月春，以花开于八月也。花色粉红娇艳，叶绿如翠羽。　雁来黄：一种观叶植物，至秋时顶端叶子变为金黄。咸丰本误改“雁来红”，不知老少年即雁来红也。

⑪长春：疑指金盏花，花形如金盏，四季常开。

⑫绿萼：绿萼梅，凡梅花跗蒂皆绛紫色，惟此种纯绿。　玉楪：应指玉蝶梅，花头大而微红，色甚妍可爱。　西府：西府海棠。　滇茶：云南山茶花。　日丹：疑是“月丹”之误。月丹为一种大型的山茶花。

⑬瘥头：枝梢疲蔫。　火蚁：据娄仲安先生指出，越地方言称蚂蚁为“火蚁”，或作“蚝蚁”。

⑭瘠枝：使花枝细弱。　黑蚰：即今之蚰蜒，色黑亮。

⑮蜒蝣：即蛞蝓，俗称鼻涕虫。

⑯贼叶：咬食花叶。　象干、毛猬：疑指蝽虫和毛毛虫之类。

⑰刘侗《帝京景物略》卷三《草桥》于“菊善病”下小注云：“瘥

头者菊虱，瘠枝者黑蚰，伤根者蚯蚓，贼叶者象干虫。菊虱以鳖甲置傍，引出弃之；黑蚰以麻裹箸头捋出之；蚯蚓以石灰水灌河水解之；象干虫，磨铁线穴搜之。”方以智《物理小识》卷九专言艺菊一条云：“若有癃头菊虱，傍置鳖甲引出弃之。有黑蚰瘠其枝，以麻裹箸头捋出之。蚯蚓伤其根，以石灰水灌河水解之。象干虫贼其叶，磨铁线穴搜之。”俱为张岱所本，唯张岱改“菊虱”为“火虱”。或因刘、方所言俱专指治菊之害虫，张岱补蜒蝣、毛猬二虫，又改菊虱为火虱，则泛指众花也。

⑱冰龟（jūn）：皮肤为寒冻而裂如冰纹。

⑲青帝：古代神话传说中，五方帝中的东方帝又称青帝，司春，掌万物生长。

日月湖

宁波府城内，近南门有日月湖。[1]日湖圆，略小，故“日”之；月湖长，方广，故“月”之。二湖连络如环，中亘一堤，小桥纽之。

日湖有贺少监祠。[2]季真朝服拖绅，[3]绝无黄冠[4]气象。祠中勒[5]唐玄宗《饯行》诗以荣之。季真乞鉴湖归老，年八十余矣。[6]其《回乡》诗曰：“幼小离家老大回，乡音无改鬓毛衰。儿孙相见不相识，笑问客从何处来？”八十归老，不为早矣，乃时人称为“急流勇退”，今古传之。季真曾谒一卖药王老，求冲举[7]之术，持一珠贻之。王老见卖饼者过，取珠易饼。季真口不敢言，甚懊惜之。王老曰：“悭吝未除，术何由得？”乃还其珠而去。则季真直一富贵利禄中人耳，《唐书》入之《隐逸传》，亦不伦甚矣。[8]

月湖一泓汪洋，明瑟[9]可爱，直抵南城。城下密密植桃柳，四围湖岸亦间植名花果木以萦带之。湖中栉比者皆士夫园亭，台榭倾圮而松石苍老，石上凌霄藤[10]有斗大者，率百年以上物也。四明缙绅，田宅及其子，园亭及其身。[11]平泉木石多暮楚朝秦，[12]故园亭亦聊且为之，如传舍衙署焉。[13]屠赤水娑罗馆，亦仅存娑罗而已，[14]所称“雪浪”等石，在某氏园久矣。

清明日，二湖游船甚盛，但桥小船不能大。城墙下趾[15]稍广，桃柳烂漫，游人席地坐，亦饮亦歌，声存西湖一曲。[16]

纯生氏曰：人惟悭吝，日居月诸，牢不可破，园亭田宅，及身及子，俱从悭吝中来。读此记如五夜钟声，鸡鸣而起，其毋虚此“日月”焉可矣。

①日月湖：日湖及月湖合称。久湮没，其地现为宁波市中心地带。今宁波有所谓日湖公园者，徒用旧名耳。张岱游宁波，当在崇祯十一年（1638）春，时年四十二岁。

②贺少监：贺知章，字季真。会稽永兴（在今杭州萧山）人。唐玄宗时官太子宾客、秘书少监。天宝初，病，梦上天游帝居，数日寤，乃请为道士，还乡里，诏许之，以宅为千秋观而居。又求周宫湖数顷为放生池，有诏赐镜湖剡川一曲。既行，帝赐诗，皇太子百官饯送。晚年遨嬉里巷，自号“四明狂客”。后人称为“贺少监”或“贺监”。

③绅：士大夫所束的长腰带，束腰之余，垂拖于下。

④黄冠：道士之冠，代指道士。贺知章归乡后为道士终其身。

⑤勒：刻石。

⑥鉴湖：即镜湖，在浙江绍兴城南。贺知章虽号四明狂客，但其归老乃在会稽。贺知章辞朝后不久即去世，年八十六岁。

⑦冲举：成仙飞升。

⑧《隐逸传》，乾隆本误作《隐佚传》，据咸丰本改，《新唐书》正作《隐逸传》。

⑨明瑟：明净清莹。

⑩凌霄藤：即凌霄花，藤本，攀援类植物。

⑪四明：宁波古称明州，以境内四明山得名，而宁波亦称四明。　“田宅及其子”二句：田地屋宅能传至其子一代，而园林只能到本人为止，下一代就被变卖或荒圮了。

⑫“平泉木石”句：唐李德裕建别墅于洛阳平泉，撰《平泉草木记》，云“以吾平泉一草一木与人者，非吾子孙也。”而据《新五代史·张全义传》：张全义手下一监军得到了李德裕平泉庄的醒酒石。德裕之孙李延古，便托张全义想讨回。监军忿然曰：“自黄巢乱后，洛阳园宅无复能守，岂独平泉一石哉！”全义曾在黄巢军中，以为监军讥己，大怒，遂笞杀监军。但自唐末乱后，园林多鞠为茂草，平泉固自难免。故李德裕之语颇为后世所讥。

⑬聊且：姑且。　传舍：驿站所设旅舍，只住信宿。　衙署：官衙，仅居一任。

⑭屠赤水：屠隆，字长卿，又字纬真，号赤水。浙江鄞县人。万历五年（1577）进士，历任颍上、青浦知县，后迁礼部主事、郎中。万历十二年（1584）被劾罢官。归乡后纵情诗酒。筑娑罗馆，啸吟其中。所著有《娑罗馆清言》。　娑罗：娑罗树，传自印度，据说释迦菩提树下悟道，娑罗双树下涅槃，所以娑罗树本身就赋予宗教意义，为一般佛教徒所喜爱。但中土所生长的娑罗树其实多是七叶树。

⑮趾：此指墙脚空地。

⑯声存西湖一曲：月湖又称西湖。一曲犹言一湾，沿湖一角也。

金山夜戏

崇祯二年中秋后一日，余道镇江往兖。[1]日晡至北固，[2]舣舟江口。[3]月光倒囊[4]入水，江涛吞吐，[5]露气吸之，噀天为白。[6]余大惊喜，移舟过金山寺，[7]已二鼓[8]矣。经龙王堂，入大殿，皆漆静。林下漏月光，疏疏如残雪。余呼小傒携戏具，[9]盛张灯火大殿中，唱韩蕲王金山及长江大战诸剧。[10]锣鼓喧填，[11]一寺人皆起看。有老僧以手背挼眼翳，[12]翕然张口，呵欠与笑嚏俱至；徐定睛视：为何许人？[13]以何事何时至？皆不敢问。[14]剧完将曙，解缆过江。山僧至山脚目送久之，不知是人、是怪、是鬼。

纯生氏曰：韩蕲王金山长江大战，本是一出大戏，不想阒寂五百余年，又开场重做，无怪金山脚下见神见鬼。

①道镇江往兖：取道镇江而往兖州。　兖，山东兖州。时张岱之父张耀芳为鲁王右长史，鲁王府在兖州。

②日晡：申时，傍晚。　北固：江苏镇江城北之北固山，濒临大江，与金、焦二山相对。

③舣（yǐ）舟：使船靠岸。　江口：张岱由运河乘船北上，运河至此入长江。

④倒囊：由囊中倾泻而出。

⑤月光映照水面，波浪闪烁如吞吐月光。

⑥露气吸之：倒装句，指波涛吸入露气。　噀：喷出。此句言：波涛吞吐，吸入露气，再向天上喷去，天空俱成银白。

⑦金山寺：金山位于镇江市西部，明末时尚为长江中一屿，至清光绪间始与陆地相连。金山寺为金山主要名胜，创始于东晋，依山而建，殿宇栉比，亭台相连，有“金山寺裹山”之说。

⑧二鼓：即二更时。相当于现在夜间的九时至十一时。

⑨傒：僮仆。“傒”，乾隆本作“仆”，此从砚云本改。　戏具：此年张岱排成《冰山记》（参见本书卷七《冰山记》篇），带到兖州为其父献寿，故随行带有戏具。

⑩韩蕲王：南宋初抗金大将韩世忠，封蕲王。宋高宗建炎四年（1130），金将完颜宗弼（即兀术）率大军南侵，韩世忠率八千人与之对峙于黄天荡，旋大战于金山之下。明人张四维有《双烈记》传奇，演韩世忠及夫人梁红玉于金山大战金兵故事。张岱所演即此剧。

⑪喧填：即喧阗。喧哗热闹。

⑫搽（sà），以手揉擦。　瞖（yì），本指眼睛中的白内障，此指眼眵。

⑬“何许人”，砚云本作“何如人”。

⑭“敢问”，砚云本作“能辨”。

筠芝亭

筠芝亭，浑朴一亭耳；然而亭之事尽，筠芝亭一山之事亦尽。[①]吾家后此亭而亭者，不及筠芝亭；后此亭而楼者、阁者、斋者，亦不及。总之，多一楼，亭中多一楼之碍；多一墙，亭中多一墙之碍。太仆公造此亭成，[②]亭之外更不增一椽一瓦，亭之内亦不设一槛一扉，此其意有在也。

亭前后太仆公手植树皆合抱，清樾轻岚，[③]滃滃翳翳，[④]如在秋水。[⑤]亭前石台，躐取亭中之景物而先得之。[⑥]升高眺远，眼界光明：敬亭诸山，箕踞麓下；[⑦]溪壑萦回，水出松叶之上。[⑧]

台下右旋，曲磴三折，老松偻背而立。顶垂一干，倒下如小幢；[⑨]小枝盘郁，曲出辅之，旋盖如曲柄葆羽。[⑩]癸丑以前，不垣不台，松意尤畅。[⑪]

纯生氏曰："浑朴"二字，包举甚大。凡事贵其能包举也。

①此亭既成，所在之山则无可建造之事，再有建造，全是余赘。按，此亭建于龙山（即卧龙山）之巅。

②太仆公造此亭成：张岱高祖张天复，字复亭，号内山，又号初阳。嘉靖丁未进士。授祠部主事，历吏、兵二部，视全楚学政，调云南按察副使，官至甘肃道行太仆卿。被诬入大理狱，昭雪后归乡里。构别业于镜湖之阯，高梧深柳，日与所狎纵饮其中。　按，此文云筠芝亭为张岱高祖张天复所造，而祁彪佳《越中园亭记》则云为天复之子所构："卧龙山之右岭有城隍庙，即古蓬莱阁。折而下，孤松兀立，古木纷披，张懋之先生构亭曰筠芝，楼曰霞外，南眺越山，明秀特绝。亭之右为啸阁，以望落霞晚照，恍若置身天际，非复一丘一壑之胜已也。"张懋之即南华老人张汝懋，于张岱为从祖父。

③樾（yuè），树荫。　清樾，清凉的树荫。　岚，山林间的雾霭。

④滃滃翳翳：云烟笼罩，恍忽冥蒙状。

⑤秋水：秋天水涨，烟波浩茫，立于岸侧，则有云水苍茫之感。

⑥躐取：登上石台以观取景物。因面亭而登台，所以先入目的是亭中之景物。

⑦敬亭：敬亭山，即亭山，在绍兴城南十里，也在龙山之南。　箕踞：散漫地伸开两腿坐着，形似簸箕。　麓下，指龙山之麓。

⑧此句言一望之中，远处的溪壑都在石台脚下的松梢之上了。

⑨幢：伞盖。

⑩曲柄葆羽：以鸟羽为饰的伞盖，其柄弯曲，为帝王出行的仪仗之一。

⑪癸丑：万历四十一年（1613），时张岱十七岁。所谓"松意"，即此老松之情致、姿态。"畅"，言无垣台遮掩拘束而得以舒展自然也。

斫园

斫园，[1]水盘据之而得水之用，又安顿之若无水者。寿花堂，界以堤，[2]以小眉山，[3]以天问台，以竹径，则曲而长，则水之；[4]内宅，隔以霞爽轩，以酣漱，以长廊，以小曲桥，以东篱，则深而邃，则水之；临池，[5]截以鲈香亭、梅花禅，则静而远，则水之；缘城，[6]护以贞六居，以无漏庵，以菜园，以邻居小户，则閟而安，则水之。水之[7]用尽，而水之意色指归乎庞公池之水。[8]庞公池，人弃我取，一意向园，目不他瞩，肠不他回，[9]口不他诺。龙山夔蚭[10]三折就之，而水不之顾。人称斫园能用水，而卒得水力焉。

大父[11]在日，园极华缛。有二老盘旋其中，一老曰："竟是蓬莱、阆苑[12]了也！"一老咈[13]之曰："个边那有这样！"

纯生氏曰：张位画水，得水之神。范山人水画，得水之法。宗老斫园，得水之理。处处安顿如兵家背水结阵，直须恃水而生，固当与神鬼、鱼龙、松石、屋宇同称杰作。

①砎园：祁彪佳《越中园亭记》中有《砎园》一条云："张肃之先生晚年筑室于龙山之旁，而开园其左。有鲈香亭临王公池上。凭窗眺望，收拾龙山之胜殆尽。寿花堂、霞爽轩、酣漱阁，皆在水石萦回、花木映带处。"张肃之即张岱祖父张汝霖，肃之其字。

②界，限也，隔也。界以某某，即以某某限隔之也。

③小眉山：小眉山应即叠石所为小景。砎园之"砎"，小石也，或即以此得名。

④此言寿花堂址为堤，为小眉山，为天问台，为竹径，而整体为一狭长地，则因水而为用也。

⑤临池，砎园面临庞公池（即王公池）。

⑥缘城，砎园在城外，缘城墙而建。

⑦按，咸丰本少一"水之"，误。

⑧意色：神情。　指归：主旨，意向。　庞公池，即注一《越中园亭记》所云"王公池"，因是北宋皇祐间知越州王逵所建也，详见本书卷七《庞公池》条。此句言砎园之水之情绪，全依于庞公池水之意向。下文"一意向园，目不他瞩"云云，即池之"意向"也。

⑨肠不为别物而回曲，即一心向园之意。

⑩龙山：即卧龙山，在绍兴城内西南部。明时绍兴府署在其东麓，山阴县署在其南麓。今称府山。　夔蜺（ní），或作夔踞，谢朓诗："河宗躍踼，海介夔踞。"如夔龙般扭动翻腾。

⑪大父：祖父。张岱祖父张汝霖，字肃之。万历乙未进士，历官知广昌县，升兵部郎，副考山东。以罣误去职。再入仕籍，升广西参议。因病去官。

⑫蓬莱：传说中的海上仙山。　阆苑：阆风之苑，仙人所居。

⑬咈（fú）：反驳，表示不同意。

葑门荷荡

天启壬戌六月廿四日，[1]偶至苏州，见士女倾城而出，毕集于葑门外之荷花荡。[2]楼船画舫至鱼艨[3]小艇，雇觅一空。远方游客，有持数万钱无所得舟，蚁旋[4]岸上者。

余移舟往观，一无所见。[5]荡中以大船为经，小船为纬，[6]游冶子弟，轻舟鼓吹，往来如梭。舟中丽人皆靓妆淡服，摩肩簇舄，[7]汗透重纱。舟楫之胜以挤，歌吹之胜以杂，[8]男女之胜以溷，[9]歊暑燂烁，[10]靡沸[11]终日而已。

荷花荡经岁无人迹，是日，士女以鞋靸不至为耻。袁石公[12]曰："其男女之杂，灿烂之景，不可名状。大约露帏[13]则千花竞笑，举袂则乱云出峡，[14]挥扇则星流月映，[15]闻歌则雷辊涛趋。"[16]盖恨虎丘中秋夜之糊模躲闪，特至是日而明白昭著之也。[17]

纯生氏曰：妙舌如花，俗态可掬。

①天启壬戌：天启二年（1622），张岱时年二十六岁。江南民间以六月二十四日为荷花生日，或称“观莲节”。是日男女倾城游湖观荷，家供荷花，食荷叶饼、荷叶鸡，尤以苏州、嘉兴为盛。“廿四日”，乾隆本、咸丰本俱作“二十四日”，今依砚云本改。

②葑门位于苏州城东南。“荷花荡”，乾隆本、咸丰本俱作“荷花宕”，文中诸“荡”字俱作“宕”。宕、荡在此音义俱同，诸书谈苏州者俱作“荡”，今从砚云本改。本篇原小题“葑门荷宕”亦改为“荡”。本书后面尚有数处“宕”字，所以未改，除了没有砚云本作依据之外，更主要的是“荡”与“宕”虽然音义并同，但也小有区别。言“宕”者多为石荡，正如雁荡之称为雁宕，以其在山顶也。《吴郡记》云：“荷花荡在葑门之外，每年六月二十四日游人最盛，画舫云集。苏人游冶之盛，至是日而极矣。”

③鱼艭，打渔用的小船。

④蚁旋：如蚂蚁一样绕地旋转，形容人焦虑状。

⑤一无所见，非空荡无物，是无荷花也。

⑥为经为纬，指大船小船交叉穿梭于荡中也。

⑦“靓妆”，乾隆本、咸丰本俱作“倩妆”，据砚云本改。本卷《越俗扫墓》、卷三《包涵所》、卷五《扬州清明》皆作“靓妆”，可证。摩肩簇舄：肩膀相摩，鞋履相簇。舄，本为木底鞋，此处泛指鞋履。

⑧“歌”，乾隆、咸丰本俱作“鼓”，此从砚云本。杂，此处作嘈杂解。咸丰本作“集”，误。按，“杂”字繁体或作“襍”，当因字残而误。

⑨溷：混杂无别。

⑩歊（xiāo）暑，热气蒸腾。燂（xùn）烁：炽热如炙。

⑪靡沸：靡乱如沸水。

⑫袁石公：袁宏道，字中郎，号石公。湖北公安人。与兄宗道、弟中道合称为“公安三袁”。为“公安派”主帅，反对“文必秦汉，诗必盛唐”，提出“独抒性灵，不拘格套”的“性灵说”。下引文见所著《锦帆集》中《荷花荡》一文。

⑬露帏：从帘幕后现身，此指船上帘帏。

⑭举袂（mèi），扬起衣袖。　乱云出峡：巫峡多有云雨，此言衣袖飘舞如云，又隐刺男女调情无忌之意。

⑮星指女子流动的眼光，月指女子皎丽的面庞。

⑯雷辊涛趋：雷声滚滚，江涛奔涌。辊，本指车轮滚动，亦指车轮隆隆之声。

⑰“糊模”，乾隆、咸丰本作“模糊”，此据砚云本，因“糊模”有暧昧意也。“糊模躲闪”、“明白昭著”皆指男女调情之状，袁中郎“恨”其公然显露，故文中数句皆有讥刺之意。参见卷五《虎丘中秋夜》一文。

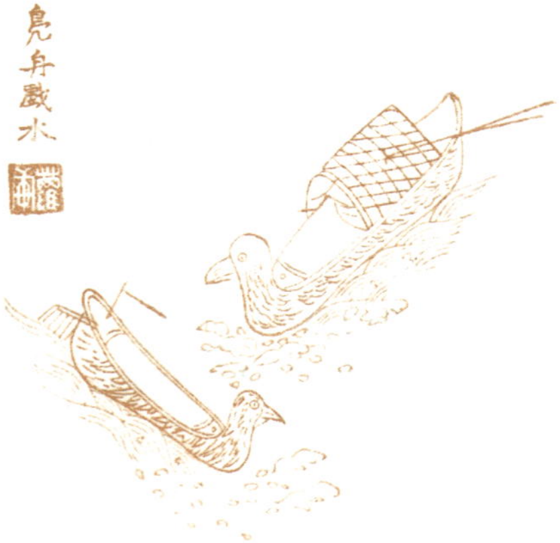

越俗扫墓

越[1]俗扫墓，男女袨服靓妆，画船箫鼓，如杭州人游湖，厚人薄鬼，率以为常。[2]二十年前，中人之家尚用平水屋帻船，[3]男女分两截坐，不座船，[4]不鼓吹。先辈谑之曰："以结上文两节之意。"[5]后渐华靡，虽监门小户，[6]男女必用两座船，[7]必巾，必鼓吹，必欢呼畅饮。下午必就其路之所近，游庵堂寺院及士夫家花园。鼓吹近城，必吹《海东青》、《独行千里》，锣鼓错杂。酒徒沾醉，[8]必岸帻[9]嚣嚎，唱无字曲，或舟中攘臂，与侪列厮打。自二月朔至夏至，[10]填城溢国，[11]日日如之。

乙酉，方兵画江而守，[12]虽鱼艪菱舠，收拾略尽。[13]坟垄数十里而遥，子孙数人挑鱼肉楮钱，[14]徒步往返之，妇女不得出城者三岁矣。[15]萧索凄凉，亦物极必反之一。

纯生氏曰：草角花须，悉为溅泪。

①越：古越国在今浙江绍兴，故越又为绍兴代称。

②清明扫墓，古礼所无。或寒食，或上巳，或清明，俱为士女游春之日，自唐玄宗时始下诏，令士女游春，勿忘先人，于是而有清明扫墓之事，浸而成俗，但不废靓妆丽服，不仅越地如此，南北皆然。或讥人们借扫墓而游春，其实是因果颠倒。

③平水屋帻船：周作人有《上坟船》一文（收入《药味集》）谈及张岱此船，云："平水屋帻船不知是何物，平水自然是地名，屋帻船则后来不闻此语，若是田庄船，容积不大，未必能男女分两截坐，疑不能明。"《杭州政协》2005年第四期有署名思衡的《扫墓·游春》一文，言及此船，云："我问一个绍兴木匠，他说这是于普通的航船上遮以布幔，状如屋顶，俗称'丧船'，不知道是否？"此说应是，盖下文云有"座船"专门载人者，此船则值清明旺季，临时改航船为载客用者。航船指运货之船，据娄如松先生说，平水为绍兴城南一集镇，为城南山货聚散地，故平水屋帻船即专跑平水码头的运货船。此船较大，可以临时改装为"男女分两截坐"。

④不座船：即不雇用专门载人的"座船"。思衡先生文曰："座船即专门载人的船，不兼作他用。"此"座"字与下文"两座船"之"座"，乾隆本、咸丰本均误作"坐"，如此则与上文"分两截坐"之"坐"相混，不知此船是坐还是不坐了。今从砚云本均改为"座"。

⑤这是评八股文中的用句，意谓对上文两段文字作结语。此处作谐谑语嘲上坟之船。思衡先生文曰："'上文两节'，本来我也不懂，后来写信问知堂，他回信说是如此：'越中年末、年始对于祖墓，有送寒衣、拜坟年及扫墓三重仪文，而扫墓则作为结束。'"另知堂《上坟船》一文亦言绍兴墓祭有三次，"一在正月曰拜坟，实即是拜岁，一在十月曰送寒衣。这两回都很简单，只有男子参与，亦无鼓吹，至三月则曰上坟，差不多全家出发。"知堂答思衡之意，似以"送寒衣、拜坟年"为两节（节日之节），而以清明扫墓一节结束之。此说过绕，窃以为"上文"与"上坟"谐音，"两节"与"两截"谐音，此语盖谑指"上坟两截船"也。

⑥监门小户：监门指闾里守门者。但此处似指寻常弄巷人家。

⑦两座船：即两只“座船”，男女各坐一只。

⑧沾醉：微醉。

⑨岸帻：把头巾向后推，露出前额。为不拘礼节、举止随意的样子。

⑩二月朔，相当于清明前二十天左右，到夏至则将近三个月左右。

⑪填：填塞，盈满状。　国，此处仍作城解。即“一笑倾城，再笑倾国”之“国”。

⑫乙酉：1645 年，明亡之次年，清顺治二年。南京弘光小朝廷旋立旋亡，清兵破苏、杭，明鲁王朱以海监国绍兴，画钱塘江而守。　方兵：明将方国安所部之军。方国安，少无赖，鲁王监国，封镇东侯，实与马士英、阮大铖一党。率军守钱塘江，大掠江浒，数百里无宁宇。及清兵渡江，方军不战而溃。国安、士英谋挟鲁王降清，鲁王得脱，国安遂降清，后被杀。

⑬菱舠（dāo）：采菱用的小船。　收拾略尽：为方国安守江之兵收走，以防北兵用船偷渡。

⑭楮钱：纸钱。

⑮虽然次年浙东即为清兵所破，但郑成功坚持抗清，浙东战事继续到顺治五年（1648）。可见《梦忆》中文字有迟至明亡若干年之后方做结者。

奔云石

南屏石无出奔云右者。[1]奔云得其情未得其理：[2]石如滇茶一朵，风雨落之，[3]半入泥土；花瓣棱棱，三四层折，人走其中，如蝶入花心，无须不缀[4]也。

黄寓庸[5]先生读书其中，四方弟子千余人，门如市。余幼从大父访先生。先生面黧黑，多髭须，毛颊，河目海口，眉棱鼻梁，[6]张口多笑。交际酬酢，八面应之：耳聆客言，目睹来牍，手书回札，口嘱傒奴，杂沓于前，未尝少错。客至，无贵贱，便肉便饭食之，夜即与同榻。余一书记[7]往，颇秽恶，先生寝食之不异也，余深服之。

丙寅至寓林，[8]亭榭倾圮，堂中窀先生遗蜕，[9]不胜人琴之感。[10]余见奔云黝润，色泽不减，谓客曰："愿假此一室，以石磥[11]门，坐卧其下，可十年不出也。"客曰："有盗。"余曰："布衣褐被，身外长物则瓶粟[12]与残书数本而已。王弇州不曰'盗亦有道'也哉？"[13]

纯生氏曰：奔云碌碌如玉，寓林落落如石。

①南屏石：杭州南屏山，在杭州西湖南。出奇石。宋吴自牧《梦粱录》即云南屏山“怪石耸秀”，明袁宏道《西湖记述》又云：“吴山南屏一派皆石骨土肤，中空四达，愈搜愈出。近若宋氏园亭，皆搜得者。又紫阳宫石，为孙内史搜出者甚多。”　奔云：张岱《西湖梦寻》有《小蓬莱》一则，云：“小蓬莱在雷峰塔右，宋内侍甘升园也。奇峰如云，古木蓊蔚，理宗常临幸。有御爱松，盖数百年物也。自古称为小蓬莱。石上有宋刻‘青云岩’、‘鳌峰’等字。今为黄贞父先生读书之地，改名‘寓林’，题其石为‘奔云’。”是奔云非仅一石，应是一组奇石之统称。

②得其情未得其理：情为自由自在，理为循规蹈矩，此奔云石不循常理，随意而化，故云。

③滇茶：云南茶花。　风雨落之：为风雨吹落至地。

④须：花须。　缀（chuò）：与“辍”字通，即停留也。

⑤黄寓庸：黄汝亨，字贞父，号寓庸居士，又号寓林。浙江仁和人，万历二十六年进士，官至江西布政使。后隐居西湖小蓬莱，著书为乐。万历间，张岱祖父与黄汝亨同在江西建昌府为县令，二人即定交，称莫逆。参见《嫏嬛文集》卷三《家传》。

⑥河目：目如河宽。　海口：口如海阔。　眉棱：眉骨突起。　鼻梁：鼻直如梁。

⑦书记：此指私人雇佣的文书。

⑧丙寅：天启六年（1626），是年黄汝亨去世，张岱时年三十岁。“寓林”，黄寓庸书室名，咸丰本改作“武林”，误。

⑨窀（zhūn）：本意为埋葬，此处作停柩解。时黄汝亨去世不久。遗蜕：遗体。

⑩人琴之感：人不在，物也全非。《世说新语·伤逝》：王子猷、子敬兄弟俱病笃，而子敬先亡。子猷便索舆奔丧，都不哭。子敬素好琴，便径入坐灵床上，取子敬琴弹，弦既不调，掷地云：“子敬！子敬！人琴俱亡！”因恸绝良久，月余亦卒。王徽之字子猷，王献之字子敬，皆王羲之子。

⑪磥（lěi），同磊，堆积众石也。

⑫瓶粟：瓮中之米。

⑬王弇州：王世贞，字元美，号凤洲，又号弇州山人。江苏太仓人。嘉靖二十六年（1547）进士，官至南京刑部尚书。文倡复古，与李攀龙、谢榛等并称“后七子”。攀龙殁后，独领文坛二十年，声华笼海内。“盗亦有道”语出《庄子·胠箧》，而王世贞所云见《弇州四部稿·续稿》卷八十九：“大盗赵鐩乱河南，行剽至钧州，以（马）文升家在焉，舍弗攻。破泌阳，前大学士焦芳已跳匿，毁其家，发芳箧，取其衣冠，缚苇若人者而屠裂之，曰：‘恨不为天下杀此贼！’人谓盗亦有公是非云。”张岱所云者即指此。　又：三十年后之丁酉（1657），已是清顺治年间，张岱因助修《明史纪事本末》渡江来杭，复至南屏，只见“墙围俱倒，竟成瓦砾之场。”“林木俱无，苔藓尽剥。奔云一石，亦残缺失次，十去其五。数年之后，必鞠为茂草，荡为冷烟矣。菊水桃源，付之一想。”见《西湖梦寻·小蓬莱》。

木犹龙

木龙出辽海，[1]为风涛漱击，形如巨浪跳蹴，遍体多着波纹。[2]常开平王得之辽东，輦至京。[3]开平第燬，[4]谓木龙炭矣。及发瓦砾，见木龙埋入地数尺，火不及，惊异之，遂呼为“龙”。[5]不知何缘出易于市，先君子以犀觥十七只售之，[6]进鲁宪王。[7]误书“木龙”犯讳，[8]峻辞之，遂留长史署中。

先君子弃世，余载归，[9]传为世宝。丁丑诗社，[10]恳名公人锡之名，[11]并赋小言[12]咏之。周墨农[13]字以“木犹龙”，倪鸿宝字以“木寓龙”，[14]祁世培字以“海槎”，[15]王士美[16]字以“槎浪”，张毅儒[17]字以“陆槎”，诗遂盈帙。

木龙体肥痴，重千余斤，自辽之京，之兖，之济，由陆；济之杭，由水；杭之江，之萧山，之山阴，之余舍，水陆错。[18]前后费至百金，所易价不与焉。[19]呜呼，木龙可谓遇[20]矣！

余磨其龙脑尺木，[21]勒铭志之曰：“夜壑风雷，骞槎[22]化石。海立山崩，烟云灭没。谓有龙焉，呼之或出。”又曰：“扰龙[23]张子，尺木书铭。何以似之？秋涛夏云。”

纯生氏曰：木犹龙诸诗歌具载枫社全诗，当时推宗老、毅儒为冠。

①木龙：疑为木化石而形如龙者。　辽海：辽河以东沿海地区。

②漱击：冲刷拍打。　“遍”，乾隆本误作“偏”，据咸丰本改。

③常开平王：常遇春，明开国功臣位第二，仅次于徐达，死后追封开平王。　“輂至京”之“京”当指原元大都，时国家定鼎金陵，以开封为北京，以元大都为北平府，张岱以后日之“北京”称当日之北平，亦无大错。

④第燬：府第为火灾所焚毁。

⑤呼为龙：谓能通神变化，此木龙似真龙也。按，此节木龙来历似是传闻，常遇春一生未至辽东，其卒在洪武二年，正在追讨元军之军中，即木龙真为常所得，亦无暇自塞外輂至北平。

⑥先君子：称自己去世的父亲。张岱之父名耀芳，字尔弢。时为鲁王右长史，宦于兖州。　犀觥：犀角杯。非真犀角所制，只是悬拟其形而以铜制。《诗·卷耳》云：“我姑酌彼兕觥，维以不永伤。”兕觥即犀觥，亦铜铸也。　售：交易。张耀芳以古铜觥十七具交易而得此木龙。

⑦鲁宪王，原作“献王”，《明史·诸王世表二》及张岱《石匮书》卷十八以及本书卷六《鲁府松棚》均作“宪王”，据改。宪王名朱寿鋐，万历二十八年嗣位，至崇祯九年亡故。

⑧误书“木龙”犯讳：龙的称呼和图案为皇帝专用。张耀芳献此物时，进呈文字中有“木龙”字，常人故不必讳，而诸王则不可不讳。

⑨张耀芳于崇祯四年罢职，是年九月以省墓归绍兴，宦产固在兖州也。至崇祯五年十二月，耀芳病卒于绍兴，故有张岱至兖州取回宦产事。

⑩丁丑：崇祯十年（1637）。诗社指王思任、祁彪佳发起的“枫社”聚会。此次社事在是年五月。

⑪人锡之名：每人都赐木龙以嘉名。锡，赐予。

⑫小言：短诗。

⑬周墨农：周又新，号墨农。

⑭倪鸿宝：倪元璐，字玉汝，号鸿宝。浙江上虞人。明末官侍读学士。李自成陷北京，自缢死。诗文卓然成家。　寓，此处读如“偶”字，像偶之意。

⑮祁世培：祁彪佳，字弘吉，号世培。天启二年（1622）进士，崇祯四年（1631）升任右佥都御史，受权臣排斥，家居八年，崇祯末年复官。清兵入关，力主抗清，任苏松总督。杭州陷，自沉殉节。有文集传世。与从兄豸佳均为张岱至交。　槎：树之根桩，然“海槎”又有海筏之意。晋张华《博物志》：旧说天河与海通。近世有人居海滨，年年八月有浮槎去来，不失期，此人即赍粮乘槎而去。芒芒忽忽，不觉昼夜。至一处，有城郭屋舍，遥望宫中多织妇，一丈夫牵牛饮于渚次，乃惊问此为何处。答曰：“君还至蜀郡访严君平则知之。”因还。后至蜀问君平。君平曰：“某年月日有客星犯牵牛宿。”计年月正是此人到天河时也。

⑯王士美：王业洵，字士美，浙江余姚人。

⑰张毅儒：张弘，字毅儒，张岱族弟。曾有《明诗存》之选。

⑱水陆错：水路、陆路交相递运。

⑲所易价不与焉：购买它所用的钱还不算在内。

⑳遇：遇上相知。

㉑尺木：唐段成式《酉阳杂俎》：龙头上有一物如博山形，名尺木。龙无尺木，不能升天。

㉒骞槎：传说西汉张骞寻河源，乘槎至天河，见织女。自唐以来诗人多用之。周密《癸辛杂识》引张华《博物志》以证其误，近人沈家本《日南随笔》有“张骞乘查”条考辨尤细。

㉓扰龙：扰，驯服。夏时有刘累学扰龙于豢龙氏。见《左传》昭公二十九年。

天砚

少年视砚，不得砚丑。[1]徽州汪砚伯至，以古款废砚立得重价，越中藏石俱尽。[2]阅砚多，砚理出。[3]曾托友人秦一生[4]为余觅石，遍城中无有。山阴狱中大盗出一石，璞耳，索银二斤。余适往武林，一生造次[5]不能辨，持示燕客。[6]燕客指石中白眼曰："黄牙臭口，[7]堪留支桌。"[8]赚[9]一生还盗，燕客夜以三十金攫去。命砚伯制一天砚，上五小星一大星[10]，谱曰"五星拱月"。燕客恐一生见，铲去大小三星，止留三小星。一生知之，大懊恨，向余言。余笑曰："犹子比儿。"[11]亟往索看。燕客捧出，赤比马肝，酥润如玉；背隐白丝类玛瑙指螺细篆，[12]面三星坟起如弩眼；[13]着墨无声，而墨沛烟起。[14]一生痴瘖，[15]口张而不能翕。燕客属余铭，铭曰："女娲炼天，不分玉石。鳌血芦灰，烹霞铸日。[16]星河溷扰，参横箕翕。"[17]

纯生氏曰：玄圃积玉，无非异光。

①不得砚丑：不成语，疑"砚"（研）字当为"妍"字之讹，形近

而误也。其意为不能辨别砚石的优劣。本书卷四《张氏声伎》篇中有“余则婆娑一老，以碧眼波斯，尚能别其妍丑”句，正同此意。

②汪砚伯为制砚名手。古款废砚可经砚伯之手修复，故能得高价。　藏石：此石即制砚之石，后文所谓“璞”也。

③看砚既多，砚的识别鉴赏之理自然生出。

④秦一生：张岱好友，长张岱十二三岁，崇祯十一年去世，张岱曾为文祭之，见《瑯嬛文集》卷六，略云：一生，家素封，而自奉极淡薄，家常无大故，则不杀雁凫。踽踽凉凉，一介不以与人，而又不鸣不跃，以闲散终其身。性好山水声伎、丝竹管弦、樗蒱博弈、盘铃剧戏种种无益之事。

⑤造次：仓促之间。

⑥燕客：张岱堂弟，名萼，初字介子，又字燕客。父母止生一子，溺爱之，“养成一躁暴鳖拗之性。性之所之，师莫能谕，父莫能解，虎狼莫能阻，刀斧莫能劫，鬼神莫能惊，雷霆莫能撼。”任性乖张，恃才放纵。清师入越，被俘不屈死。详见本书卷八《瑞草溪亭》及《瑯嬛文集》卷四《五异人传》。

⑦黄牙臭口：端砚之石眼，以翠绿为上，黄赤为下。

⑧支桌：支桌腿的石头，意谓废料。

⑨赚：哄骗。

⑩上五小星一大星：石眼在砚池之上者为高眼，在砚池内者称低眼。此一大五小星均在上，为高眼，最为珍贵。

⑪犹子比儿：《千字文》有“诸姑伯叔，犹子比儿”句。犹子，即侄儿，和自己的亲儿子差不多。燕客既为自己堂弟，燕客所有也与自己所有差不多了。

⑫指螺细篆：此言砚中白丝纤细如指纹，如细小的篆字。

⑬砮眼：即努眼。

⑭墨渖：此指磨墨时出现的墨花。　烟起：如烟腾起。此句言此砚出墨之快。

⑮痴痞（hái）：痴呆，此处为神情失落状。“痞”字咸丰本作“瘏”。

⑯鳌血芦灰：《淮南子》：共工与祝融战，不胜而怒，乃头触不周山，崩，天柱折，地维缺。女娲乃“炼五色石以补天，断鳌足以立四极，聚芦灰以止滔水”。此以砚比拟为女娲补天之石，并以“鳌血”与“芦灰”喻砚色之红底白丝。　烹霞铸日：天砚的赤红颜色，如海上朝霞旭日。

⑰星河即银河。参、箕俱星宿名，与天砚之星相应。参宿横于天，曹植《善哉行》所谓“月没参横”是也。家用簸箕之底称箕舌，箕宿四星，中二为舌而翕，翕，内缩也，故《诗·小雅·大东》云“维南有箕，载翕其舌”。铭文全扣“天”字，而形色俱到。

吴中绝技

吴中绝技：陆子冈之治玉，鲍天成之治犀，[①]周柱之治嵌镶，赵良璧之治梳，朱碧山之治金银，马勋、荷叶李之治扇，张寄修之治琴，范昆白之治三弦子，俱可上下百年，保无敌手。但其良工心苦，[②]亦技艺之能事。至其厚薄深浅，浓淡疏密，适与后世赏鉴家之心力目力针芥相投，[③]是则岂工匠之所能办乎？盖技也而进乎技矣。[④]

纯生氏曰：庖丁解牛，皆中理解，非庄叟神化之笔不传。

①治犀：此指雕制牛角工艺。

②“心苦”，乾隆、咸丰本作“苦心”，此从砚云本。

③针芥相投：“投”，乾隆本、咸丰本俱作“对”，此从砚云本改。王培军先生以为系“针芥相投”实为“磁石引针、琥珀拾芥”之省文，喻云投契也。而娄如松先生云：越谚有“芥菜子落进针眼中”，亦为一解。

④“是则”，乾隆本、咸丰本俱无“则”字，今从砚云本补。 又，“盖技也而进乎技矣”，乾隆本及砚云本同，意谓本是技艺而又超乎技艺之上。《庄子·养生主》：庖丁释刀对曰：“臣之所好者道也，进乎技矣。”是以道用于技，此则反用之，是以技艺而超出于技，即进于道之意。咸丰本改作“盖技也而进乎道矣”，反觉浅露。 按，早于张岱记录吴中技艺者有王世贞《觚不觚录》，但似视为贱工，不甚宝重：“画当重宋，而三十年来忽重元人，乃至倪元镇以逮明沈周，价骤增十倍。窑器当重哥、汝，而十五年来忽重宣德，以至永乐、成化，价亦骤增十倍。大抵吴人滥觞，而徽人导之，俱可怪也。今吾吴中陆子刚之治玉，鲍天成之治犀，朱碧山之治银，赵良璧之治锡，马勋治扇，周柱治镶嵌，及歙吕爱山治金，王小溪治玛瑙，蒋抱云治铜，皆比常价再倍，而其人至有与缙绅坐者！近闻此好流入宫掖，其势尚未已也。”

濮仲谦雕刻

南京濮仲谦，[1]古貌古心，粥粥若无能者，[2]然其技艺之巧，夺天工焉。其竹器，一帚一刷，竹寸耳，勾勒数刀，价以两计。然其所[3]自喜者，又必用竹之盘根错节，以不事刀斧为奇，则是经其手略刮磨之，而遂得重价，真不可解也。

仲谦名噪甚，得其一款，[4]物辄腾贵。三山街润泽于仲谦之手者数十人焉，[5]而仲谦赤贫自如也。于友人座间见有佳竹、佳犀，[6]辄自为之。意偶不属，[7]虽势劫之，利啖之，[8]终不可得。

纯生氏曰：百里奚爵禄不入胸中，饭牛牛肥，仲谦身分故臻于此。

①濮仲谦，名澄，字仲谦。南京人。为金陵竹刻创始者。刘銮《五石瓠》言其水磨竹器如扇骨、酒杯、笔筒、臂阁之类妙绝一时。

②粥（yù）粥若无能者：《礼记·儒行》："其难进而易退也，粥粥若无能也。"粥粥，谦卑状。

③"所自喜"，乾隆本、咸丰本俱作"所以自喜"，此从砚云本。

④得其一款：器物有濮仲谦题款。按，乾隆本、咸丰本均无"一"字，据砚云本补。

⑤三山街：南京地名，在夫子庙西。自明代以来，一直是南京的繁华商业街区，尤以图书文玩字画为特色。　润泽：受益，获利。

⑥犀：犀牛角，为雕刻所用的佳材，但犀角难得，一般代指牛角。

⑦意偶不属：心意偶而不相投合，指对来定货的客人不中意。

⑧以权势相胁持，以钱财相利诱。

卷二

寒山但見松

孔庙桧

己巳至曲阜，[①]谒孔庙，[②]买门者门以入。[③]宫墙上有楼耸出，扁曰“梁山伯祝英台读书处”，骇异之。[④]进仪门，[⑤]看孔子手植桧。桧历周、秦、汉、晋几千年，[⑥]至怀帝永嘉三年而枯。[⑦]枯三百有九年，子孙守之不毁，至隋恭帝义宁元年复生。生[⑧]五十一年，至唐高宗乾封三年再枯。枯三百七十有四年，至宋仁宗康定元年再荣。至金宣宗贞祐三年罹于兵燹，[⑨]枝叶俱焚，仅存其干，高二丈有奇。后八十一年，元世祖三十一年再发。至洪武二十二年己巳，发数枝，蓊郁；后十余年[⑩]又落。摩其干，滑泽坚润，纹皆左纽，[⑪]扣之作金石声。孔氏子孙恒视其荣枯以占世运焉。[⑫]

再进一大亭，卧一碑，书“杏坛”[⑬]二字，党怀英[⑭]笔也。亭界一桥，洙、泗水会此。[⑮]过桥入大殿，殿壮丽，宣圣及四配、十哲[⑯]俱塑像冕旒。案上列铜鼎三：一牺、一象、一辟邪，[⑰]款制遒古，浑身翡翠，[⑱]以钉钉案上。阶下树[⑲]历代帝王碑记，独元碑高大，用风磨铜赑屃，高丈许。[⑳]左殿三楹，规模略小，

为孔氏家庙。东西两壁，用小木扁书历代帝王祭文，西壁之隅，高皇帝殿焉。[21]庙中凡明朝封号俱置不用，总以见其大也[22]。

孔家人曰："天下只三家人家：我家与江西张、凤阳朱[23]而已。江西张，道士气；凤阳朱，暴发人家，小家气。"

纯生氏曰：华林园万年树及此桧否？人生安得如汝寿，盍为桧咏。

①己巳：崇祯二年（1629）。是年张岱往兖州省父，此从兖州去曲阜也。

②孔庙：位于曲阜城内，据说最早兴建于春秋末年，鲁哀公在孔子故居建为家庙，此后历代加封孔子，孔庙也随之扩建。虽然其主要功用为祭祀孔子，但建筑规格已近于皇宫。现在的孔庙为雍正时重修并扩建，与张岱所见并不完全一样了。

③买门者门以入：给看门人钱，由门而入。

④梁祝故事最早产生于浙东，梁山伯为会稽人，祝英台则为上虞人，二人就学于杭州。故张岱见曲阜有梁祝读书处而骇异。其实不仅在山东，即是河北、山西等地也有梁祝读书台之类"古迹"。"梁山伯"，乾隆本作"梁山柏"，据咸丰本改。

⑤仪门：官署、府邸的第二重正门。此处指孔庙大成门。

⑥几千年：将近一千年。

⑦"怀帝"前乾隆本、咸丰本均有"晋"字。砚云本无"晋"字，是，因前已言"晋"，此处不必再有。"永嘉"，乾隆本作"永乐"，误，咸丰本作"永兴"，亦误，永兴为晋惠帝年号，今据砚云本改，孔泾《圣桧记》亦作"永嘉"。

⑧乾隆本、咸丰本俱少一"生"字，今据砚云本补。

⑨"爇"，乾隆、咸丰本俱作"火"，此从砚云本。

⑩乾隆本、咸丰本俱无"余"字，据砚云本补。

⑪纹皆左纽：树皮上的木纹向左盘旋。

⑫以桧树之荣枯预测人世之盛衰。明洪武二十二年孔泾《圣桧记》云："详其理，似有关于世道之理乱：其始枯也，晋兆五寇之乱。其复生也，有唐贞观之治。再枯于乾封丁卯，武后窃政之兆兴。自后玄宗幸蜀，乱亡相继。以及五代，再荣于康定，有宋三百余年九儒之兴。罹于贞祐之火，寇运将更。重发于至元甲午七十四年中元，文物兆开，是为洪武之治。"至张岱见时，此桧又枯了。

⑬据说杏坛为孔子讲学之处。

⑭党怀英：金代著名文学家。工诗文，精篆籀。诸本皆作"党英"，从来党怀英没有略称"党英"者，补"怀"字。

⑮"会"，乾隆、咸丰本作"汇"。据记载，孔子讲学于洙、泗二水间。但后来洙水改道，不与泗水合，而直接入于沂水，张岱说洙、泗二水合于此，只是传闻而不是真事了。

⑯宣圣：后世封孔子为文宣王，尊称宣圣。孔庙以孔子弟子颜渊、曾参，孔子之孙子思，子思弟子孟轲四人配祀孔子，称四配。十哲为孔子弟子闵子骞、冉伯牛、仲弓、宰我、子贡、冉有、季路、子游、子夏、子张。

⑰牺：牛。　辟邪：传说中的神兽，一角者或为天鹿，两角者或为辟邪。上言三物实为肖形之香炉，非鼎也。

⑱翡翠：翡翠指铜绿色。

⑲乾隆本、咸丰本俱作"竖"，二字可通，此从砚云本。

⑳风磨铜：据说是暹罗国所贡之铜，内含黄金，受风如同受磨，其色泽越明亮。此赑屃为铜所铸。　赑（bì）屃（xì）：负碑之龟，据说是龙之子，好负重，故令其负碑。　"许"，乾隆、咸丰本作"余"，此从砚云本。

㉑高皇帝殿焉：明太祖祭文为历代帝王祭文之殿后。乾隆本、咸丰本均无"帝"字，据砚云本补。

㉒显其大气，不甚奉迎当朝。

㉓江西张：江西龙虎山张天师府。　凤阳朱：明朝皇帝朱氏祖籍凤阳。

孔林

曲阜出北门五里许，为孔林、紫金城。[1]城之门以楼，楼上见小山一点正对东南者，峄山[2]也。折而西，有石虎、石羊三四在榛莽[3]中。过一桥，二水汇，泗水也。享殿后有子贡手植楷。[4]楷大小千余本，鲁人取为材，为棋枰。[5]享殿正对为伯鱼墓，[6]圣人葬其子，得中气。[7]由伯鱼墓折而右，为宣圣墓。去数丈，案一小山，[8]小山之南为子思[9]墓。数百武[10]之内，父、子、孙三墓在焉。

谯周[11]云：孔子死后，鲁人就冢次而居者百有余家，曰“孔里”。《孔丛子》曰：夫子墓茔方一里，在鲁城北六里泗水上。[12]诸孔氏封[13]五十余所，人名昭穆，[14]不可复识。有碑铭三，兽碣俱在。《皇览》曰：弟子各以四方奇木来植，故多异树，不能名。一里之中未尝产棘木、荆草。[15]紫金城外，环而墓者数千家，二千二百余年，[16]子孙列葬不他徙，从古帝王所不能比隆[17]也。

宣圣墓右有小屋三间，扁曰“子贡庐墓处”。[18]盖自兖州至曲阜道上，时官以木坊表识，有曰“齐人归讙处”，[19]有曰

"子在川上处"，[20]尚有义理；至泰山顶上，乃勒石曰"孔子小天下处"，[21]则不觉失笑矣。

纯生氏曰：不必如何赞叹，自极生民未有之盛。

①紫金城：环绕孔家墓地的墙垣，高一丈，厚五尺，长有十余里，俨然一座城池，人称紫金城。

②峄山：在今山东邹县东南，又名东山，与泰山南北对峙。孟子曰："登东山而小鲁。"即此。

③"榛莽"，砚云本作"蓁莽"，通。

④享殿：同飨殿，举行祭礼之殿。　子贡手植楷：孔子弟子端木赐，字子贡。孔子亡后，子贡庐墓六年，亲手植楷树。楷，即黄连木。

⑤棋枰：棋盘。

⑥伯鱼：孔子之子，名鲤，字伯鱼。早丧。　乾隆本、咸丰本皆无"为"字，据砚云本补。

⑦得中气：因墓正对享殿，得受中和之正气。

⑧案：界也。案一小山即隔一小丘。

⑨子思：孔子之孙，名伋，字子思，伯鱼之子。

⑩武：半步为武。两举足为步，则一举足为一武。

⑪谯周：三国时蜀人，博学，通古史。著作有《古史考》等。后降晋，官骑都尉。

⑫"墓茔"，乾隆、咸丰本俱无"茔"字，此从砚云本。按，《水经注》引《孔丛》正作"墓茔"。　鲁城，即曲阜。

⑬封：封土，此指坟墓。

⑭古代宗法制度，宗庙神主及墓地的排列，始祖居中，两侧父子相对，递为昭穆，左为昭，右为穆。

⑮按，自"谯周云"至此，皆引《水经注·泗水》语。"孔丛子"，《水

经注》无“子”字。

⑯“冢”，乾隆、咸丰本误作“家”，此从砚云本。　“二千二百余年”，诸本并作“三千二百余年”。按，自春秋时孔子曾祖自宋迁鲁，至明崇祯时不过二千二百余年，张岱不至误计至此，应是抄刻所误，今改正。

⑰比隆：同等的兴隆。

⑱孔子去世后，诸弟子三年丧毕，或留或去，惟子贡庐墓六年。

⑲齐人归讙处：讙，鲁地名，为齐所侵占。《春秋》定公十年：鲁定公会齐侯于夹谷，孔子为相。是年齐人归还侵地讙与鲁。

⑳子在川上处：《论语·子罕》：“子在川上曰：‘逝者如斯夫，不舍昼夜！’”

㉑孔子小天下处：《孟子·尽心上》：“孟子曰：‘孔子登东山而小鲁，登太山而小天下。’”孟子所说为假设之辞，未必实有其事，即有其事也不能定其所在，故下文言“失笑”。

燕子矶

燕子矶，余三过之。[1]水势湁潗，[2]舟人至此，捷捽抒取，[3]钩挽铁缆，蚁附而上。[4]篷窗中见石骨棱层，[5]撑拒水际，不喜而怖，不识岸上有如许境界！

戊寅[6]到京后，同吕吉士出观音门，[7]游燕子矶，方晓佛地仙都，当面蹉过之矣。[8]登关王殿，[9]吴头楚尾是侯用武之地，[10]灵爽赫赫，[11]须眉戟起。缘山走矶上，坐亭子，看水江潎洌，[12]舟下如箭。折而南，走观音阁，度索[13]上之。阁旁僧院，有峭壁千寻，碚礌[14]如铁；大枫数株，蓊以他树，[15]森森冷绿。小楼痴对，便可十年面壁。[16]今僧寮佛阁，故故背之，其心何忍？[17]是年余归浙，闵老子、王月生[18]送至矶，饮石壁下。[19]

纯生氏曰：绝妙荆、关画图，惟当倩周昉来为月生写照。

①燕子矶：位于南京城北，观音门外，磴道盘曲而上，丹崖翠壁，

凌江欲飞，绝顶有亭，能揽江天之胜。经长江至南京，须过燕子矶下至城西入秦淮。张岱崇祯二年曾来南京，往返为两过，此为二次来南京，第三次过燕子矶下。

②湁（chì）潗（jí）：水浪沸涌翻腾。

③捷捽抒取：迅捷地抓住，舒缓地牵取。形容操舟攀缆动作快慢有致。

④蚁附而上：如蚂蚁般钩攀着峭壁上的铁缆。因矶下水急，舟船逆水而上，故崖上设有铁缆以供攀援。

⑤篷窗：船篷之窗。棱层：突兀纵起。

⑥戊寅：崇祯十一年（1638）。

⑦吕吉士：吕福生，字吉士，绍兴人。　观音门：为明南京外郭城的十八座城门之一，位于城北观音山山谷之间。出观音门即是燕子矶。

⑧蹉过，蹉跎而过。蹉跎，失去机会也。是指以往经过矶下，至城西经秦淮河入城，未及登矶。

⑨关王殿：供三国时蜀将关羽。后世封王封帝，庙祀遍宇内。

⑩吴头楚尾：吴、楚相接之地。古代吴地指今江苏一带，而楚则在湖北，从长江上看，二地相接处应是今江西北部及安徽东南部。南京虽属江苏，但位置为安徽包围，其西、南、北皆安徽之地，所以实际上正是“吴头楚尾”。　侯指关羽，生前曾封汉寿亭侯也。关羽虽在“吴头楚尾”的某些地方作战，然实未到过金陵，故矶上庙祀并非纪念性质。

⑪灵爽：精气，此言神之灵应。　赫赫：显赫著明。

⑫“水江”，乾隆本、咸丰本俱作“水江”，疑是“江水”之误。潎（piē）洌：水流轻灵迅捷。

⑬度索：踩绳梯悬空而过。此处应指栈道之类。

⑭碚（bèi）礧（léi）：形如堆叠的巨岩。

⑮蓊（wěng）：树木浓郁状。蓊以他树，以其他树木的浓荫相陪衬。

⑯面壁：面对墙壁。指独自一人苦学或苦修。此处之壁，乃双关峭壁。

⑰以上两句大意为：峭壁千寻，冷绿森森，如迎面建一小楼，大可供人与峭岩痴痴相对，“面壁”而居。但所建僧寮佛阁，偏偏故意以背向壁。辜负此景，其心何忍。

⑱闵老子，南京茶人；王月生，南京朱市妓，俱是本年新结识。详见卷三《闵老子茶》、卷八《王月生》篇。

⑲三人从秦淮河乘船入江，行至矶下，然后下船饮别。张岱于是年年底归浙。

鲁藩烟火

兖州鲁藩[1]烟火妙天下。烟火必张灯，鲁藩之灯，灯其殿，灯其壁，灯其楹柱，灯其屏，灯其座，灯其宫扇伞盖。诸王公子、宫娥僚属、队舞乐工，尽收为灯中景物。及放烟火，灯中景物又收为烟火中景物。天下之看灯者，看灯灯外；[2]看烟火者，看烟火烟火外。未有身入灯中、光中、影中、烟中、火中，闪烁变幻，不知其为王宫内之烟火，亦不知其为烟火内之王宫也。

殿前搭木架数层，上放“黄蜂出窠”、“撒花盖顶”、“天花喷礴”。四旁珍珠帘八架，架高二丈许，每一帘嵌孝、悌、忠、信、礼、义、廉、耻一大字，每字高丈许，晶映高明。下以五色火漆[3]塑狮、象、橐驼之属百余头，上骑百蛮，[4]手中持象牙、犀角、珊瑚、玉斗诸器，器中实“千丈菊”、“千丈梨”诸火器，兽足蹑以车轮，腹内藏人。旋转其下，百蛮手中瓶花徐发，雁雁行行，且阵且走。[5]移时，百兽口出火，尻[6]亦出火，纵横践踏。端门内外，烟焰蔽天，月不得明，露不得下。看者耳目攫夺，[7]屡欲狂易，[8]恒内手持之。[9]

昔者有一苏州人，自夸其州中灯事之盛，曰："苏州此时有起火[10]亦无处放，放亦不得上。"众曰："何也？"曰："此时天上被起火挤[11]住，无空隙处耳！"人笑其诞。于鲁府观之，殆不诬也。

纯生氏曰：烟腾火发，荧台之象也。

①鲁藩：明洪武三年，朱元璋封其子朱檀（时方生两月）为鲁王，次年建鲁王府于滋阳（即兖州）。张岱到兖州时，正鲁宪王朱寿鋐在位（万历二十八年至崇祯九年）。

②看灯灯外：于灯之外看灯。

③火漆：以松香加入颜料制成，易融易凝，有可塑性。

④百蛮：各种蛮夷外国人。

⑤雁雁行行：如雁队般整齐行进。　且阵且走：一面摆成队形，一面快速行进。

⑥尻：臀尾部。

⑦耳目攫夺：耳急闻，目急视，俱不暇给。

⑧狂易：颠狂发疯。

⑨内手持之：（紧张得）一直把手让人握着。内，即"纳"字。

⑩起火，即烟火，当是民间俗称。或改为"烟火"，不妥。

⑪"挤"，乾隆本作"跻"，据咸丰本改。

朱云崃女戏

朱云崃教女戏，非教戏也。未教戏先教琴，先教琵琶，先教提琴、弦子[①]、箫管。鼓吹歌舞，借戏为之，其实不专为戏也。郭汾阳、杨越公、王司徒女乐，[②]当日未必有此。丝竹错杂，檀板清讴，已妙腠理，[③]唱完以曲白终之，反觉多事矣。

西施歌舞，[④]对舞者五人，长袖缓带，绕身若环，曾挠摩地，扶旋猗那，弱如秋药。[⑤]女官内侍，执扇葆璇盖、[⑥]金莲宝炬、纨扇宫灯二十余人，光焰荧煌，锦绣纷叠，见者错愕。

云老好胜，遇得意处，辄盱目视客；[⑦]得一赞语，辄走戏房与诸姬道之，佹出佹入，[⑧]颇极劳顿。且闻云老多疑忌，诸姬曲房密户，重重封锁，夜犹躬自巡历。诸姬心憎之，有当御者辄遁去，互相藏闪，只在曲房无可觅处，必叱咤[⑨]而罢。殷殷防护，日夜为劳，是无知老贱自讨苦吃者也，堪为老年好色之戒。[⑩]

纯生氏曰：云崃工虎儿墨戏，惜其溺于声色，世遂不传。

①提琴：即胡琴。　弦子：三弦。

②郭汾阳：唐郭子仪，以平安史乱功封汾阳王，加中书令。图形凌烟阁，加号尚父。八子七婿皆重官。　杨越公：杨素，助隋文帝杨坚篡周、平陈，封越国公。　王司徒：王允、王浑、王导、王谧均有称为王司徒者。上言郭子仪与杨素均为开国或再造之元勋，此处似以指王导为妥。西晋亡后，王导辅佐司马睿建东晋，时称“王与马，共天下”。另《晋书》本传载其妻曹氏性妒，导乃密营别馆，以处众妾。

③已妙腠理：其妙已经入于腠理。腠理，肌肤之下血脉流通之窾窍。此指歌舞之妙入于极细腻深密之处，非浮浅之比。咸丰本改作“入妙腠理”，无理。

④梁辰鱼《浣纱记》有《演舞》一折，即此。

⑤《淮南子·修务训》：“今鼓舞者，绕身若环，曾挠摩地，扶旋猗那。身若秋药被风，发若结旌骋驰。”　曾挠摩地：踡曲身体以摩地，估计与现在的“卧鱼”相类。　扶旋：身体旋转。　猗那：《诗·商颂·那》：“猗与那与，置我鞉鼓。”猗、那皆美盛之貌。　秋药：药，指白芷，一种香草。弱，用以形容秋药风中摇曳之状。

⑥“女官”，乾隆本误作“女宫”，据咸丰本改。　扇葆璇盖：羽葆之扇，璇珠之伞，与下文“金莲宝炬、纨扇宫灯”俱舞台上帝王后宫仪仗。

⑦盱目视客：瞪着眼睛盯着客人，带有夸耀之意，暗示客人发表赞辞。

⑧倏出倏入：倏形儵状，忽出忽入。

⑨叱咤，此指恼怒而喝斥。

⑩娄如松先生以为朱云崃即朱国盛字云来者。按，朱国盛华亭人，万历庚戌（1610）进士，除工部主事，累官至工部尚书，坐附阉党，以太常寺卿回籍闲住。录以备考。

绍兴琴派

丙辰，[1]学琴于王侣鹅。绍兴存王明泉派者推侣鹅，学《渔樵问答》、《列子御风》、《碧玉调》、《水龙吟》、《捣衣》、《环珮声》等曲。[2]戊午，[3]学琴于王本吾，半年得二十余曲：《雁落平沙》、《山居吟》、《静观吟》、《清夜坐钟》、《乌夜啼》、《汉宫秋》、《高山》、《流水》、《梅花岸》、《淳化引》、《沧江夜雨》、《庄周梦》，又《胡笳十八拍》、《普庵咒》等小曲十余种。[4]

王本吾指法圆静，微带油腔。[5]余得其法，练熟还生，以涩勒[6]出之，遂称合作。[7]同学者，范与兰、尹尔韬、何紫翔、王士美、燕客、平子。[8]与兰、士美、燕客、平子俱不成，紫翔得本吾之八九而微嫩，尔韬得本吾之八九而微迂。[9]余曾与本吾、紫翔、尔韬取琴四张弹之，如出一手，听者骇服。后本吾而来越者，[10]有张慎行、何明台，结实有余而萧散不足，无出本吾上者。

纯生氏曰：练熟还生，精于琴学者也。余虽未谙操缦，曾事安弦，特为表出。

①丙辰：万历四十四年（1616）。张岱二十岁。

②以上琴曲都传世至今，唯《碧玉调》今名《碧玉意》，《环珮声》作《环佩》。

③戊午：万历四十六年（1618）。

④《雁落平沙》，即今之《平沙落雁》。《清夜坐钟》，据尹尔韬《徽言秘旨》，应是《清夜闻钟》之误。《梅花弄》，即今之《梅花三弄》，琴曲中有“梅花”二字者仅此一曲。《淳化引》，据尹尔韬《徽言秘旨》，应是《神化引》之误。《庄周梦》，尹尔韬《徽言秘旨》作《庄周梦蝶》。

⑤油腔：熟滑有余。

⑥涩勒：生涩拙滞。

⑦合作：本用来称书画作品合乎法度者，此处借用称琴曲演奏。

⑧范与兰，好琴，喜种兰。详见本书卷八《范与兰》条。尹尔韬，字芝仙，号袖花老人，山阴人。以琴艺受知于崇祯帝，曾任中书舍人。明亡后奔走江湖。有琴学专著《徽言秘旨》、《徽言秘旨订》传世。何紫翔，张岱《嫏嬛文集》有《与何紫翔》论琴一札。平子即张岱胞弟张峄，平子为其字。张岱另有小弟名岷，字山民。

⑨迂：刻板，不知通变。

⑩后本吾而来越者：在本吾之后而来越地的琴师。

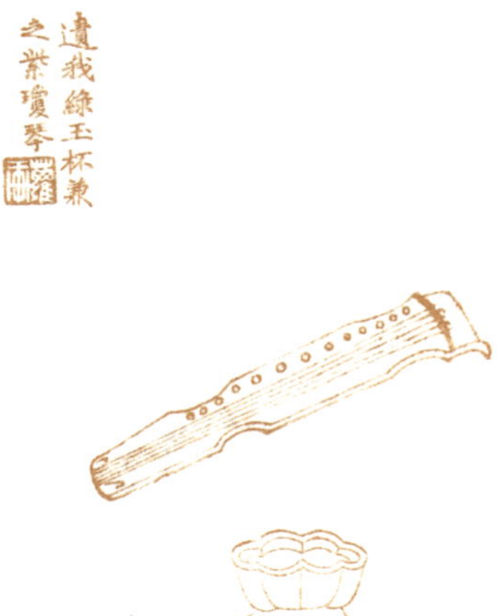

花石纲遗石

越中无佳石。董文简[1]斋中一石，磊块正骨，窋窕数孔，[2]疏爽明易，不作灵谲波诡，朱勔花石纲所遗，[3]陆放翁[4]家物也。文简竖之庭除，[5]石后种剔牙松一株，辟咡负剑，[6]与石意相得。[7]文简轩其北，名“独石”，轩石之，轩独之，无异也。[8]石篑先生[9]读书其中，勒铭志之。

大江以南花石纲遗石，以吴门徐清之[10]家一石为石祖。石高丈五，朱勔移舟中，石盘[11]沉太湖底，觅不得，遂不果行。后归乌程董氏，[12]载至中流，船复覆。董氏破赀募善入水者取之。先得其盘，诧异之，又溺水取石，石亦旋起，时人比之延津剑焉。[13]后数十年，遂为徐氏有。再传至清之，以三百金竖之。石连底高二丈许，变幻百出，无可名状。大约如吴无奇[14]游黄山，见一怪石，辄瞋目叫曰：“岂有此理！岂有此理！”

纯生氏曰：金华山白石，皇初平叱之皆起立。

①董文简：董玘，字文玉，号中峰，绍兴人。嘉靖时官吏部侍郎。卒谥文简。

②磊块正骨：《世说新语·赏誉》："王右军目陈玄伯垒块有正骨。"此处用以比喻石体匀正。　窋（kū）窡（zhà）：较大的石孔。

③朱勔花石纲：朱勔，苏州人。家本贱微，为人佣。与其父投靠蔡京，得官。宋徽宗垂意花石，朱勔父子密取江浙珍木异石以进。至政和中，舳舻相衔于淮、汴，号"花石纲"。　"朱勔"，乾隆本误作"朱缅"，据咸丰本改。

④陆放翁：南宋大诗人陆游，字务观，号放翁，晚年居家乡绍兴。

⑤庭除：庭院。

⑥辟咡（èr）负剑：《礼记·曲礼上》："负剑辟咡诏之，则掩口而对。"辟咡，耳语时以手拢着对方的耳朵，使不为旁人所闻。负剑是指挟抱小儿的动作，负为背负，剑为旁挟。此处指松与石一高一低，如二人亲切耳语。

⑦意相得：意气相投合。

⑧董玘建松轩于石之北，名轩为"独石"，名轩以"石"，名轩以"独"，都是一样的。

⑨石篑先生：陶望龄，字周望，号石篑，会稽人。万历十七年（1589）会试第一、廷试第三，历官翰林院编修、国子监祭酒。工诗善文。与张岱祖父交好。

⑩徐清之：徐泰时之子。泰时，苏州人。万历进士，官至太仆少卿。留园为其所造。下面所言"石祖"即瑞云峰，曾树于留园，后迁至织造府花园，至今尚在。而绍兴独石轩之石，据娄如松先生说，又名魁星石，早在四十年前即为石粉厂购去磨成石粉了。

⑪石盘：底座。

⑫乌程董氏：指董份，湖州人，官至礼部尚书。徐泰时为其婿。

⑬延津剑：晋初，斗牛之间常有紫气，张华闻豫章人雷焕妙达天象，乃约其登楼仰观其气。雷焕曰："宝剑之精，上彻于天耳。剑在豫章丰城。"华即补焕为丰城令，约共寻剑。焕到县，掘狱屋基，入地四丈余，得一石函，中有双剑，并刻题，一曰"龙泉"，一曰"太阿"。后张华被诛，失剑所在。雷焕卒后，其子为州从事，持剑行经延平津，剑忽于腰间跃出，堕水。使人没水取之，不见剑，但见两龙，各长数丈。

⑭吴无奇：字士奇，安徽歙县人。万历进士，官太常寺卿，因忤魏忠贤罢职归。

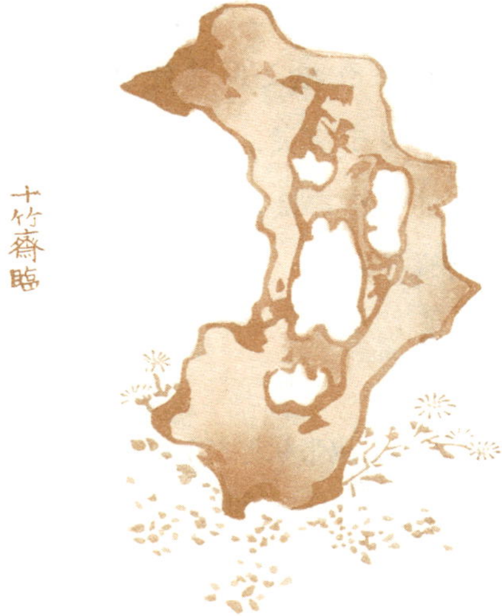

焦山

仲叔守瓜洲，[1]余借住于园，[2]无事辄登金山寺。风月清爽，二鼓，犹上妙高台，[3]长江之险，遂同沟浍。[4]

一日放舟焦山，山更纡谲可喜。江曲涡[5]山下，水望澄明，渊无潜甲。[6]海猪、海马，[7]投饭起食，驯扰若豢鱼。[8]看水晶殿，寻《瘗鹤铭》，[9]山无人杂，静若太古。回首瓜洲烟火城中，真如隔世。

饭饱睡足，新浴而出，走拜焦处士祠。[10]见其轩冕黼黻，[11]夫人列坐，陪臣四，女官四，羽葆云罕，[12]俨然王者。盖土人奉为土谷，[13]以王礼祀之。是犹以杜十姨配伍髭须，[14]千古不能正其非也。处士有灵，不知走向何所？[15]

纯生氏曰：长江沟浍，猪马豢鱼，陶庵忘机矣。一见焦生，何遂不然。

①仲叔守瓜洲：张岱二叔张联芳，字尔葆，号二酉。喜习古文辞，旁攻画艺。崇祯十年（1637）任扬州同知。 瓜洲，即瓜洲渡，或称瓜

洲步，位于扬州城南江岸。按，“瓜洲”诸本俱误作“瓜州”，径改，此后不再做说明。

②于园：在瓜洲。详见本书卷五《于园》一则。

③妙高台：为金山寺胜景，在金山最高处。据说韩世忠长江大战金兀术，梁红玉在此擂鼓助战。

④沟浍：沟渠，喻水流之狭小。

⑤曲澢（guō）：水流回旋。

⑥潜甲：潜藏的蛟龙。水极清，虽是深渊，也不能隐藏什么怪物。

⑦海猪、海马：当是江鳄河豚之类。

⑧驯扰：驯伏。　豢鱼：人工喂养的鱼。

⑨《瘗鹤铭》：原为焦山摩崖刻石，后崩落于江中，仅水枯时能见。其残石现已移入焦山碑林，自然无须寻找了。其字在书法史上有很重要地位，传说为梁陶弘景所书。

⑩焦处士：焦先，汉末隐士。字孝然，河东人。孑然无亲，见汉室衰，遂不语。露首赤足，结草为裳，数日一食。或谓曾结庐于镇江谯山（即今焦山）。

⑪轩冕：车乘和冕服。　黼黻：官服上的纹章。

⑫羽葆云罕（hǎn）：羽葆为饰以鸟羽的华盖，云罕为绘有云纹的彩旗，此概指帝王的仪仗。

⑬土谷：即土地神。

⑭以杜十姨配伍髭须：宋高文虎《蓼花洲闲录》云：温州有土地杜十姨，无夫，五髭须相公，无妇，州人遂迎杜十姨以配五髭须，合为一庙。杜十姨为谁？杜拾遗甫也；而五髭须者，伍子胥也。

⑮不知走向何所：不知逃往何处躲避。

表胜庵

炉峰石屋，为一金和尚结茅守山之地，[1]后住锡柯桥融光寺。[2]大父造表胜庵[3]成，迎和尚还山住持，命余作启。[4]启曰：

伏以丛林表胜，惭给孤之大地布金；[5]天瓦安禅，冀宝掌自五天飞锡。[6]重来石塔，戒长老特为东坡；[7]悬契松枝，万回师却逢西向。[8]去无作相，住亦随缘。[9]

伏惟九里山之精蓝，[10]实是一金师之初地。偶听柯亭之竹笛，留滞人间；[11]久虚石屋之烟霞，应超尘外。譬之孤天之鹤，尚眷旧枝；[12]相彼弥空之云，亦归故岫。况兹胜域，宜兆异人。[13]

了住山之夙因，立开堂之新范。[14]护门容虎，洗钵归龙。[15]茗得先春，仍是寒泉[16]风味；香来破腊，依然茅屋梅花。[17]半月岩似与人猜，请大师试为标指；[18]一片石正堪对语，[19]听生公说到点头。[20]敬藉山灵，愿同石隐。[21]倘净念结远公之社，定不攒眉；[22]若居心如康乐之流，自难开口。[23]立返山中之驾，看回湖上之船。[24]仰望慈悲，俯从大众。

纯生氏曰：大畅宗风，妙析奇致，宁曰富丽为工。

①炉峰：香炉峰，在绍兴东南会稽山诸峰中为最高。　结茅：构建茅屋。据娄如松先生实地勘察，香炉峰之石屋，实为两块巨岩天然相抵，下成空穹，高约二米，方广四十余平米，只须稍砌以砖，即成一屋，所谓石屋禅院即此。而两块巨岩即卷五《炉峰月》所说之“两石不相接者丈许”之“两石”。　“守山”，乾隆本、咸丰本俱作“守土”，此从砚云本改。

②住锡：僧人游方，手持锡杖，如居留于某地，则称住锡。　柯桥融光寺：祁彪佳《越中园亭记》“柯亭”条：“有桥有寺，俱以柯名。去府城西三十里。蔡邕尝宿此，取屋椽为笛。”融光寺即柯桥寺，南宋时建，明正统间改名融光。

③表胜庵：《越中园亭记》：“表胜，庵也，而列之园，则张肃之先生精舍在焉。山名九里，以越盛时笙歌闻于九里，故名。渡岭穿溪，至水尽路穷而庵始出。冷香亭居庵之左，斫阁、钟楼，若断若续，俱悬崖架壑为之。而奇石陡峻，则莫过于鸥虎轩。至炉峰石屋之胜，载主人《开山缘起》，予不复缕数矣。”

④启：一种文书，启禀的书信。本文就是启禀一金和尚的信，收入《嫏嬛文集》时题为《迎一金和尚启》。张汝霖卒于天启五年（1625），时张岱二十九岁。本文自作于此前。

⑤丛林：僧众聚居之所，后亦以代称寺院。　惭给孤之大地布金：自惭不能如给孤独那样为了迎接尊师而大地铺金。佛经云：有善施长者须达，拯乏济贫，人号给孤独。闻佛功德，遂生尊敬，愿建精舍，请佛降临。世尊命弟子舍利弗随往相地，唯太子祇陀园最宜。太子言：“汝若能以黄金布地，令无空者，便当相与。”须达使人象负黄金八十顷中，须臾将满。太子念言：“佛必大德，能使斯人轻宝如是。”乃令：“止，勿

出金。园地属卿，树木属我，我自上佛共立精舍。”须达然之，即便施工起立精舍。　此句大意为，我们建了表胜禅院，惭愧不能修造得华丽。

⑥天瓦：即天瓦山房。《越中园亭记》：“天瓦山房在表胜庵下，背负绝壁，楼台在丹崖青嶂间。近张平子（张岱之弟张峄）读书其中。”　宝掌：施宿《会稽志》：宝掌禅师，中印度人，生周末，当魏晋时，自西域来华。一日示众曰：“吾欲住世千岁，今六百七十三岁矣。”因号千岁和尚。唐贞观中，周游二浙，至诸暨里浦山下，遇一老人，问欲何之。师曰：“访地修行，吾将老焉。”老人曰：“循山之阴，林嶂幽耸中有石室，名里浦岩，盍往居之。”值中秋，师抵岩下，见其山秀泉洁，月白风清，为颂有“行尽支那四百州，此中偏称道人游”之句，遂结茅以居。　飞锡：《天中记》引《释鉴》：舒州潜山奇绝，山麓尤胜。志公与白鹤道人皆欲居之，因禀梁武帝。帝以二人俱具灵通，俾各以物识其地，得者居之。道人云：“某以鹤止处为记。”志公云：“某以卓锡处为记。”已而鹤先飞去，至麓将止，忽闻空中锡飞声，志公之锡遂卓于山麓，而鹤惊止他所。此句大意谓：在天瓦石屋设置修禅之地，望一金师能安顿于此。

⑦苏东坡作《重请戒长老住石塔疏》，云：“念西湖之久别，本是偶然；为东坡而少留，无不可者。”此言一金和尚重返石屋，乃特因张肃之之请。

⑧悬契松枝，万回师却逢西向：悬契，即立约。《大唐新语》：玄奘法师往西域取经，行前，手摩灵岩寺松枝曰：“吾西去求佛教，汝可西长。吾归，即向东。”既去，其枝年年西指。一夕忽东指，弟子曰：“教主归矣。”果还。至今谓之摩顶松。　“万回师”，砚云、乾隆、咸丰诸本及沈复灿抄本《嫏嬛文集》俱同，唯光绪刻本《嫏嬛文集》卷二《迎一金和尚启》作“对回师”。　万回，唐段成式《酉阳杂俎》：“僧万回，年二十余，貌痴不语。其兄戍辽阳，久绝音问，或传其死，其家为作斋。万回忽卷饼茹，大言曰：‘兄在。我将馈之。’出门如飞，马驰不及。及暮而还，得其兄书，缄封犹湿。计往返一日万里，因号焉。”民间或称为“万回哥哥”，云祀之可使人在万里外亦能回来，故曰万回。此句费解，玄奘东归，所以松枝东指，而一金和尚自柯桥融光寺回炉峰石屋，也是

自西而东，松枝是不应该“西向”的。全句大致谓当年一金师去柯桥时，曾答应会回来的，我们也一直盼望着您回来。

⑨去无作相，住亦随缘：离去时不作什么表示，住到何处也只随机缘。

⑩九里山之精蓝：九里山即侯山，在绍兴县南，香炉峰应与九里山为一脉，故此处变言以代指炉峰之石室。　精蓝，精舍、寺院。

⑪柯亭之竹笛：蔡邕避难于会稽柯亭，仰见椽竹，知有奇音，取之作笛。东晋桓伊善音乐，为江左第一，得蔡邕柯亭笛，常自吹之。王徽之泊舟于青溪，旧闻桓子野善吹笛，而不相识。遇桓于岸上过，王在船中称桓伊小名，云：“闻君善吹笛，试为我一奏。”桓时已贵显，素闻王名，即便回下车，踞胡床，为作三调。弄毕，便上车去。客主不交一言。此句言一金师之住柯桥融光寺，只是偶兴之念，暂且安身而已。

⑫“譬之”，砚云本作“辟之”。　孤天之鹤，尚眷旧枝：陶潜《搜神后记》：丁令威，辽东人，学道于灵虚山。后化鹤归辽东，集城门华表柱。有少年举弓欲射之。鹤乃飞起，徘徊于空中而言曰：“有鸟有鸟丁令威，去家千年今始归，城郭如故人民非，何不学仙冢累累。”　孤天：孤飞于天。

⑬言炉峰为胜地，本应安置卓异之人。

⑭一金和尚回归炉峰，了遂住此山之昔缘，再立寺院之新规。

⑮护门容虎，洗钵归龙：以虎守门，以钵豢龙。《晋书·僧涉传》：僧涉者，西域人。苻坚时入长安。能以秘咒下神龙，每旱，坚常使之咒龙请雨。俄而龙下钵中，天辄大雨，坚及群臣亲就钵观之。

⑯寒泉：娄如松云：寒泉，九里山溪水名。有庵，亦以寒泉名，址在表胜庵下溪边。

⑰香来破腊：杜甫《江梅》诗：“梅蕊腊前破，梅花年后多。”　依然茅屋梅花：元末大画家诸暨人王冕，晚年自燕都归越，携妻子隐于九里山，绕屋种梅花千树，结茅庐三间，自题为梅花屋。

⑱会稽城南三十里法华山天依寺，据宋姚宽《西溪丛语》，有半月泉隐岩下，虽月圆满，望池中只见其半，最为佳处。然南宋初即为僧法聪

凿开岩上，易名“满月”。真大杀风景事。而据张岱此处语意，似池中尚能见半月，然须一定位置及角度，大费游客猜试，故待寺僧为指点也。

⑲一片石正堪对语：庾信自南朝至北方，唯爱温子升所作《寒山寺碑》。或问信：“北方何如？”曰：“唯寒山寺（或作“韩陵”）一片石堪共语，薛道衡、卢思道少解把笔，余若驴鸣狗吠。”此句扣炉峰顶上多有巨岩。

⑳听生公说到点头：苏州虎丘千人石旁有“点头石”，传说生公（竺道生）于此讲道，无信之者，乃聚石为徒众，谈至理，石为点头。

㉑山灵：山神。　石隐：如磐石长隐于此山。

㉒远公之社：东晋高僧慧远，于庐山东林寺，同慧永、慧持及刘遗民、雷次宗等结社，精修念佛三昧，誓愿往生西方净土，又掘池植白莲，称白莲社。此句言，此后常来拜访交谈的都是高人雅士，一金师定会乐于相接。

㉓若居心如康乐之流：谢灵运，晋宋间人，因爵康乐侯，故世称谢康乐。去官后移籍会稽，多徒众，恣横不法，惊扰百姓。太守孟顗事佛精恳，而为灵运所轻，尝谓顗曰：“得道应须慧业文人，生天当在灵运前，成佛必在灵运后。”顗深恨此言。此句言，如果主人居心如谢灵运那样，也就不好意思向一金师开口相邀了。

㉔一金师如由柯亭迁回炉峰，须乘船经过鉴湖，故云“看回湖上之船”。

梅花书屋

陔萼楼[1]后老屋倾圮，余筑基四尺，造书屋一大间。旁广耳室如纱橱，[2]设卧榻。前后空地。后墙坛其趾，[3]西瓜瓤大牡丹[4]三株，花出墙上，岁满三百余朵；坛前西府二树，花时积三尺香雪。前四壁稍高，[5]对面砌石台，插太湖石数峰；西溪梅[6]骨古劲，滇茶数茎，妩媚其旁；梅根种西番莲，缠绕如缨络。[7]窗外竹棚，密宝襄盖之。[8]阶下翠草深三尺，秋海棠疏疏杂入。前后明窗，宝襄、西府渐作绿暗。余坐卧其中，非高流佳客，不得辄入。[9]慕倪迂"清閟"，又以"云林秘阁"名之。[10]

纯生氏曰：华竹和气，验人安乐；草木文章，发帝机杼。

①陔萼楼：娄如松云在绍兴城内五马坊口（今人民西路西端）张状

元台门内，台门今已不存。张状元，即张岱之曾祖张元忭。此张岱之祖居，其西即龙山（今名府山），多有张家园池。

②广：此作动词，扩出、扩展之意。　耳室：与大屋相连通的侧屋。　纱橱：于室内设纱帐，隔如小室，可避蚊。

③后墙坛其趾：即沿后墙根筑一花坛。

④西瓜瓤大牡丹："西瓜瓤"为牡丹品种，以颜色似西瓜瓤也。

⑤前四壁稍高：屋前不应能有四壁，娄如松以为"四壁"当是"西壁"之误，甚是。如此则书屋坐东朝西，此前言屋后布置，以下则言屋前。

⑥杭州西溪，以梅花著名。

⑦缨络：用珠玉或丝料串成的穗状装饰。

⑧密：密植。　宝襄：即宝相花，为蔷薇花之一种，能攀援棚札。司马光《三月三十日偶成兼呈真率诸公》诗"宝相锦铺架，酴醾雪拥檐"，即是。

⑨祁彪佳《祁忠敏公日记》记崇祯十年五月，与枫社诸友集于张岱"新构云林秘阁"。

⑩倪迂清閟：倪瓒，字元镇，号云林。元代大画家，与黄公望、吴镇、王蒙并称"元四家"。因其洁癖性迂，人称"倪迂"。书室名清閟阁，名闻外国。著有《清閟阁集》。　"阁"，乾隆本、咸丰本俱误作"閤"。

不二斋

不二斋，[1]高梧三丈，翠樾千重，墙西稍空，腊梅补之，但有绿天，暑气不到。后窗墙高于槛，[2]方竹数竿，潇潇洒洒，盛子昭“满耳秋声”横披一幅。[3]天光下射，望空视之，晶沁如玻璃、云母，坐者恒在清凉世界。

图书四壁，充栋连床；鼎彝尊罍，不移而具。余于左设石床、竹几，帷之纱幕，以障蚊虻；绿暗侵纱，照面成碧。

夏日，建兰、茉莉芗泽浸人，沁入衣裾。重阳前后，移菊北窗下，菊盆五层，高下列之，颜色空明，天光晶映，如沉秋水。冬则梧叶落，腊梅开，暖日晒窗，红炉毾㲪，[4]以昆山石种水仙，[5]列阶趾。春时，四壁下皆山兰，槛前芍药半亩，多有异本。余解衣盘礴，[6]寒暑未尝轻出。——思之如在隔世。

纯生氏曰：挥洒云起，恍引入水帘、濠上也，盛暑对之，冷然惊爽。

①不二斋：祁彪佳《越中园亭记》：“张文恭（元忭）于居第旁有楼三楹，为讲学地。其家曾孙宗子更新之。宗子嗜古，多蓄奇书文玩之具，皆极精好。”是不二斋亦在绍兴城内张岱祖居内。

②槛，读 jiàn，护花木之栏也。

③盛子昭：元代大画家，工山水人物。此言从不二斋后窗向外看，景物如盛子昭一幅横披画。“盛子昭”，乾隆本、咸丰本俱误作“郑子昭”。

④毾（tà）㲪（dēng）：毛织地毯。

⑤昆山石：产于江苏昆山玉峰的奇石，玲珑白色。小件可做案头清玩，碎粒可铺盆栽水仙。

⑥解衣盘礴：宽松衣带，随意坐卧。《庄子·田子方》：宋元君将画图，众史皆至，受揖而立。有一史后至者，儃儃然不趋，受揖不立，因之舍。公使人视之，则解衣般礴裸。君曰：“可矣，是真画者也。”

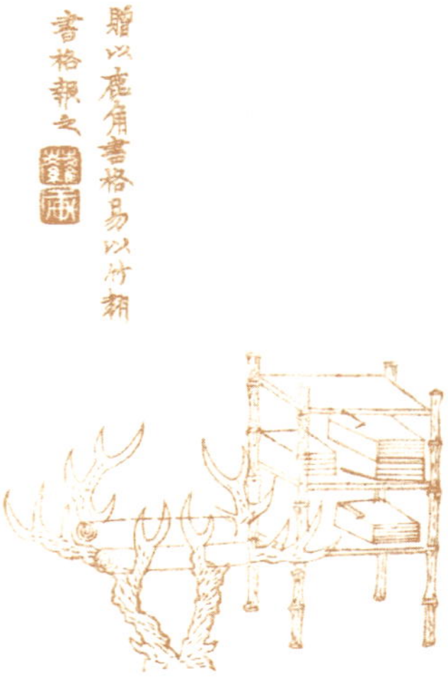

砂罐锡注

宜兴罐，①以龚春②为上，时大彬③次之，陈用卿④又次之。锡注，⑤以黄元吉⑥为上，归懋德次之。夫砂罐，砂也，锡注，锡也，器方脱手，而一罐一注价五六金，则是砂与锡与价，其轻重正相等焉，岂非怪事！然一砂罐，一锡注直跻之⑦商彝周鼎之列而毫无惭色，则是其品地也。

纯生氏曰：至微之物入宗子手，便能点铁成金。

①宜兴罐：即宜兴紫砂壶。

②龚春：明正德、嘉靖时人，最早使宜兴泥壶成为艺术品的民间艺人。或作“供春”。据说所制“栗色暗暗，如古今铁，敦庞周正”。或说现仅存一二件，或说已经绝传。

③时大彬：龚春传人，与李仲芬及时大彬弟子徐友泉并称为万历后三大紫砂“妙手”。

④陈用卿：又名陈三呆子，万历、崇祯年间制壶高手。

⑤锡注：锡制酒壶。

⑥黄元吉，乾隆本、咸丰本俱误作“王元吉”，按，张岱《夜航船》载嘉兴锡壶名家“以黄元吉为上”，此从砚云本改作“黄元吉”。

⑦跻：升也。

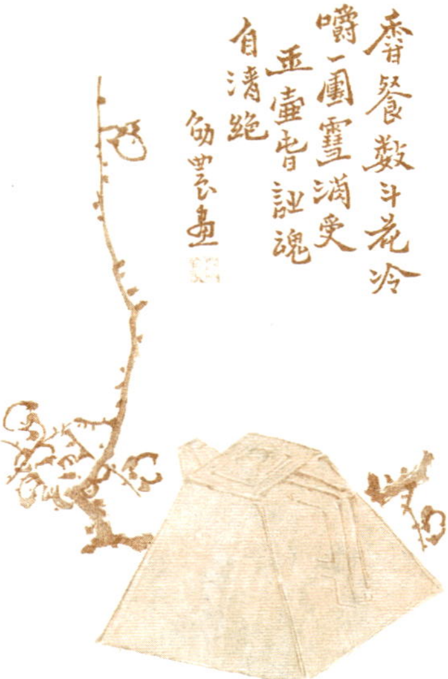

沈梅冈

沈梅冈先生忤相嵩，[1]在狱十八年。读书之暇，旁攻匠艺。无斧锯，以片铁日夕磨之，遂铦利。得香楠尺许，琢为文具一：大匣三、小匣七、壁锁二；棕竹数片，为箑[2]一：为骨十八，以筍、以缝、以键，坚密肉好，[3]巧匠谢不能事。

夫人丐先文恭志公墓，[4]持以为贽，文恭拜受之。铭其匣曰："十九年，中郎节。[5]十八年，给谏[6]匣。节邪匣邪同一辙。"铭其箑曰："塞外毡，饥可餐。[7]狱中箑，尘莫干。[8]前苏后沈名班班。"[10]梅冈制，文恭铭，徐文长书，张应尧镌，人称四绝，余珍藏之。又闻其以粥炼土，[11]凡数年，范为铜鼓者二，声闻里许，胜暹罗铜。[12]

纯生氏曰：小霞抟土鼓，祝云：若鸣，当出狱。一日土鼓自鸣，寻亦昭雪。

①沈梅冈：沈束，字宗安，梅冈其号，绍兴人。嘉靖二十三年（1544）

进士。除徽州推官，擢礼科给事中。以忤严嵩，被囚诏狱十八年。《明史》有传。　相嵩：严嵩。字惟中，号介溪，江西分宜人。弘治十八年（1505）进士。嘉靖间极言祥瑞，累进吏部尚书、谨身殿大学士、少傅兼太子太师，少师、华盖殿大学士。窃权罔利，专擅国政近二十年。与其子世蕃招权纳贿，肆行贪污，排除异已，结党营私。后罢相抄没，病殁于家。

②箑：扇。此处为折扇。

③古以肉好称圆形玉器和钱币的边和孔。肉，边；好，中间的孔。此处指折扇关捩之孔及边缘。

④文恭：张岱曾祖张元忭，字子荩，号阳和。隆庆五年（1571）状元，历官翰林修撰、侍读。卒谥文恭。　志公墓：为沈束作墓志铭。

⑤十九年，中郎节：西汉武帝时，苏武以中郎将使持节，使匈奴，被单于扣留。苏武杖汉节牧羊，卧起操持，节旄尽落。在匈奴凡十九岁，始以强壮出，及还，须发尽白。

⑥给谏：官名，即给事中，掌稽察、弹劾，因在谏垣，故称给谏。此处指沈束。

⑦塞外毡，饥可餐：单于逼苏武降，置大窖中，绝不饮食。天雨雪，武卧啮雪与毡毛并咽之，数日不死。

⑧尘莫干：干，干犯，干扰。此句意为尘秽不能干犯。

⑨班班：灼然显著。

⑩以粥炼土：即以粥汤和泥，反复揉之为炼。这样和出的泥干后坚硬如铁。

⑪暹罗铜：暹罗，今泰国，所产铜材极优，据说宣德炉即以暹罗铜制成。

岣嵝山房

岣嵝山房，[1]逼山，逼溪，逼韬光路，[2]故无径不梁，[3]无屋不阁。[4]门外苍松傲睨，蓊以杂木，冷绿万顷，人面俱失。[5]石桥低磴，[6]可坐十人。寺僧刳竹引泉，桥下交交牙牙，皆为竹郎。[7]

天启甲子，[8]余键户其中者七阅月，[9]耳饱溪声，目饱清樾。山上下多西栗、边笋，[10]甘芳无比。邻人以山房为市，[11]蓏果、羽族[12]日致之，而独无鱼。乃潴[13]溪为壑，系巨鱼数十头。有客至，辄取鱼给鲜。

日晡，必步冷泉亭、包园、飞来峰。[14]一日缘溪走看佛像，口口骂杨髡。[15]见一波斯坐龙象，蛮女四五献花果，皆裸形，勒石志之，乃真伽像也。余椎落其首，并碎诸蛮女，置溺溲处以报之。[16]寺僧以余为椎佛也，咄咄作"怪事"，[17]及知为杨髡，皆欢喜赞叹。

纯生氏曰：嘉靖时陈仕贤守杭州，曾击真伽像弃于圊中。

①岣嵝山房：在杭州灵隐寺西。明李元昭号岣嵝山人，构庐于此，架于回溪绝壑之上，溪声出屋下，高崖插天，古木拔地，称岣嵝山房。元昭诗与徐渭齐名，有《岣嵝山房集》。张岱曾祖张元忭曾撰《李元昭岣嵝山房记》。

②韬光路：灵隐寺西有法安院，唐长庆中，有诗僧韬光结庵于院西。灵隐寺有韬光庵，即以师命名。此路应即通韬光庵者。

③梁：桥梁。

④阁：悬空的屋宇。

⑤人面俱失，即人面俱失本色，因为绿色所映也。

⑥“低磴”，咸丰本作“底磴”。

⑦竹邮：指承接引递泉水的竹筒，即现在看来是“土自来水”的竹制设备。《湖山便览》卷五“韬光泉”条引《名山胜概》云：“从岣嵝山房上至韬光，峰高百盘，流泉数十折，僧家皆刳竹引泉，众响并作，沸于弦索。”即此也。　按，“竹邮”，《西湖梦寻·岣嵝山房》作“竹节”，误。

⑧天启甲子：天启四年（1624），张岱二十八岁。

⑨键户：闭门读书，谓读书其中，非真锁门不出也。据《西湖梦寻·岣嵝山房》云，与张岱同时在此读书的还有陈洪绶、张平子等五人。　阅月：时经一月。

⑩西栗、边笋：灵隐寺有西栗树，据说为僧慧理自西域携来之种，故称西栗。　边笋即鞭笋，很嫩的竹根。《西湖梦寻》附《岣嵝山房小记》作“鞭笋”。　“栗”，诸本并误作“粟”，《梦寻》作“栗”，据改。

⑪以山房为市：意思是把东西拿到山房来卖。

⑫蓏：瓜类。　羽族：家禽野禽。

⑬潴：堵塞水流以积水成池。

⑭“晡”，乾隆本误作“脯”，据咸丰本改。　冷泉亭、包园、飞来峰，俱在今灵隐寺一带。可参看《西湖梦寻》中《冷泉亭》、《青莲山房》、《飞来峰》诸篇。　青莲山房即包园，亦即包庄，见卷三“包涵所”条。　按，“步”字上《梦寻》有“出”字。

⑮杨髡：杨琏真伽，西域僧人，元初为江南释教总摄，与杭州演福寺僧允泽勾结，遍掘宋帝诸陵。最惨为理宗，或云含有夜明珠，乃倒尸树间，三日竟失其首。　髡：秃头。因其为西域人，故下云其像为“波斯”。

⑯按，《梦寻·飞来峰》记此事稍有异，云：“且杨髡沿溪所刻罗汉皆貌己像，骑狮骑象，侍女皆裸体献花，不一而足。田公汝成锥碎其一。余少年读书岣嵝，亦碎其一。”

⑰咄咄作“怪事”：口中自言自语道“怪事怪事”。

三世藏书

余家三世积书三万余卷。大父诏余曰："诸孙中惟尔好书，尔要看者，随意携去。"余简太仆、文恭、大父[1]丹铅所及有手泽存焉者，[2]汇以请。[3]大父喜，命舁去，约二千余卷。

天启乙丑，[4]大父去世，余适往武林，父、叔及诸弟门客、匠指、臧获、獠婢[5]辈乱取之，三代遗书，一日尽失。[6]

余自垂髫聚书四十年，[7]不下二万卷。[8]乙酉避兵入剡，[9]略携数簏随行，而所存者为方兵所据，[10]日裂以吹烟，[11]并舁至江干，[12]籍甲内[13]挡箭弹。四十年所积，亦一日尽失，此吾家书运，亦复谁尤！

余因叹古今藏书之富，无过隋、唐。隋嘉则殿分三品，有红琉璃、绀琉璃、漆轴之异。殿垂锦幔，绕刻飞仙。帝幸书室，践暗机，[14]则飞仙收幔而上，橱扉自启；帝出，闭如初。隋之书计三十七万卷。[15]唐迁内库书于东宫丽正殿，置修文、著作两院，学士得通籍出入。[16]太府[17]月给蜀都麻纸五千

番，季给上谷墨三百三十六丸，岁给河间、景城、清河、博平四郡兔千五百皮为笔，以甲、乙、丙、丁为次。唐之书计二十万八千卷。[18]我明中秘书不可胜计，即《永乐大典》[19]一书，亦堆积数库焉。余书直九牛一毛耳，何足数哉！

纯生氏曰：记书混混有致，记隋、唐靡靡可听，宗子超超元箸。

①太仆：张岱高祖张天复，曾官太仆卿。　文恭：张岱曾祖张元忭，谥文恭。　大父：张岱祖父张汝霖。

②丹铅所及：古人在书上评点勾画用丹朱、铅粉，此即以丹铅表示读书时的评点勾画。　手泽：指先人抚摸玩赏过的东西。此指加过评点或阅读过的书籍。

③汇：聚在一起。　请：请求准许（自己拿走）。

④天启乙丑：天启五年（1625）。诸本“天启”俱作“崇正（祯）”。按，崇祯无乙丑，而张岱《家传》言张汝霖“乙丑三月，病瘰𩬊，不起”，则“崇正”为“天启”之误显然，今改正。

⑤匠指：工匠及杂役。　臧获：奴仆，此处专指男性。　獠婢：贱婢。《南史·王琨传》：琨父怿，不辨菽麦，人无肯与婚，家以獠婢恭心侍之，遂生琨。

⑥为匠指等人取走者，为祖父之三代藏书，张岱所藏不在其内。

⑦垂髫：髫，儿童时留发，发下垂。垂髫即代表童时。弘光败灭时张岱四十九岁，则张岱聚书在九岁以前也。

⑧“二万卷”，咸丰本作“三万卷”。

⑨乙酉：清顺治二年（1645），明亡之次年，南明弘光朝崩溃，清兵克杭州，直逼绍兴。　剡：剡县，今浙江嵊县。

⑩方兵：南明将领方国安军。国安与马士英为一党，后降清。是时

方国安绑架张岱之子，胁迫张岱出资犒军，府第亦为方国安所据。

⑪裂以吹烟：撕书页以卷烟草吸食。按，“补遗”《苏州白兔》条有“妇人女子无不吃烟”句，疑“吹”或为“吃”字之误。

⑫江干：江岸。

⑬籍甲内：铺垫于战衣之内。

⑭践暗机：脚踏暗藏的机关。

⑮隋嘉则殿藏书事，详见《资治通鉴》卷一百八十二。

⑯唐太宗于门下省置弘文馆，生三十人。又于东宫置崇文馆，生二十人。至唐中宗时，始改弘文馆名修文馆。又唐于史官外另设著作郎、著作佐郎，掌修撰碑志、祝文、祭文。并无“修文院”之设。 按，张岱此处文句有误。《新唐书・艺文志》原文为：“（玄宗）及还京师，迁书东宫丽正殿，置修书院于著作院。其后大明宫光顺门外、东都明福门外，皆创集贤书院，学士通籍出入。” 通籍，谓记名于门籍，可以凭籍出入。

⑰太府：为列卿，掌皇室库储出纳。

⑱ “二十万八千卷”，似应是“二万八千卷”之误。据《新唐书・艺文志》：“藏书之盛，莫盛于开元。其著录者五万三千九百一十五卷，而唐之学者自为之书者又二万八千四百六十九卷。”

⑲《永乐大典》：明成祖时由解缙等人主修，计两万余卷。现仅余残册。

客從遠方來遺我一書札

卷三

野船開宿鳥

丝社

越中琴客不满五六人，[1]经年不事操缦，[2]琴安得佳？余结丝社，月必三会之。有小檄[3]曰：

中郎音癖，"清溪弄"三载乃成；[4]贺令神交，《广陵散》于今不绝。[5]器由神以合道，人易学而难精。幸生岩壑之乡，共志丝桐之雅。[6]清泉磐石，援琴歌《水仙》之操，[7]便足怡情；涧响松风，三者皆自然之声，正须类聚。[8]偕我同志，爰立[9]琴盟；约有常期，宁虚芳日？[10]杂丝和竹，用以鼓吹清音；动操鸣弦，自令众山皆响。[11]非关匣里，不在指头，东坡老方是解人；[12]但识琴中，无劳弦上，元亮辈正堪佳侣。[13]既调商角，翻信肉不如丝；[14]谐畅风神，雅羡心生于手。[15]从容秘玩，莫令解秽于花奴；[16]抑按盘桓，[17]敢谓倦生于古乐。[18]共怜同调之友声，用振丝坛之盛举。[19]

纯生氏曰：风韵清远，从海上移情悟人，鼓琴华阳亭，不无少仙机耳。

①五六人：即卷二《绍兴琴派》所说的尹尔韬、何紫翔等人。

②操缦（màn）：弹琴的雅称。《礼记·学记》："不学操缦，不能安弦。"郑玄注："操缦，杂弄。"一说，缦谓琴瑟之弦。

③檄：公告。

④中郎音癖，"清溪弄"三载乃成：中郎，蔡邕，字伯喈，在东汉末官左中郎将，故称蔡中郎。宋朱长文《琴史》：蔡邕嘉平中尝谒鬼谷先生，不遇。憩于清溪，游览岩谷。山有五曲，曲有幽居灵迹。每一曲制一弄，三年曲成。出示马融、王允等，甚异之。蔡氏五弄，所谓《游春》、《渌水》、《坐愁》、《秋思》、《幽居》也。　弄：说法不一。《乐府诗集·琴曲歌辞》引《琴论》曰："和乐而作，命之曰畅；忧愁而作，命之曰操；引者，进德备业，申达之名也；弄者，情性和畅，宽泰之名也。"可作一解。

⑤贺令神交，《广陵散》于今不绝：《三国志·魏书·嵇康传》注引虞预《晋书》云：嵇康既不为司马氏所用，又为锺会谗之，遂被杀。康临刑，援琴而鼓，言曰："袁孝尼尝从吾学《广陵散》，吾每固之不与。《广陵散》于今绝矣！"刘宋刘义庆《幽明录》：会稽贺思令，善弹琴，尝夜在月中坐，临风抚奏。忽有一人，形器甚伟，著械有惨色，至其中庭。称善，便与共语。自云是嵇中散（康官中散大夫），谓贺云："卿下手极快，但于古法未合。"因授以《广陵散》，贺因得之，于今不绝。

⑥岩壑之乡：《晋书·顾恺之传》：恺之还至荆州，人问以会稽山川之状。恺之云："千岩竞秀，万壑争流，草木蒙笼，若云兴霞蔚。"　丝桐：琴用桐木斫成，以丝为弦，故用"丝桐"代称琴。

⑦《水仙》之操：《水仙操》，传说为俞伯牙所作琴曲。世言伯牙学鼓琴于成连先生，三年而成，至于精神寂寞，情之专一，尚未能也。成连引伯牙至海上，但闻海上水汩没滟澌之声，山林窅冥，群鸟悲号，怆然叹曰："先生将移我情。"乃援琴而歌之。伯牙遂妙绝天下。

⑧三者皆自然之声：上仅言涧响及松风二种，合琴为三。按，琴曲有《石上流泉》（见尹尔韬《徽言秘旨》）和《风入松》，皆写涧响及松风者。

⑨爱立：以礼而立。

⑩约有常期，宁虚芳日：琴社之约，自为芳日，不可空而不赴。

⑪《宋书·宗炳传》：炳好山水，爱远游，有疾还江陵，凡所游履，皆图之于室，谓人曰："抚琴动操，欲令众山皆响。"

⑫苏东坡有《琴诗》："若言琴上有琴声，放在匣中何不鸣？若言声在指头上，何不于君指上听？"此处故用李清照"非干病酒，不是悲秋"句式。

⑬陶潜，字元亮。《宋书》本传云：潜不解音声，而畜素琴一张，无弦，每有酒适，辄抚弄以寄其意。

⑭商角：宫商角羽徵，以商角概指五音。　肉不如丝：晋人孟嘉云："丝不如竹，竹不如肉。"肉指人声徒歌。此言人声不及琴声。

⑮心生于手：唐韦荣宗论书："凡下笔，心生于手，然后方可下。"

⑯解秽于花奴：《羯鼓录》：唐玄宗不好琴，尝听弹三弄，未及毕，谓宦者曰："速召花奴，将羯鼓来为我解秽！"花奴，汝阳王李琎小名，善羯鼓。

⑰抑按盘桓：嵇康《琴赋》："或徘徊顾慕，拥郁抑按，盘桓毓养，从容秘玩。"

⑱《礼记·乐记》：魏文侯问于子夏曰："吾端冕而听古乐，则惟恐卧；听郑卫之音则不知倦。敢问古乐之如彼，何也？新乐之如此，何也？"

⑲友声：《诗·小雅·伐木》："嘤其鸣矣，求其友声。"丝坛：琴界。

南镇祈梦

万历壬子，[1]余年十六，祈梦于南镇梦神[2]之前，因作疏曰：

爰自混沌谱中，[3]别开天地；华胥国里，[4]早见春秋。梦两楹，梦赤舄，至人不无；[5]梦蕉鹿，梦轩冕，痴人敢说。[6]惟其无想无因，未尝梦乘车入鼠穴，捣齑啖铁杵；[7]非其先知先觉，何以将得位梦棺器，得财梦秽矢？[8]正在恍惚之交，俨若神明之赐。某也躨跜偃潴，[9]轩翥樊笼，[10]顾影自怜，将谁以告？为人匠玩，[11]吾何以堪！一鸣惊人，赤壁鹤耶？[12]局促辕下，南柯蚁耶？[13]得时则驾，渭水熊耶？[14]半榻蘧除，漆园蝶耶？[15]神其诏我，或寝或吪；[16]我得先知，何从何去。择此一阳之始，[17]以祈六梦之正。[18]功名志急，欲搔首而问天；祈祷心坚，故举头以抢地。轩辕氏圆梦鼎湖，已知一字而一有验；[19]李卫公上书西岳，可云三问而三不灵。[20]肃此以闻，惟神垂鉴。

纯生氏曰：想见宗老頵頵如玉山，轩轩如千里马，飂飂如行松柏之下，岩岩如清峭，壁立千仞，无往非适。

①万历壬子：万历四十年（1612）。

②南镇：古有五岳四镇之说，四镇为青州之沂山，幽州之医无闾山，冀州之霍山，扬州之会稽山。故会稽山又称南镇。南镇庙在会稽城南一十三里。　梦神，神无定名，大抵是民间祷以祈梦，以判吉凶祸福、功名前程之神。如九鲤湖仙、梓潼神、子游子夏二相公、于谦等皆为人所祈梦，南镇之梦神也为此类，只是没有记下名目而已。　娄如松云：绍兴坊间传言，冬至日夜长梦多，且最灵验。

③混沌谱：陶縠《清异录》：华山陈抟善睡。寇朝一常事真人，得睡之崖略，后还乡，惟睡而已。刘垂范往谒，其从以睡告。垂范坐寝外，闻其鼾声雄美可听。退而告人曰："寇先生睡中有乐，乃《华胥调双门曲》也。"或曰："未审谱记何如？"垂范以浓墨涂纸满幅，题曰"混沌谱"，云："即此是也。"

④华胥国：《列子·黄帝》：黄帝昼寝，梦游于华胥氏之国。

⑤梦两楹：《礼记·檀弓上》：夫子谓子贡曰："夏后氏殡于东阶之上，殷人殡于两楹之间，周人殡于西阶之上。丘也殷人也，予畴昔之夜，梦坐奠于两楹之间。予殆将死也。"寝疾七日而没。　梦赤舄：赤舄，代指周公。《诗·豳风·狼跋》："公孙硕肤，赤舄几几。"解诗者以"赤舄几几"为美周公。《论语·述而》：子曰："甚矣吾衰也！久矣吾不复梦见周公！"　至人不无：至人未必无梦。至人，指道德修养达到极致的人。《庄子·大宗师》"古之真人，其寝不梦"，故《文中子》有"至人其寝无梦"之说。而孔子梦两楹之间，梦周公，可证至人也未必无梦也。

⑥梦蕉鹿：郑人有薪于野者，遇鹿，击而毙之。恐人见之，藏诸隍中，覆之以蕉。不胜其喜。俄而忘其所藏之处，遂以为梦焉。详见《列

子·周穆王》。　梦轩冕：梦见乘轩车，戴冠冕，得了富贵，如黄粱、南柯之梦是。以上二种俱是痴人之梦。

⑦《世说新语·文学》：卫玠总角时问乐令"梦"之起因，乐云："是想。"卫曰："形神所不接而梦，岂是想邪？"乐云："因也。未尝梦乘车入鼠穴、捣齑啖铁杵，皆无想无因故也。"

⑧《世说新语·文学》：人有问殷中军："何以将得位而梦棺器，将得财而梦矢秽？"殷曰："官本是臭腐，所以将得而梦棺尸；财本是粪土，所以将得而梦秽污。"时人以为名解。

⑨躨跜偃潴：躨跜，为龙虬腾动状。"偃潴"，乾隆本误作"偃猪"，此据咸丰本改。"偃"为"堰"之古字，堰潴则是水流为堤堰所阻而形成的泥洼。"躨跜偃潴"即俗语所说的"龙困沙滩"之意。

⑩轩翥樊笼：轩翥，凤鸟腾飞状，而困于樊笼，不得飞也。"翥"，乾隆本误作"煮"，据咸丰本改。

⑪匠玩：凡庸而缺乏艺术个性的摆设。"匠"，咸丰本改为"所"，非是。

⑫赤壁鹤：苏轼《后赤壁赋》："时夜将半，四顾寂寥，适有孤鹤，横江东来，翅如车轮，玄裳缟衣，戛然长鸣，掠予舟而西也。须臾客去，予亦就睡，梦一道士羽衣翩跹，过临皋之下，揖予而言曰：'赤壁之游乐乎？'问其姓名，俯而不答。呜呼噫嘻，我知之矣！'畴昔之夜，飞鸣而过我者，非子也耶？'道士顾笑，予亦惊悟。开户视之，不见其处。"

⑬局促辕下：骏骥不得其用，只能困于辕下。　南柯蚁：见本书《自序》"车旅蚁穴"注。

⑭渭水熊：《史记·齐太公世家》：周西伯将出猎，卜之，曰："所获非龙非彨，非虎非罴；所获霸王之辅。"于是西伯猎，果遇太公于渭之阳。"非虎非罴"，《竹书纪年》作"非熊非罴"。但西伯将遇太公，是卜而非梦。"梦熊"之说，出于《诗·小雅·斯干》"吉梦维何？维熊维罴"，"大人占之，维熊维罴，男子之祥"。古人遂以梦中见熊罴为生男之兆，却与渭水飞熊事绝无相干。

⑮半榻蘧除，漆园蝶耶：蘧除，用竹或苇编的席子。 漆园，指庄子，因曾为漆园吏也。《庄子 · 齐物论》：“昔者庄周梦为胡蝶，栩栩然胡蝶也，自喻适志与！不知周也。俄然觉，则蘧蘧然周也。不知周之梦为胡蝶与，胡蝶之梦为周与？周与胡蝶，则必有分矣。此之谓物化。”此句的意思是，我是不是要像庄生化蝶一样，一梦醒来，只剩下半边的竹席是真实的。

⑯神其诏我，或寝或吪：《诗 · 小雅 · 无羊》：“或降于阿，或饮于池，或寝或吪。”此句的意思是：请神昭示我，是不是睡下以接受赐梦。

⑰一阳之始：古人以冬至日为“一阳之始”。因为从这天开始，太阳开始北移。

⑱六梦：《周礼 · 春官》：占梦，以日、月、星、辰占六梦之吉凶。一曰正梦，二曰噩梦，三曰思梦，四曰寤梦，五曰喜梦，六曰惧梦。

⑲“一有验”，咸丰本妄改“有一验”，与下文“三不灵”不成对仗。 黄帝采首山铜铸鼎，鼎成，有龙垂胡髯，迎黄帝上升，因名其处曰鼎湖。黄帝“圆梦鼎湖”事无考，估计张岱只是为了与“西岳”对仗而虚加一地名。 “一字而一有验”，每一个字都有应验，似指黄帝梦风后、力牧事，按，皇甫谧《帝王世纪》云：黄帝梦大风吹天下，尘垢皆去。又梦人执千钧之弩，驱羊数万。帝叹曰：“‘风’为号令，垢去土，‘后’在也，岂有姓风名后者哉？千钧之弩，异‘力’能远，驱羊数万，‘牧’民为善，岂有姓力名牧者哉？”依二占求之，得风后于海隅，得力牧于大泽，任以为将相。

⑳李肇《国史补》：李靖年少贫贱，过华山庙，诉于神，且请告以官位所至。但伫立良久而神不应。乃出庙门，行约百步，闻庙中大声曰：“李仆射（宰相）好走。”后李靖为唐开国元勋，官至宰相，封卫国公。按，李靖《献西岳书》今存《隋文纪》中，内有“若三问不对，亦何神之有灵”句。

禊泉

惠山泉不渡钱唐，[1]西兴脚子[2]挑水过江，喃喃作“怪事”。有缙绅先生造[3]大父，饮茗大佳，问曰：“何地水？”大父曰：“惠泉水。”[4]缙绅先生顾其价[5]曰：“我家逼近‘卫前’，而不知打水吃！[6]切记之。”董日铸先生常曰：“浓、热、满三字尽茶理，陆羽《经》可烧也。”两先生之言，足见绍兴人之村、之朴。[7]

余不能饮潟卤，又无力递惠山水。[8]甲寅夏，过斑竹庵，[9]取水啜之，磷磷有圭角，[10]异之。走看其色，如秋月霜空，噗天为白；又如轻岚出岫，缭松迷石，[11]淡淡欲散。余仓卒见井口有字画，因[12]帚刷之，“禊泉”字出，书法大似右军，[13]益异之。试茶，茶香发。新汲少有石腥，宿三日气方尽。辨禊泉者无他法，取水入口，第挢舌舐腭[14]，过颊即空，若无水可嚥者，是为禊泉。

好事者信之，汲日至，[15]或取以酿酒，或开禊泉茶馆，或甃[16]而卖及馈送有司者。[17]董方伯守越，饮其水，甘之，恐不给，封锁禊井，[18]禊泉名日益重。会稽陶溪、萧山北干、杭州虎跑，[19]皆非其伍，惠山差堪伯仲。在蠡城，惠泉亦劳而微熟，[20]此方鲜磊，[21]亦胜一筹矣。

长年卤莽，[22]水递不至其地，易他水，余笞之。詈同伴，谓发其私，[23]及余辨是某地某井水，方信服。昔人水辨淄渑，侈为异事。[24]诸水到口，实实易辨，何待易牙？余友赵介臣亦不余信，同事久，别余去，曰："家下水实进口不得，须还我口去。"[25]

纯生氏曰：蒲元性取成都水淬刀，言杂涪水八升，盖汲者于涪津覆水，即以八升益之耳。李赞皇使人置金山泉扬子水，伪以石头城者献，李饮之曰："此颇似建业水。"俱谢过不敢隐。两公术解之妙，不可思议，今得宗子而成鼎立。

①惠山泉：江苏无锡惠山寺泉，自唐为陆羽品评以来，号称天下第二。 不渡钱唐：没有把惠山泉水挑过钱塘江的，不仅如此，挑水过江，本身就让人看作怪事。

②西兴脚子：西兴在钱塘江南岸，萧山境内，为钱塘江渡口所在，由杭州至绍兴必经之地，脚夫甚多。《自序》中的"西陵脚夫"即此。

③造：拜访。

④"大父曰"三字，砚云本无。 惠泉：此泉为绍兴东南太平山之惠泉，非前云无锡之惠山泉。

⑤价：随身仆从。

⑥明代于绍兴置绍兴卫，衙署在府治附近。缙绅先生误听"惠泉水"以为"卫前水"，故发此问。

⑦缙绅先生不识有惠山泉，是村俗无知；董日铸以浓、热、满三字

即可尽饮茶之道，是朴质无华。董日铸为越中名宿，帐下士常数百人，且为张岱祖父张汝霖之友，自是陶庵前辈，而先生之婿周懋明则为陶庵挚友，是不能说他“村”的。

⑧潟卤：盐碱地之水。绍兴近海，潮汐往回，水质易受斥卤所染。“惠山水”，砚云本作“惠山泉”。

⑨甲寅：万历四十二年（1614），时张岱十八岁。斑竹庵：据本卷《阳和泉》言“禊泉出城中”，可知斑竹庵即在绍兴城中，娄如松先生言庵在长庆寺内，而长庆寺在会稽县治东南一里，今鲁迅故居北邻。

⑩圭角：棱角，应即口感中的“冽”。

⑪缭松迷石：轻岚缭绕着松树，迷蒙着山岩。

⑫“因”，乾隆本、咸丰本均作“用”，不如“因”字自然，此据砚云本改。

⑬右军：王羲之官会稽内史，领右将军，故人称王右军。

⑭挢舌舐（dǐ）腭：翘起舌头抵住上颚。按，“舐”字，咸丰本作“舐”，误。其意同“抵”。

⑮汲日至：来汲水者天天不断。

⑯“甓”，砚云本、乾隆本同，咸丰本以意改“瓮”。甓为砖，但也可用以称陶制品如缸瓮之属。

⑰“者”字乾隆本、咸丰本无，据砚云本补。

⑱董方伯：董承诏，万历进士，曾官浙江左布政使，故称“方伯”。不给：不足以供给。“井”，乾隆本、咸丰本俱作“泉”，井能封泉不能封，此从砚云本改。卷三《阳和泉》一篇亦言“禊井”。

⑲陶溪为绍兴城南九里山溪水，北干为萧山北干山溪水，虎跑即杭州著名的虎跑泉。

⑳蠡城：会稽古称蠡城，因范蠡所造也。“熟”，乾隆本、咸丰本俱作“热”，此从砚云本改。

㉑鲜磊：应与前文所说的“圭角”义近。鲜磊或作“生磊”，见本卷《闵老子茶》文。

㉒长年：此指仆役。　卤莽：即鲁莽。粗率，做事马虎。

㉓詈：骂。　发其私：揭发他背地做的事。

㉔水辨淄渑：春秋时齐桓公宠臣易牙，善知味，能分辨出渑、淄二河（皆在临淄）之水滋味的不同。见《淮南子·道应篇》。《列子·说符》亦言此，但《列子·仲尼》又说："耳将聋者，先闻蚋飞；口将爽者，先辨淄渑。"爽，差也。口爽，言口将不辨滋味也。　侈为异事：夸大为奇异之事。

㉕把我原来的嘴还给我，不然就没法喝家里的水了。

兰雪茶

日铸者，越王铸剑地也，[1]茶味棱棱有金石之气。欧阳永叔曰："两浙之茶，日铸第一。"[2]王龟龄曰："龙山瑞草，日铸雪芽。"[3]日铸名起此。京师茶客，有茶则至，意不在雪芽也。而雪芽利之，一如京茶式，不敢独异。[4]

三峨叔知松萝焙法，[5]取瑞草试之，香扑冽。余曰："瑞草固佳，汉武帝食露盘无补多欲；[6]日铸茶薮，'牛虽瘠，偾于豚上'[7]也。"遂募歙人入日铸，扚法、掐法、挪法、撒法、扇法、炒法、焙法、藏法，[8]一如松萝。他泉瀹之，香气不出，煮禊泉，投以小罐，[9]则香太浓郁。杂入茉莉，再三较量，用敞口瓷瓯淡放之；候其冷，以旋滚汤[10]冲泻之。色如竹箨方解，绿粉初匀，[11]又如山窗初曙，透纸黎光。取青妃白，[12]倾向素瓷，真如百茎素兰同雪涛并泻也。雪芽得其色矣，未得其气。余戏呼之"兰雪"。

四五年后，"兰雪茶"一哄如市焉。越之好事者不食松萝，止食兰雪。兰雪则食，[13]以松萝而纂兰雪[14]者亦食，盖松萝贬

声价俯就兰雪，从俗也。乃近日徽、歙[15]间松萝亦改名兰雪，向以松萝名者，封面系换，则又奇矣。

纯生氏曰：兰雪名茶，艳思藻发，羽经得未曾有。

①日铸：据南宋施宿《会稽志》，日铸岭在会稽县东南五十五里，其阳坡名油车，朝暮常有日，产茶绝奇，故谓之日铸。 越王铸剑地：春秋末铸剑名匠，吴有干将，越有欧冶子。《吴越春秋》言：越王允常聘欧冶子作名剑五。而据《嘉泰会稽志》，欧冶子铸五剑，采金铜之精于日铸山下。

②欧阳修《归田录》云："茶盛于两浙，两浙之品，日注为第一。"此前则范仲淹有《清白堂记》，亦云："引嘉宾，以建溪、日注、卧龙、云门之茗试之，则甘液华滋，说人襟灵。"日铸又名日注。

③王龟龄：王十朋，字龟龄，号梅溪。浙江乐清人。南宋初名臣。曾任绍兴府签判。作《会稽风俗赋》，中有"日铸雪芽，卧龙瑞草"之句。卧龙即在绍兴城西南方之龙山。瑞草、雪芽均为绍兴名茶。

④此句的意思是，既然茶商意不在雪芽，所以为了销售，雪芽的原茶在制作上就只好迎合京茶之式，而不敢用自己的独特制法。

⑤三峨：乾隆本、咸丰本俱作"三娥"，误。《嫏嬛文集》卷四《家传·附传》言"三叔讳炳芳，号三峨"，据改。 松萝焙法：炒制松萝茶之法。松萝茶始于明隆庆间僧人大方，结庵于安徽歙县松萝山，采诸山茶，焙于庵中，名盛一时，远近争趋。故各地往往有用其法炒制茗茶者，也可称松萝茶。按，"松萝"乾隆本作"松罗"，据咸丰本改。

⑥汉武帝食露盘无补多欲：汉武帝作承露盘，高二十丈，大七围，以铜为之，上有仙人掌以承露，和玉屑饮之，云可以长生。此句的意思是，瑞草茶产量很少，稀如承露盘之玉露，哪里能供应大量消费。

⑦薮：渊薮。茶薮指茶产量很大之地。 牛虽瘠，偾于豚上：见于

《左传》昭公十三年，原文是："牛虽瘠，偾于豚上，其畏不死？"牛虽然很瘦，若是压到猪身上，还怕压不死它！此处是用来比喻日铸产茶量远远大于龙山。

⑧此八法为采茶、晾茶及炒焙、收藏诸工序，其中扚（dí）法不详，其余可大致悟出。此为诸茶制法大要，但具体操作时又各有不同。

⑨小罐：小泥壶。

⑩旋滚汤：刚刚翻滚的沸水。

⑪竹箨（tuò）方解：箨，此指竹笋外皮。 方解，刚刚展开。 绿粉指嫩叶上的白粉。 匀即展匀。

⑫取青妃白：妃，匹配、相媲。青即青茶之青色，白则指素瓷茶杯。取青妃白即"以青色配衬白色"之意。咸丰本改"青"作"清"，误。

⑬兰雪则食：见是兰雪茶才喝。

⑭"簒"，疑是"篡"字之误，以假充真、冒名顶替也。"篡兰雪"即冒充兰雪之名。

⑮徽州、歙县一带。此为松萝茶之原产地。

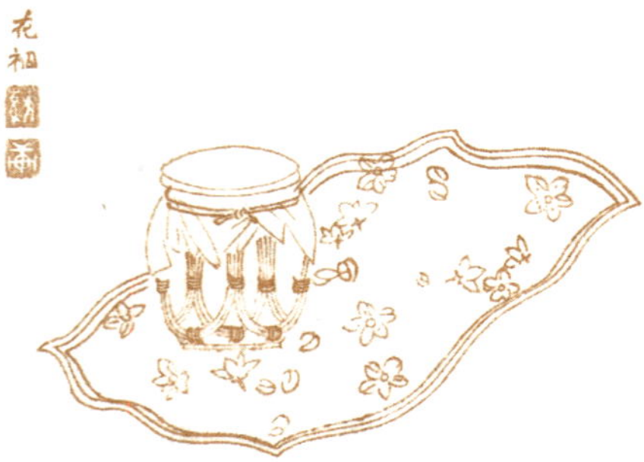

白洋潮

故事，三江看潮，[①]实无潮看，午后喧传曰："今年暗涨潮。"[②]岁岁如之。戊寅八月，吊朱恒岳少师，至白洋，[③]陈章侯、祁世培同席。[④]海塘上呼看潮，[⑤]余遄往，[⑥]章侯、世培踵至。

立塘上，见潮头一线，从海宁而来，直奔塘上。稍近，则隐隐露白，如驱千百群小鹅，擘翼[⑦]惊飞。渐近喷沫，冰花蹴起，如百万雪狮蔽江而下，怒雷鞭之，万首簇簇，[⑧]无敢后先。再近，则飓风逼之，势欲拍岸而上，[⑨]看者辟易，[⑩]走避塘下。潮到塘，尽力一礴，水激射，[⑪]溅起数丈，着面皆湿。旋卷而右，龟山[⑫]一挡，轰怒非常，砲碎龙湫，[⑬]半空雪舞。看之惊眩，坐半日颜始定。

先辈言：浙江潮头自龛、赭两山[⑭]漱激而起。白洋在两山外，潮头更大，何耶？

纯生氏曰：惊雷斧天，毬雪高斗。

①三江：地在绍兴城北约四十里。绍兴、萧山境内钱清江、浦阳江、若耶溪诸水由此入海，嘉靖时绍兴知府汤绍恩于此建三江闸。

②暗涨潮：就是看不见的潮。这是对无潮的饰词。据娄如松说，绍兴人观潮而未见潮水，认为这很不吉利。

③戊寅：乾隆本作“庚辰”，误。戊寅为崇祯十一年（1638）。据祁彪佳《祁忠敏公日记》卷八记戊寅八月初四吊朱恒岳，改。　朱恒岳少师：朱燮元，字懋和，号恒岳。山阴人。万历二十年进士。官至一品，以功进少师，加左柱国。张岱有《祭少师朱恒岳公文》，见《嫏嬛文集》卷六。　白洋：地在绍兴西北约五十里，近海。

④陈章侯：陈洪绶，字章侯，号老莲、老迟等，明末大画家，尤以人物见长，对后世影响亦最大。善诗文，有《宝纶堂集》存世。为张岱二叔张联芳之婿，与张岱为至交。　祁世培：祁彪佳，字世培。见卷一《木犹龙》注。

⑤海塘：海堤。

⑥遄往：急速前往。

⑦擘翼：奋力扑扇翅膀，为水禽起飞状。

⑧簇簇：簇拥状。乾隆、咸丰本作“镞镞”，据砚云本改。

⑨砚云本无“欲”字。

⑩辟易：退避。

⑪礴：撞击。　“激射”，乾隆本、咸丰本均作“击射”，此从砚云本。

⑫龟山：一名乌风山，当潮生时，远望宛然如龟，出没水中。又名白洋山。

⑬龙湫：雁荡山有大小龙湫瀑布。

⑭龛、赭两山：龛山在今萧山，赭山在海宁（今已归萧山境）。二山南北对峙，下夹钱塘江，有海门之称。　“赭”，砚云本误作“赪”。

阳和泉

禊泉出城中，水递者[1]日至。臧获到庵借炊，[2]索薪、索菜、索米，后索酒、索肉，无酒肉辄挥老拳。僧苦之，无计脱此苦，乃罪泉，投之刍秽；[3]不已，乃决沟水败泉，[4]泉大坏。张子知之，至禊井，命长年浚之。及半，见竹管积其下，皆黧胀作气；[5]竹尽，见刍秽，又作奇臭。张子淘洗数次，俟泉至，泉实不坏，又甘冽。张子去，僧又坏之。不旋踵至再至三，[6]卒不能救，禊泉竟坏矣。是时食之而知其坏者半，食之不知其坏而仍食之者半，食之知其坏而无泉可食、不得已而仍食之者半。

壬申，[7]有称阳和岭[8]玉带泉者，张子试之，空灵不及禊而清冽过之，特以"玉带"名不雅驯。[9]张子谓：阳和岭实为余家祖墓，诞生我文恭，[10]遗风余烈，与山水俱长。昔孤山泉出，东坡名之"六一"，[11]今此泉名之"阳和"，至当不易。[12]盖生岭、生泉，俱在生文恭之前，不待文恭而天固已"阳和"之矣，夫复何疑？

土人有好事者，恐玉带失其姓，[13]遂勒石署之，[14]且曰："自张志'禊泉'[15]而'禊泉'为张氏有，今琶山是其祖垄，[16]擅之[17]益易。立石署之，惧其夺也。"时有传其语者，阳和泉之名益著。铭曰："有山如砺，有泉如砥。太史遗烈，[18]落落磊磊。孤屿溢流，[19]六一擅之。千年巴蜀，实繁其齿。但言眉山，自属苏氏。"[20]

纯生氏曰：陶庵以阳和比六一，不思山门玉带千古增韵耶？

①水递者：运水者。

②借炊：借庵中之地做饭。

③罪泉：归罪于泉。　刍秽：杂草垃圾。

④败泉：把泉水毁坏。

⑤黧胀作气：黑腐膨胀，发出恶气。

⑥旋踵：脚后跟一转，形容时间短促。至再至三，两次三番地你浚我塞。

⑦壬申：崇祯五年（1632）。

⑧阳和岭：在绍兴城南五里许，又名张公岭。

⑨雅驯：典雅不俗。

⑩文恭：张岱曾祖张元忭，字子荩，号阳和，谥文恭。

⑪张岱《西湖梦寻·六一泉》："六一泉在孤山之南，一名竹阁，一名勤公讲堂。宋元祐六年，东坡先生与惠勤上人同哭欧阳公（欧阳修）处也。勤上人讲堂初构，掘地得泉，东坡为作泉铭。以两人皆列欧公门下，此泉方出，适哭公讣，名以六一，犹见公也。"按，欧阳修号"六一居士"。

⑫至当不易：至为恰当，不可改易。张元忭号阳和，所以用阳和名泉，自有纪念张元忭之意。

⑬失其姓：失其所属主人。意即主人（当地土人）失去它。

⑭勒石署之：立石碑，署以“玉带”之名。

⑮张志禊泉：张岱为禊泉作“志”，即本卷《禊泉》一文。《梦忆》中文章多为鼎革前旧作，此亦一证。

⑯琶山是其祖垄：琶山即琵琶山，阳和岭即在此山。　祖垄，祖坟。

⑰擅之：夺而占有。

⑱太史遗烈：张元忭曾入翰林，故称太史。

⑲孤屿：指杭州孤山。　溢流：涌出泉水。

⑳此句的意思是说，只要一说眉山，人们就想到苏家，而这阳和泉也一样，只要一提它，就想起我们张家。

闵老子茶

周墨农向余道闵汶水茶不置口。[1]戊寅九月至留都，[2]抵岸，即访闵汶水于桃叶渡。[3]日晡，汶水他出，迟其归，[4]乃婆娑一老。[5]方叙话，遽起曰："杖忘某所。"又去。余曰："今日岂可空去？"迟之又久，汶水返，更定[6]矣。睨余曰："客尚在耶？客在奚为者？"余曰："慕汶老久，今日不畅饮汶老茶，决不去。"

汶水喜，自起当炉。茶旋煮，速如风雨。[7]导至一室，明窗净几，荆溪壶、成宣窑磁瓯[8]十余种，皆精绝。灯下视茶色，与磁瓯无别，而香气逼人，余叫绝。

余问汶水曰："此茶何产？"汶水曰："阆苑茶也。"余再啜之，曰："莫绐余！是阆苑制法，而味不似。"汶水匿笑[9]曰："客知是何产？"余再啜之，曰："何其似罗岕[10]甚也？"汶水吐舌曰："奇，奇！"

余问："水何水？"曰："惠泉。"[11]余又曰："莫绐余！惠泉走千里，水劳而圭角不动，[12]何也？”汶水曰：“不复敢隐。其取惠水，必淘井，静夜候新泉至，旋汲之。山石磊磊藉瓮底，[13]舟非风则勿行，故水之生磊，即寻常惠水犹逊一头地，况他水邪？”又吐舌曰：“奇，奇！”

言未毕，汶水去。少顷，持一壶满斟余曰：“客啜此。”余曰：“香扑烈，味甚浑厚，此春茶耶？向瀹者的是[14]秋采。”汶水大笑曰：“予年七十，精赏鉴者无客比。”[15]遂与定交。[16]

纯生氏曰：啜闵老子茶，思与众山僧同入青城访道。

①闵汶水：清初周亮工《闽小记》于闵汶水颇有微词，云：“歙人闵汶水，居桃叶渡上。予往品茶其家，见其水火皆自任，以小酒盏酌客，颇极烹饮态，正如德山担青龙钞，高自矜许而已。”俞樾《茶香室丛钞》卷二一：“闽茶有二，一在九华山。……一在休宁，万历末闵汶水所制。其子闵子长、闵际行继之，既以得名，亦以获利。市于金陵桃叶渡边，名花乳斋。”“周墨农”，乾隆本“农”作“浓”，据咸丰本改。

②戊寅：崇祯十一年（1638）。 留都：古代帝都迁后，于旧都常设官留守，称留都。明初建都于南京，成祖时迁北京，则以南京为留都。

③桃叶渡：今位于秦淮河与古青溪合流处附近，紧邻夫子庙，为金陵四十八景之一。

④迟（zhì）其归：迟，等待。言张岱坐等其归来。

⑤婆娑：白发婆娑，衰老貌。

⑥更定：入夜，开始打更了。

⑦煮水要用急火使水速开，水初沸即可冲茶，不能沸腾太久。

⑧荆溪壶：宜兴有荆溪，故荆溪亦代指宜兴。荆溪壶即宜兴紫砂壶。

成宣窑磁瓯：明成化、宣德时的官窑茶具。

⑨匿笑：无声暗笑。

⑩罗岕：岕茶，产于浙江长兴罗芥山者最佳。明人最为推崇，冒辟疆有《岕茶汇钞》一卷述之最详。今长兴有白茶，或说即是岕茶者。

⑪惠泉：此指江苏无锡惠山泉。按，本书《禊泉》、《愚公谷》称惠山泉无作“惠泉”者，此为特例。

⑫颠簸千里，水性应乏，但水之圭角未减。　南京与无锡相距不过五百里，“千里”言其远也。

⑬山石磊磊藉瓮底：以山石层层铺于水瓮底部，谓可使水泉保持清冽本色。

⑭的是：确是。

⑮无客比：没有能与客人相比者。

⑯咸丰本无“与”字。

龙喷池

卧龙骧首于耶溪，①大池百仞，出其颔下。②六十年内，陵谷迁徙，水道分裂。崇祯己卯，③余请太守檄，捐金纠众，畚锸千人，④毁屋三十余间，开土壤二十余亩，辟除瓦砾刍秽千有余艘，伏道蜿蜒，偃潴澄渟，⑤克还旧观。昔之日不通线道⑥者，今可肆行舟楫矣。喜而铭之，铭曰："蹴醒骊龙，⑦如寐斯揭。⑧不避逆鳞，抉其鲠噎。⑨潴蓄澄泓，煦湿濡沫。⑩夜静水寒，颔珠如月。⑪风雷逼之，扬⑫鳍鼓鬣。"

纯生氏曰：鳞甲怒张，有龙跳天门之势。

①卧龙：卧龙山，即绍兴府山。　骧首：昂头。　耶溪：若耶溪，在绍兴城南，传说即西施浣纱处。

②颔下：颔为下巴。卧龙山为耶溪之龙首，龙颔之下即龙山之下。

③崇祯己卯：崇祯十二年（1639）。

④畚锸：畚，盛土器；锸，起土器。泛指挖运泥土的用具。"锸"，乾隆本作"插"，据咸丰本改。　畚锸千人，指持畚锸而预役者达千人。

⑤偃潴澄淀：用堤堰拦水，使其沉淀澄清。

⑥线道：细流，水道如线之细。

⑦骊龙：黑龙，颔下有宝珠。此处正好用宝珠来比喻大池。

⑧如寐斯揭：如同把它从梦中搅醒。

⑨鲠噎：水道堵塞。

⑩煦湿濡沫：《庄子·大宗师》：“泉涸，鱼相与处于陆，相呴以湿，相濡以沫。”此处是指龙喷池水已澄清，可供此“龙”煦濡。

⑪颔珠如月：以龙珠譬池。

⑫“扬”，乾隆本误作“杨”，据咸丰本改。

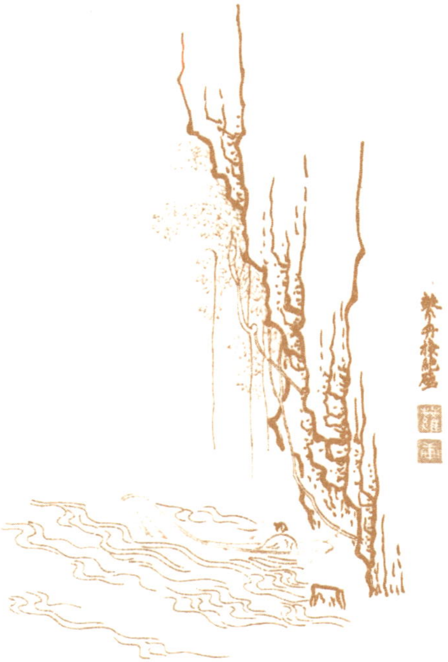

朱文懿家桂

桂以香山名，然覆墓木耳，[1]北邙[2]萧然，不堪久立。单醪河[3]钱氏二桂，老而秃。独朱文懿公宅后一桂，[4]干大如斗，枝叶溟蒙，樾荫亩许，下可坐客三四十席。不亭，不屋，不台，不栏，不砌，弃之篱落间。花时不许人入看，而主人亦禁足勿之往，听其自开自谢已耳。樗栎以不材终其天年，其得力全在弃也。[5]百岁老人多出蓬户，[6]子孙第厌其癃瘇[7]耳，何足称瑞！

纯生氏曰：清江酒户，老梅如屋，此桂似之。

①此香山为会稽之香山，夏咸淳先生引《绍兴府志》卷三（张元忭修万历《府志》在卷四）云，“香山在鹿池山东，木犀甚繁华”。按，鹿池山在府城东南八里。木犀即岩桂别称，想此香山多有墓葬，故虽然岩桂有名，却仅为覆墓之木。　覆墓，为坟墓遮荫。

②北邙：北邙山，位于洛阳城北，因被视为阴宅宝地，自东汉以来，王侯公卿多葬于此。

③单醪河：即箪醪河，又名投醪河、劳师泽，在绍兴城内。传说勾践谋霸，拊存国人，与共甘苦。师行之日，有献壶浆，跪受之，覆流水上，士卒承流而饮之，人百其勇，一战而有吴国也。

④朱文懿公：朱赓，字少钦，山阴人。隆庆二年进士。万历二十九年入阁参机务。卒赠太保，谥文懿。为张岱曾祖张元忭之挚友，祖父张汝霖之岳父。祁彪佳《越中园亭记》言朱赓居第后有园名秋水园，中有桂树，大数围，荫一亩余。

⑤《庄子·人间世》：匠石见栎社树，其大蔽数千牛，观者如市，而匠石不顾，曰："此散木也。以为舟则沉，以为棺椁则速腐，以为器则速毁，以为门户则液樠，以为柱则蠹。是不材之木也，无所可用，故能若是之寿。"

⑥蓬户：蓬草编成的门户，指穷困人家。

⑦癃瘇：即龙肿，衰老迟钝的样子。

逍遥楼

滇茶[1]故不易得，亦未有老其材八十余年者。朱文懿公逍遥楼[2]滇茶，为陈海樵[3]先生手植，扶疏[4]蓊翳，老而愈茂。诸文孙恐其力不胜葩，[5]岁删其萼[6]盈斛，然所遗落枝头，犹自燔山熠谷[7]焉。

文懿公，张无垢[8]后身。无垢降乩[9]与文懿，谈宿世因甚悉，约公某日面晤于逍遥楼。公伫立久之，有老人至，剧谈良久，公殊不为意。但与公言："柯亭绿竹庵梁上，有残经一卷，可了之。"寻别去，公始悟老人为无垢。次日，走绿竹庵，简[10]梁上，有《维摩经》[11]一部，缮写精良，后二卷未竟，盖无垢笔也。公取而续书之，如出一手。[12]

先君言，乩仙[13]供余家寿芝楼，悬笔挂壁间，有事辄自动，扶下书之，有奇验。娠祈子，病祈药，赐丹，诏取某处，立应。先君祈嗣，诏取丹于某簏临川笔内。[14]簏失钥闭久，先君简视之，鐍自出。[15]觚管[16]中有金丹一粒，先宜人[17]吞之，即娠余。

朱文懿公有姬媵，陈夫人狮子吼，⑱公苦之，祷于仙，求“化妒丹”。乩书曰：“难，难！丹在公枕内。”取以进夫人，夫人服之，语人曰：“老头子有仙丹，不饷诸婢而余是饷，尚昵余。”⑲与公相好如初。

纯生氏曰：女子妒色，仙有医法，亦仅见之矣。吾更愿仙赐妒才丹方以广其化。

①滇茶：云南山茶花。

②朱赓，谥文懿，见前篇注。其所建逍遥楼，在绍兴怪山之下。怪山又名塔山，在绍兴旧城南门内，因传说自东武飞来，又名飞来山。又此山其形似龟，故又有龟山之称。张岱《嫏嬛文集·越山五佚记》专有《怪山》一条言此。

③陈海樵：陈鹤，字鸣轩，号海樵。山阴人。嘉靖举人，未仕，精诗工画。为朱赓岳父。

④“扶疏”，砚云本、乾隆本均作“扶苏”，此从咸丰本。

⑤文孙：诸孙的美称。　葩：花朵。　砚云本无“诸”字。

⑥萼，花萼，此指初生的花蕾。

⑦燔山熠谷：花色红艳如火焰一般光耀山谷。

⑧张无垢：张九成，字子韶，号无垢居士。钱塘人。南宋绍兴二年进士。官刑部侍郎，为秦桧所陷，谪官。研思经学，然杂以佛理。

⑨降乩：乩，本谓占卜以问疑，后成专门请仙灵以卜问的专称，称扶乩。扶乩之具有丁字形木制乩架，上悬乩笔，下置沙盘。乩仙降临时，附灵其上，请仙者二人各以食指分扶乩架两端，乩笔即在沙盘上画成文字。降乩，即神灵降附于乩。

⑩简：检查。

⑪《维摩经》：即《维摩诘经》。因为维摩诘是与佛同时的修大乘法

的居士，所以此经也多为居士所诵读。

⑫如出一手：字迹完全一样，如一人所写。

⑬“乩仙”，咸丰本同，砚云本作“箕仙”，意同。

⑭簏：竹编箱篮。乾隆、咸丰本误作“麓”，此据砚云本。　临川笔：笔名，王羲之曾为临川内史，而王勃《滕王阁赋》又有“光照临川之笔”句，因而取以为笔名。

⑮锁簧自动弹开。

⑯觚（gū）管：笔管。觚本指木简，古人以“觚翰”称纸笔，觚遂或为笔之代称，称书写为“操觚”。

⑰宜人：明时五品官妻、母封宜人。此张岱自指其亡母，故称“先”。

⑱狮子吼：北宋时陈季常多蓄声妓，而其妻善妒。苏东坡作诗嘲之，有“忽闻河东狮子吼，拄杖落手心茫然”句。陈妻姓柳氏，而河东为柳氏郡望。

⑲而余是饷：只给我一人吃。　“昵”，乾隆本、咸丰本作“昵”，意同，此从砚云本。

天镜园

天镜园[1]浴凫堂，高槐深竹，樾暗千层。坐对兰荡，[2]一泓漾之，水木明瑟，鱼鸟藻荇，类若乘空。余读书其中，扑面淋头，[3]受用一绿，幽窗开卷，字俱碧鲜。每岁春老，破塘笋必道此，[4]轻舠飞出，牙人[5]择顶大笋一株掷水面，呼园中人[6]曰："捞笋！"鼓枻[7]飞去。园丁划小舟拾之，形如象牙，白如雪，嫩如花藕，甜如蔗霜。煮食之，无可名言，但有惭愧。

纯生氏曰：绿字照眼，白雪沁肠，写出踌躇满志。

①天镜园：绍兴张岱家园林。祁彪佳《越中园亭记》云："出南门里许为兰荡，水天一碧。游人乘小艇过之，得天镜园。园之胜以水，而不尽于水也。远山入座，奇石当门。为堂为亭，为台为沼，每转一境界，辄自有丘壑。斗胜簇奇，游人往往迷所入。"

②兰荡：园中池沼名，以可荡木兰舟也。

③"淋头"，乾隆、咸丰本俱作"临头"，此据砚云本。

④破塘笋：破塘，又名坡塘，绍兴城南二十里集镇名，附近山野中

所出之笋集散于此，故称为破塘笋。　道此：由破塘走水路运往绍兴城内须经由此地。

⑤牙人：商贩。此指运笋进城的菜贩。

⑥“园中人”，乾隆、咸丰本无“中”字，据砚云本补。

⑦鼓枻：划桨。因发声欸乃，故称“鼓”。

包涵所

西湖之船之楼，[1]实包副使涵所[2]创为之。大小三号：头号置歌筵，储歌童；次载书画；再次偫[3]美人。涵老以[4]声伎非侍妾比，仿石季伦、宋子京家法，[5]都令见客。常[6]靓妆走马，媻姗勃窣[7]，穿柳过之，以为笑乐。明槛绮疏，[8]曼讴其下，擫籥[9]弹筝，声如莺试。[10]客至则歌童演剧，队舞鼓吹，无不绝伦。乘兴一出，住必浃旬，[11]观者相逐，问其所止。

南园在雷峰塔下，北园在飞来峰下。[12]两地皆石薮，积牒磊砢，[13]无非奇峭。但亦借作溪涧桥梁，不于山上叠山，大有文理。大厅以拱斗抬梁，偷其中间四柱，[14]队舞狮子甚畅。

北园作"八卦房"，园亭如规，分作八格，形如扇面。当其狭处，横亘一床，帐前后开合，下里帐则床向外，下外帐则床向内。涵老据其中，扃上开明窗，焚香倚枕，则八床面面皆出。

穷奢极欲，老于西湖者二十年。金谷、郿坞，[15]着一毫寒俭不得，索性繁华到底，亦杭州人所谓"左右是左右"[16]

也。西湖大家何所不有，西子有时亦贮金屋。[17]咄咄书空，[18]则穷措大[19]耳。

纯生氏曰：《乐志论》开口良田广宅，无此华靡，而《池上篇》则全以澹胜，虽有樱口柳腰，语不及也。

①“西湖之船之楼”，乾隆本、咸丰本均作“西湖三船之楼”，不成语。按，康熙刻本《西湖梦寻》卷四《包衙庄》一文即本篇照录，唯开首一句为“西湖之船之楼”，是此句或为“西湖之船之楼”之误。“西湖之船之楼”，意谓西湖之于船上建楼。近本有作“西湖之船有楼”者，不知何据。

②包副使涵所：包应登，字涵所。钱塘人。万历十四年（1586）进士，官福建按察副使。归老后以声色自娱。为张岱祖父张汝霖之友。

③偫（zhì）：储藏。

④乾隆本、咸丰本均无“以”字，据《梦寻》补。

⑤石季伦：晋石崇，字季伦。西晋功臣石苞之子。财产丰积，室宇宏丽。后房百数，皆曳纨绣，珥金翠。丝竹尽当时之选，庖膳穷水陆之珍。备有歌妓，用以侍客。　宋子京：宋宋祁，字子京。与兄宋庠同举进士，为第一第三，人称大小宋。子京好游宴，畜声妓，清德不逮其兄。

⑥乾隆本、咸丰本均无“常”字，据《梦寻》补。

⑦媻姗勃窣：司马相如《子虚赋》：“媻珊勃窣，上乎金堤。”按，媻姗即蹒跚，勃窣即跛行，此处总言女子行路娇弱之态。

⑧明槛：敞露的栏干。　绮疏：刻成各种木格图案的窗户。

⑨籥（yuè）：本指排箫类的一种乐器。　擫（yè）：按笛箫的孔。此处以擫籥代指吹笛吹箫。

⑩莺试：如雏莺试啼。

⑪浃旬：满旬，一旬十天之上。

⑫据《西湖志纂》，在飞来峰下者即包庄（亦即《岣嵝山房》一文中的包园），又名青莲山房。倚莲花峰，跨灵隐涧，深岩峭壁，萝径松门，饶朴野之趣。而其中崇台杰阁，曲房洞户，入者迷不得出。

⑬积牒磊砢：石头的累积层叠，形如文牒书籍堆积。

⑭梁上架柱，省下梁下之柱，以扩大室内空间。

⑮金谷：晋石崇有别馆在河阳之金谷，称金谷园。　郿坞：汉末董卓去长安二百六十里筑郿坞，高与长安城埒，积谷为三十年储，金有二三万斤，银八九万斤，珠玉锦绮奇玩杂物皆山崇阜积，不可知数。

⑯意即北方人说的“豁出去了”。

⑰西子有时亦贮金屋：就是像西施那样的国色，也有可能被这些豪贵藏于金屋。金屋藏娇本是汉武帝故事，但后来便将此比作纳妾了。

⑱咄咄书空：东晋殷浩北伐，丧师辱国，被黜放，口无怨言，但终日书空作“咄咄怪事”四字。咄咄，惊叹声。

⑲穷措大：穷书生，穷酸。

斗鸡社

天启壬戌[①]间好斗鸡，设斗鸡社于龙山下，仿王勃《斗鸡檄》檄同社。[②]仲叔、秦一生[③]日携古董、书画、文锦、川扇等物与余博，余鸡屡胜之。仲叔忿懑，金其距，芥其羽，[④]凡足以助其膇膊刿咮者无遗策，[⑤]又不胜。人有言徐州舞阳侯樊哙子孙[⑥]斗鸡雄天下，长颈乌喙，能于高桌上啄粟。[⑦]仲叔心动，密遣使访之，又不得，益忿懑。一日，余阅稗史，有言唐玄宗以酉年酉月生，好斗鸡而亡其国。[⑧]余亦酉年酉月生，遂止。

纯生氏曰：季、郈之鸡，无乃类是。

①天启壬戌：天启二年（1622），张岱二十六岁。

②张岱《斗鸡檄》收入《嫏嬛文集》卷三。按，王勃在唐高宗乾封初为沛王府修撰。时诸王以斗鸡为戏，勃作《檄英王鸡》文。高宗闻之，曰："回车朝歌、不践胜母者，恶其名也。勃此文恐成交构之渐。"斥勃不令入府。所以此文对王勃仕途影响极大。王勃文集未收此文，时已失

传，张岱也无从诵读，故张岱与王谑庵信中云：“其妙处正在想象之间。”

③仲叔：张岱二叔张联芳。见卷二《焦山》注。　秦一生：张岱好友，见卷一《天砚》一文注。

④“芥”，咸丰本作“介”。二字古通。　金其距，介其羽：为鸡爪装上金属利器，为鸡翅中夹入芥粉。《左传》昭公二十五年：“季、郈之鸡斗，季氏介其鸡，郈氏为之金距。”杜预注“介其鸡”云：“捣芥子播其羽也。或曰以胶沙播之为介鸡。”刘孝威《斗鸡篇》有“翅中含芥粉，距外耀金芒”之句，即往鸡翅中掺入芥末粉，相斗时可刺激对方双目。

⑤膈膊㖃咮：以翅搏，以喙啄。㖃，原文为𪄾，为小鸡出壳声。字不常用，或以作“㖃”为好。㖃音 duō，今称禽鸟啄人或以锐物刺人为“㖃”，小鸡出壳时需以喙啄壳，亦可为㖃。　无遗策：所有的办法都用尽了。

⑥舞阳侯樊哙子孙：樊哙为西汉开国功臣，封舞阳侯，诸本皆作“武阳”，误。西汉至明末殆两千年，华胄遥遥，人言难于凭信，不过是一樊姓土豪而已。而樊哙出身狗屠，此处也略有讥刺土豪之意。

⑦“乌喙”，乾隆本作“乌啄”。“啄粟”，乾隆本作“喙粟”。皆据咸丰本改。

⑧见唐人陈鸿《东城老父传》：玄宗“生于乙酉鸡辰，使人朝服斗鸡，兆乱于太平矣”。

栖霞

戊寅[①]冬，余携竹兜一、苍头一游栖霞，[②]三宿之。山上下左右、鳞次而栉比之岩石颇佳，尽刻佛像，与杭州飞来峰同受黥劓，[③]是大可恨事。山顶怪石巉岏，灌木苍郁，有颠僧[④]住之。与余谈，荒诞有奇理，惜不得穷诘之。日晡，上摄山[⑤]顶观霞，非复霞理，[⑥]余坐石上痴对。复走庵后，看长江帆影，老鹳河、黄天荡条条出麓下，[⑦]悄然有山河辽廓之感。

一客盘礴余前，熟视余。余晋与揖，问之，为萧伯玉先生，[⑧]因坐与剧谈，庵僧设茶供。伯玉问及补陀，[⑨]余适以是年朝海归，谈之甚悉。《补陀志》[⑩]方成，在箧底，出示伯玉。伯玉大喜，为余作叙。取火下山，拉与同寓宿，夜长无不谈之，伯玉强余再留一宿。

纯生氏曰：伯玉极精《南华》，旷世才也。

①戊寅：崇祯十一年（1638）。

②栖霞：栖霞山位于南京城东北四十余里，清幽怡静，以深秋景色

最佳，人称“金陵第一名秀山”。山有名刹栖霞寺，及南朝石刻千佛岩和隋舍利塔。

③黥劓：黥是在犯人面上刺字，劓是割去鼻子。张岱认为在佳山石上雕刻造像，就等于给山石施以黥劓之刑。

④颠僧：疯颠和尚。

⑤摄山：栖霞寺后千佛岩之山，名为“摄山”。

⑥非复霞理：晚霞之光华灿烂迥异于常霞，故言非霞理。

⑦老鹳河、黄天荡俱在长江北岸六合境，一片湖荡河汊，而六合以北则为淮河水系，是黄天荡乃由淮至江的必经处，在古代特别是南宋初抵御金兵的战争中有重要地位。

⑧晋：进也。　萧伯玉：萧士玮，字伯玉，泰和人。天启进士。官至吏部郎中。极好山水园林之胜。有《春浮园集》十卷。

⑨补陀：即普陀，浙江舟山群岛中一岛。中国佛教四大名山之一，观音菩萨道场。

⑩《补陀志》：张岱《嫏嬛文集》卷二有《海志》一篇，专记普陀之游，即指此。

湖心亭看雪

崇祯五年[1]十二月，余住西湖。大雪三日，湖中人鸟声俱绝。是日更定[2]矣，余拏[3]一小舟，拥毳衣炉火，独往湖心亭看雪。雾凇沆砀，[4]天与云、与山、与水，上下一白。湖上影子，惟长堤一痕，湖心亭一点，与余舟一芥，舟中人两三粒而已。

到亭上，有两人铺毡对坐，一童子烧酒，炉正沸。见余大惊喜，[5]曰："湖中焉得更有此人！"拉余同饮。余强饮三大白而别。问其姓氏，是金陵人客此。及下船，舟子喃喃曰："莫说相公痴，更有痴似相公者。"

纯生氏曰：扁舟破浪来相见，出船巍然，使人神耸。

①崇祯五年：公元1632年。

②更定：即入更，一更开始。

③拏：携带，此作乘坐解。

④“霜”，乾隆本、咸丰本及《梦寻·湖心亭》附《湖心亭小记》俱作“雾”，此据砚云本改。　淞：原本误作“凇”，传抄之误也。即树挂。冬日雾浓时则凝结于树枝而成冰，为雾凇。如果因霜雪积于树枝，亦作树挂。此处大雪之后，应以霜凇为是。　“沆”，乾隆本、咸丰本俱误作“沅”，据砚云本改。　沆砀：白气弥漫状。

⑤乾隆、咸丰本无“惊”字，此据砚云本补。

陈章侯

崇祯乙卯[①]八月十三，侍南华老人[②]饮湖舫，先月早归。[③]章侯怅怅向余曰："如此好月，拥被卧耶？"余敦苍头携家酿斗许，呼一小划船再到断桥。章侯独饮，不觉沾醉。过玉莲亭，[④]丁叔潜呼舟北岸，出塘栖蜜橘相饷，畅啖之。章侯方卧船上嚎嚣，[⑤]岸上有女郎，命童子致意云："相公船肯载我女郎至一桥[⑥]否？"余许之。女郎欣然下，轻纨淡弱，婉嫕[⑦]可人。章侯被酒[⑧]挑之曰："女郎侠如张一妹，能同虬髯客饮否？"[⑨]女郎欣然就饮。移舟至一桥，漏二下矣，竟倾家酿而去。问其住处，笑而不答。章侯欲蹑之，见其过岳王坟，不能追也。

纯生氏曰：软语清谑，宛睹眉宇。

①崇祯乙卯：崇祯无乙卯，当是"己卯"（崇祯十二年）或"乙亥"（崇祯八年）之误。崇祯八年张岱赴杭州参加乡试，被黜，正是秋季。

②南华老人：张岱之季祖，即其祖父张汝霖之弟张汝懋。汝懋，万

历四十一年（1613）进士，历官御史、大理寺丞，因忤阉党削籍为民。

③先月早归：在月亮西斜之前归家。

④玉莲亭：在杭州涌金门外，临湖，多种青莲，以纪念白居易。张岱《西湖梦寻》专有《玉莲亭》一则，可参看。

⑤嚎嚣：大醉后的胡喊乱叫。

⑥一桥：观此文前后地名，距岳王坟近者，应是苏堤之跨虹桥。但据明田汝成《西湖游览志》，苏堤六桥自南而北，跨虹桥则为第六桥。里湖杨公堤亦有六桥，由北而南数，北为第一桥，但距岳坟尚远。据文意，此“第一桥”实指苏堤之跨虹桥。张岱于西湖甚熟，或“一”为“六”字之讹乎？

⑦婉嫕（yì）：温婉娴淑。

⑧被酒：带有醉意。

⑨事见唐人小说《虬髯客传》，张一妹即私奔李靖之红拂女。在客舍遇虬髯客，客曰：“姓张。”红拂对曰：“妾亦姓张，合是妹。”问妹第几？曰：“最长。”虬髯遂喜曰：“今日多幸，遇一妹。”张氏遂呼李靖来拜三兄，具酒共饮。

十竹斋珍藏

卷四

岸花臨水蔟

不系园

甲戌[1]十月，携楚生住不系园[2]看红叶。至定香桥，[3]客不期而至者八人：南京曾波臣，[4]东阳赵纯卿，金坛彭天锡，[5]诸暨陈章侯，杭州杨与民、陆九、罗三，女伶陈素芝。余留饮。章侯携缣素[6]为纯卿画古佛，波臣为纯卿写照，杨与民弹三弦子，罗三唱曲，陆九吹箫。与民复出寸许紫檀界尺，[7]据小梧，[8]用北调[9]说《金瓶梅》一剧，使人绝倒。是夜，彭天锡与罗三、与民串本腔戏[10]，妙绝；与楚生、素芝串调腔戏[11]，又复妙绝。章侯唱村落小歌，余取琴和之，牙牙如话。[12]纯卿笑曰："恨弟无一长以侑兄辈酒。"余曰："唐裴将军旻居丧，请吴道子画天宫壁度亡母。[13]道子曰：'将军为我舞剑一回，庶因猛厉，以通幽冥。'旻脱缞衣，缠结，上马驰骤，挥剑入云，高十数丈，若电光下射，执鞘承之，剑透室[14]而入，观者惊栗。道子奋袂如风，画壁立就。[15]章侯为纯卿画佛，而纯卿舞剑，正今日事也。"纯卿跳身起，取其竹节鞭，重三十斤，作胡旋舞数缠，大噱而去。[16]

纯生氏曰：尝怪《西园雅集记》类点鬼簿，此作乃见奇创之才。

①甲戌：崇祯七年（1634）。

②楚生：即朱楚生，详见本书卷五《朱楚生》篇。《梦寻·于坟》附《定香桥小记》，"楚生"前有"朱"字。　不系园：明汪汝谦《画舫诗序》："偶得木兰一本，斫而为舟。入门数武，堪贮百壶。次进方丈，足布两席。曲藏斗室，可供卧吟。侧偃壁厨，俾收醉墨。出转为廊，廊升为台。陈眉公题曰'不系园'。"

③定香桥：一名袁公桥，在苏堤花港观鱼亭前。

④曾波臣：曾鲸，字波臣，福建莆田人，流寓金陵。画家，写照入神。

⑤彭天锡：参见卷六《彭天锡串戏》一篇。

⑥缣素：细绢，作画用。

⑦砚云本无"紫檀"二字。　界尺，用以画线的文具，佛教僧人说戒时用以警众，故又称戒尺。此界尺长仅寸许，则类似于说书者所用之"惊堂木"。

⑧小梧：即小机。　据：坐也。

⑨北调：北方的声腔，如关汉卿、王实甫所作杂剧皆是。

⑩本腔戏：昆腔戏，即今之昆曲。

⑪调腔戏：地方声腔戏。也叫掉腔。此指明末清初流行于绍兴一带的地方戏。

⑫"话"，咸丰本作"语"。

⑬裴将军旻：裴旻，唐玄宗时人。尝与幽州都督孙佺北伐，为敌所围。旻舞刀立马上，矢四集，皆迎刃而断。虏大惊引去。守北平，北平多虎，旻善射，一日得虎三十一。其剑舞与李白歌诗、张旭草书为"三绝"。　居丧：服丧期间守孝。　吴道子：又名道玄，唐玄宗时大画家，

无所不能，而尤以人物为最，人称“画圣”。　画天宫壁：东都洛阳有天宫寺，此指天宫寺之画壁。　度亡母：施绘有经变的壁画于寺庙，作为功德以超度亡魂。

⑭室：剑鞘内室。

⑮裴旻、吴道子事在玄宗开元间，见唐朱景玄《唐朝名画录》。

⑯胡旋舞：唐时由西域传入的胡人舞蹈，动作多旋转。　大噱：大笑。

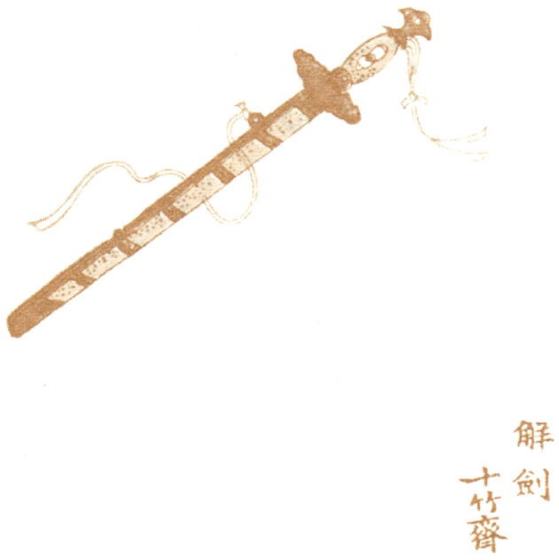

秦淮河房

秦淮河房，[1]便寓，便交际，便淫冶，房值甚贵，而寓者无虚日。[2]画船箫鼓，去去来来，周折其间。河房之外，家有露台，朱栏绮疏，竹帘纱幔。夏月浴罢，露台杂坐，两岸水楼中茉莉风起，动儿女香甚。女客团扇轻纨，缓鬓倾髻，[3]软媚着人。

年年端午，京城士女填溢，竞看灯船。[4]好事者集小篷船百什艇，篷上挂羊角灯如联珠。[5]船首尾相衔，有连至十余艇者。船如烛龙火蜃，屈曲连蜷，蟠委旋折，水火激射。舟中䥽钹星铙，[6]宴歌弦管，腾腾如沸。士女凭栏轰笑，声光乱乱，[7]耳目不能自主。午夜，曲倦灯残，星星自散。锺伯敬有《秦淮河灯船赋》，备极形致。[8]

纯生氏曰：屠赤水云："虹梁百丈，灯火万家，管弦沸楼，鱼虾腥市。"其秦淮之谓乎？

①秦淮河：秦淮河分内河和外河，内河在南京城中，即常说的最繁华的“十里秦淮”。　河房：沿河而盖的房屋。

②房值：此指租金。　“寓者”，乾隆、咸丰本作“寓之者”，此据砚云本。

③缓鬓倾髻：发髻蓬松状。

④“京城士女填溢，竞看灯船”，乾隆本、咸丰本作“京城士女填溢之，看灯船”，此从砚云本。

⑤以山羊角为材料粘制成的灯，一般为瓜圆形，故称“联珠”。

⑥鐣钹星铙：此处泛指金属打击乐器。

⑦“乱乱”，砚云本、乾隆本同，咸丰本作“凌乱”。

⑧锺惺，字伯敬，号退谷，湖广竟陵（今湖北天门市）人。万历三十八年（1610）进士。官至福建提学佥事。后辞官归家，以读书作文为事。与同里谭元春共选《唐诗归》和《古诗归》，名扬一时，形成竟陵派，世称“锺谭”。所作《秦淮灯船赋》有序，所述与本文大致相近，云：“小舫可四五十只，周以雕槛，覆以翠幕。每舫载二十许人，人习鼓吹，皆少年场中人也。悬羊角灯于两傍，略如舫中人数，流苏缀之。用绳联舟，令其衔尾，有若一舫。火举伎作，如烛龙焉。”

兖州阅武

辛未[1]三月，余至兖州，见直指阅武。[2]马骑三千，步兵七千，军容甚壮。马蹄卒步，滔滔旷旷，[3]眼与俱驶，猛掣始回。其阵法奇在变，[4]旝动而鼓，[5]左抽右旋，疾若风雨。阵既成列，则进图直指前，立一牌曰“某阵变某阵”。连变十余阵，奇不在整齐而在便捷。

扮敌人百余骑，数里外烟尘坌起。[6]迾卒[7]五骑，小如黑子，顷刻驰至，入辕门报警。建大将旗鼓，出奇设伏。敌骑突至，一鼓成擒，俘献中军。

内以姣童扮女三四十骑，荷旃被毳，[8]绣袪魋结，[9]马上走解，[10]颠倒横竖，蹦骗翻腾，[11]柔如无骨。乐奏马上，三弦、胡拨四（琥珀词）、土儿密失、叉儿机，[12]僸佅兜离，[13]罔不毕集，在直指筵前供唱，北调淫俚，曲尽其妙。是年参将[14]罗某，北人，所扮者皆其歌童外宅，[15]故极姣丽，恐易人为之，未必能尔也。

纯生氏曰：宫女陈师，兵法行酒，戏事也。斩二姬，锄一吕，不以戏目之也。彼等之儿戏者，真如优人矣。

①辛未：崇祯四年（1631）。是年张岱又至兖州。

②直指：本汉朝时的“直指绣衣使者”，明朝好用古名套称官职，一般用“直指”代称巡按御史，为监察御史赴各地巡视者。其权颇重，名义上是代天子巡狩，所按藩服大臣、府州县官诸考察，举劾尤专，大事奏裁，小事立断。　阅武：阅兵。

③滔滔旷旷：形容气势雄壮。

④“变”，乾隆本、咸丰本俱作“变换”，此从砚云本删“换”字。

⑤旝（kuài）动而鼓：《左传》桓公五年：“旝动而鼓。”旝，杜预注：“盖今大将之麾也，执以为号令。”

⑥坌起：涌起。

⑦迾卒：即逻卒、逻骑，负责侦探警戒的士卒。

⑧荷旃：旃有二解，一为赤旗，一为毛毡。故荷旃可解释为肩扛赤旗，但也可以解释为身披毛毡。似以后解近是。　毳：兽毛织成的衣物。

⑨绣祛：绣有花纹的衣袖。　魋（chuí）结：椎形发髻，为南方少数民族的发型。

⑩马上走解：即马术杂技。

⑪“躤”，诸本俱作“借”，误字也。躤即躤柳，宋程大昌《演繁露》卷一三有“躤柳”一条：“折柳环插球场，军士驰马射之，其矢镞阔于常镞，略可寸余，中之辄断，名曰躤柳。”即话本所言之“百步穿杨”也。另宋孟元老《东京梦华录》卷七“诸军呈百戏”一条中谈及诸种马戏，除了骗马之外，又有“褡柳枝”。褡，在此为俗字，音读如借。明方以智《通雅》卷一二云：“《文昌杂录》曰五日走马，谓之躤柳。《焦氏类林》作‘藉’。”是躤亦有作“藉”或“褡”者，然非正字。是既由“躤”误

为“藉”，又由“藉”误为“借”，故改定为“躤”。“骗”，咸丰本改作“骑”，误。“骗”为骑术，侧身腾起一条腿跃上马为“骗”，现今仍有“骗腿”、“骗马”之词。

⑫原文作“三弦、胡拨、琥珀词、四上儿密失、叉儿机”，文字多有错讹，至不知所述为何物。今改为“三弦、胡拨四（琥珀词）、土儿密失、叉儿机。”试证如下：三弦、胡拨、琥珀词，以上三名都是弹拨乐器。“胡拨四”即“火不思”，又名“浑不似”。而据《醒世姻缘传》第二十一回，“十来个女先弹起琵琶、弦子、琥珀词”。琥珀词即“胡拨四”，见俞正燮《癸巳存稿》卷十一“火不思”条：“盖火不思十四名，火不思、和必斯、浑不似、浑不是、浑拨四、胡拨四、胡不思、胡博词、虎拍词、琥珀思、琥珀词、琥珀捶，皆就音近字书之，古直项琵琶也。”张岱于此道本是行家，料不会把一物说成二物。故此“琥珀词”三字当是张氏用小字以注“胡拨四”，而误窜入正文者，且更误插入“胡拨四”三字之中，割“四”字于后句。又按刘侗《帝京景物略》卷二“灯市”一条，言北京元宵灯市张灯，“乐作”句下有注云：“其器则胡拨四、土儿密失、叉儿机等”。《日下旧闻考》卷四十五引此，作“其器则和必斯、都哩默色、察尔奇等”。为何要如此断句？因下有按语云：“和必斯，蒙古语乐器名也，旧作胡拨四。都哩，蒙古语式样也，默色，器械也，旧作土儿密失。察尔奇，满洲语扎板也，旧作叉儿机。今俱译改。”如此，张岱本文所云正是引用好友刘侗之文，则此处“四”字本应在“胡拨”二字之下，而“上”字当是“土”字之讹，“琥珀词”三字则是张岱插入之小注，而误为钞者阑入“四”字之前也。又明末方以智《通雅》卷三十云：“今京师有吴拨四、土儿密失、叉儿机等。”也可为一证。

⑬僸佅兜离：泛指四裔少数民族音乐。东汉班固《东都赋》：“四夷间奏，德广所及，僸佅兜离，罔不具集。”《文选》李善注引《孝经钩命诀》：“东夷之乐曰佅，南夷之乐曰任，西夷之乐曰侏离，北夷之乐曰僸。”

⑭“参将”，砚云本作“参府”。

⑮外宅：外室，养于别宅之姬妾。

牛首山打猎

戊寅[1]冬，余在留都，同族人隆平侯与其弟勋卫、甥赵忻城，[2]贵州杨爱生，[3]扬州顾不盈，[4]余友吕吉士、姚简叔，[5]姬侍王月生、顾眉、董白、李十、杨能。[6]取戎衣衣客，并衣姬侍。姬侍服大红锦狐嵌箭衣、昭君套，[7]乘款段马。[8]鞲青骹，绁韩卢，[9]铳箭手[10]百余人，旗帜棍棒称是。出南门，校猎于牛首山[11]前后，极驰骤纵送之乐。得鹿一、麂三、[12]兔四、雉三、猫狸七。看剧于献花岩，[13]宿于祖堂。[14]次日午后猎归，出鹿麂以飨士，复纵饮于隆平家。江南不晓猎较[15]为何事，余见之图画戏剧，今身亲为之，果称雄快。然自须勋戚豪右[16]为之，寒酸不办[17]也。

纯生氏曰：李昌夔荆州打猎，大修装饰，锦韀绣袄，女队二千人。兹虽不及其盛，而豪气过之。

①戊寅：崇祯十一年（1638）。

②族人隆平侯：明成祖朱棣封"靖难"功臣张信为隆平侯，世袭。至崇祯时为张拱薇，但据《明史·功臣世表》，拱薇即于崇祯十一年战没，则是年冬与张岱游者应系其嗣。　勋卫：勋戚侍卫，官职，多为勋戚及大臣子弟充之。　赵忻城：明成祖封功臣赵彝为忻城伯，世袭。此时与张岱游者为忻城伯赵之龙，此人后与马士英为党，弘光亡后降清。

③杨爱生：杨鼎卿，字爱生。其父杨文骢，为张岱祖父张汝霖门生，即传奇《桃花扇》中的杨龙友。历史上的杨龙友为南明唐王兵部侍郎，抗清时父子被俘，不屈死，全家三十余口俱殉难。

④顾不盈：顾尔迈，字不盈。淮安人。始末不详，仅知朱市名妓王节曾归之。

⑤姚简叔：画家，详见卷五《姚简叔画》篇。

⑥王月生：见卷八《王月生》篇。　顾眉：余怀《板桥杂记》：顾媚，字眉生，又名眉，庄妍靓雅，风度超群，通文史，善画兰，时人推为南曲第一。后嫁龚鼎孳。龚降清，历官大宗伯。　董白：《板桥杂记》：董白，字小宛，一字青莲，天姿巧慧，容貌娟妍。针神曲圣，食谱茶经，莫不精晓。后为冒辟疆侧室，事辟疆九年，年二十七，以劳瘁死。　李十：《板桥杂记》：李十娘，名湘真，字雪衣。性嗜洁，能鼓琴清歌，略涉文墨。名士渡江侨金陵者，莫不艳羡李十娘也。　杨能：亦南曲中佼佼者，善戏曲。参见卷七《过剑门》篇。

⑦箭衣：一种紧袖上衣。　昭君套：即昭君帽，戏剧中昭君出塞，披大斗蓬，上连帽罩，外镶皮毛为缘。此为戏曲中北方民族服饰，而江南妇女以为时髦。

⑧款段马：行步迟缓的马。语出《后汉书·马援传》："士生一世，但取衣食裁足，乘下泽车，御款段马，斯可矣。"

⑨鞲青骹，绁韩卢：张衡《西京赋》："青骹挚于鞲下，韩卢噬于绁末。"　鞲青骹，即以臂架鹰。鞲本意为架鹰用的皮制臂套。　青骹（qiāo）：青腿猎鹰。　绁：牵，本意为牵畜类用的绳索。　韩卢：战国时

良犬名，出于韩国，色黑，故称。“绁”，砚云本作“丝”，误。

⑩铳：火枪。

⑪牛首山：又名牛头山。在南京城南二十里许，二峰对峙如牛角，故云。

⑫“麂三”，砚云本作“麂一”。

⑬献花岩：牛首山南五里有花岩山，入山有花岩寺，旁有石窟甚深广，因有百鸟献花之异，因名献花岩。

⑭各本均误作“祖茔”。“祖堂”即祖堂山。而祖堂山即花岩山，又名华严山，因唐高僧法融得道于此，为南宗第一祖师，故称“祖堂”，禅宗有《祖堂集》即是。时阮大铖为复社名士驱出南京，避居于此。张岱有《阮圆海祖堂留宿》诗，或即述此事。

⑮猎较：即校猎。张岱避明讳，“校”字往往作“较”。

⑯勋戚豪右：勋臣、戚畹、豪门大族。

⑰“办”，砚云本、咸丰本同，乾隆本误作“辨”。

杨神庙台阁

枫桥杨神庙，[①]九月迎台阁。[②]十年前迎台阁，台阁而已；自骆氏兄弟主之，一以思致文理[③]为之。扮马上故事，二三十骑扮传奇一本，年年换，三日亦三换之。

其人与传奇中人必酷肖方用，全在未扮时一指点为某似某，非人人绝倒者不之用。迎后，如扮胡琏[④]者，直呼为胡琏，遂无不胡琏之，[⑤]而此人反失其姓。人定，然后议扮法，必裂缯[⑥]为之。果其人其袍铠须某色某缎某花样，虽匹锦数十金不惜也。一冠一履，主人全副精神在焉。诸友中有能生造刻画[⑦]者，一月前礼聘至，匠意为之，唯其使。装束备，先期扮演，非百口叫绝又不用。故一人一骑，其中思致文理，如玩古董名画，一勾一勒不得放过焉。

土人有小小灾祲，[⑧]辄以小白旗一面到庙禳之，所积盈库。是日以一竿穿旗三四，一人持竿三四，走神前，长可七八里，

如几百万白蝴蝶回翔盘礴在山坳树隙。四方来观者数十万人。市[9]枫桥下，亦摊亦篷。台阁上、马上有金珠宝石堕地，拾者如有物凭焉，不能去，[10]必送还神前。其在树丛田坎间者，问神，辄示其处，不或爽。

纯生氏曰：得名者反失其姓，名之累人，不可思议。

①枫桥杨神庙：今称枫桥大庙。其神传说为一杨姓猎户，为民除害而亡。一说神名杨俨，宋时枫桥冷水里人。枫桥在诸暨县东北约五十里，邻近山阴。庙期九月十五。

②台阁：实即可以自由移动的小型舞台。宋周密《武林旧事》卷三“迎新”条：“以木床铁擎为仙佛鬼神之类，驾空飞动，谓之台阁。杂剧百戏诸艺之外，又为渔父习闲、竹马出猎、八仙故事。”

③思致文理：精心策划而又使之合于艺术规律。

④胡琏：咸丰本作“胡梿”。实即胡连，明人单本所作《蕉帕记》（收入《六十种曲》）中的喜剧性人物。《蕉帕记》写书生龙骧与小姐胡弱妹定情而终成眷属故事。胡弱妹之兄胡连是个纨袴子弟，专与龙骧不和捣乱，却处处丢丑。此戏插科打诨甚是有趣，以致流于恶谑，颇为大众喜爱。虽然此剧是写才子佳人，人们却最爱看胡连。

⑤无人不把他叫作胡连。

⑥缯：丝织品统称为缯。

⑦生造刻画：不沿袭别人，而能创造新的人物形象。

⑧土人：当地居民。　祲（jìn）：邪气。灾祲指灾祸及邪病。

⑨市：设置交易市场。

⑩如有物凭焉，不能去：拾到珠翠者如有神物凭依于身，不能离开此地。

雪精

外祖陶兰风先生倅寿州，[1]得白骡，蹄跲[2]都白，日行二百里，畜署中。寿州人病噎嗝，[3]辄取其尿疗之。凡告期，[4]乞骡尿状常十数纸。外祖以木香[5]沁其尿，诏百姓来取。后致仕归，捐馆，[6]舅氏啬轩解骖赠余。[7]

余豢之十余年许，实未尝具一日草料，日夜听其自出觅食，视其腹未尝不饱，然亦不晓其何从得饱也。天曙，必至门祇候，进厩候驱策，至午勿御，[8]仍出觅食如故。后渐跛扈难御，见余则驯服不动，跨鞍去如箭，易人则咆哮蹄啮，百计鞭策之不应也。一日，与风马[9]争道城上，失足堕濠堑死。余命葬之，谥之曰“雪精”。[10]

纯生氏曰：白骡不入华山，而以溲活人，设有款门求肝者，骡其不免乎？争道以死，亦云幸矣。

①陶兰风：陶允嘉，号兰风，山阴人。官至福建盐运副使。　倅：州郡的副职，即同知。此处做动词用。　寿州：今安徽寿县。

②跲：蹄趾为跲。

③噎嗝：饮食不下或食之即吐。

④告期：放告之日，即接受诉状之日。

⑤木香：中医以木香根为药，亦称木香，主治健脾消食。

⑥捐馆：捐馆舍，抛弃馆舍，指去世。

⑦舅氏啬轩解骖：陶崇文，号啬轩。见政局昏乱，绝意功名，遁迹山林。　解骖：解下缰绳送马与人。

⑧到中午还没有人使唤它。

⑨风马：疯马，即惊马。

⑩雪精：《历世真仙体道通鉴》：仙人张氲指所乘白驴曰："此乃千岁雪精也。"

严助庙

陶堰司徒庙，[1]汉会稽太守严助[2]庙也。岁上元设供，[3]任事者[4]聚族谋之终岁。凡山物犏犏[5]（虎、豹、麋鹿、獾猪之类），海物噩噩[6]（江豚、海马、鲟黄、鲨鱼[7]之类），陆物痴痴[8]（猪必三百斤，羊必二百斤，一日一换。鸡、鹅、凫、鸭之属，不极肥不上供[9]），水物噞噞[10]（凡虾、鱼、蟹、蚌之类，无不鲜活），羽物毨毨[11]（孔雀、白鹇、锦鸡、白鹦鹉之属，即生供之），毛物毧毧[12]（白鹿、白兔、活貂鼠之属，亦生供之），洎非地[13]（闽鲜荔枝、圆眼、北苹婆果、沙果、文官果之类）、非天[14]（桃、梅、李、杏、杨梅、枇杷、樱桃之属，收藏如新撷）、非制[15]（熊掌、猩唇、豹胎之属）、非性[16]（酒醉、蜜饯之类）、非理[17]（云南蜜唧、峨嵋雪蛆[18]之类）、非想[19]（天花、龙蛋[20]、雕镂瓜枣、捻塑米面之类）之物，无不集。庭实[21]之盛，自帝王宗庙、社稷坛壝[22]所不能比隆者。

十三日，以大船二十艘载盘軨，[23]以童崽扮故事，无甚文理，以多为胜。城中及村落人，水逐陆奔，随路兜截，转折看之[24]，谓之"看灯头"。且夜夜[25]在庙演剧，梨园必倩越中上三班，或雇自武林者，缠头日数万钱。唱《伯喈》[26]、《荆钗》，一老者坐台下对院本，一字脱落，群起噪之，又开场重做。越中有"全伯喈"、"全荆钗"之名，起此。

天启三年，余兄弟携南院妓[27]王岑，老串[28]杨四、徐孟雅，圆社[29]河南张大来[30]往观之，到庙蹴踘。张大来以“一丁泥”、“一串珠”名世，毬着足，浑身旋滚，一似粘疐有胶、[31]提掇有线、穿插有孔者，人人叫绝。剧至半，王岑扮李三娘，[32]杨四扮火工窦老，徐孟雅扮洪一嫂，马小卿十二岁，扮咬脐[33]，串《磨房》、《撇池》、《送子》、《出猎》四出。科诨曲白，妙入筋髓，又复叫绝。遂解维归。戏场气夺，锣不得响，灯不得亮。

纯生氏曰：记事古奥，如读《汲冢周书》。

①陶堰：即陶家堰，地在绍兴城东。为张岱外祖陶兰风家。　司徒庙：江南地方丛祠多称神为司徒，如扬州五司徒之类。因司徒多为死后赠官，并非生前曾任司徒也。

②严助：汉武帝时会稽郡吴人。曾出使闽越，说其王遣子入侍。后官会稽太守。

③上元：正月十五称上元节。　设供：陈设供品以祭祀，实即以是日为庙会。

④任事者：主持祭祀之事者。

⑤犅（chéng）犅：凶猛状。

⑥䰾䰾：肥腴状。

⑦“鲨鱼”，乾隆本、咸丰本均作“沙鱼”，今从砚云本改。

⑧痴痴：呆笨状。

⑨“上供”，诸本均作“上贡”，按，文中多言“设供”、“生供”，“贡”字显系音同而误。

⑩噞（yǎn）噞：水物鲜活状。

⑪毨（xiǎn）毨：羽毛丰满鲜明貌。

⑫毧（róng）毧：皮毛丰厚状。

⑬非地：非本地所产。

⑭非天：非时令所有。

⑮非制：非正常制法。

⑯非性：改变本来味性。

⑰非理：不合常理。

⑱云南蜜唧：唐张鷟《朝野佥载》："右江西南多獠民，好为'蜜唧'。鼠胎未瞬，通身赤蠕者，渍之以蜜，置盘中，犹嗫嗫而行。以箸挟取咬之，唧唧作声，故曰'蜜唧'。" 峨嵋雪蛆：南宋陆游《老学庵笔记》："《嘉祐杂志》云'峨眉雪蛆治内热'。予至蜀，乃知此物实出茂州雪山。雪山四时常有积雪，弥遍岭谷，蛆生其中。取雪时并蛆取之，能蠕动。久之，雪消，蛆亦消尽。"按，"峨嵋"，砚云本误作"蛾眉"。

⑲非想：超出想象。

⑳龙蛋：砚云本、乾隆本均作"蛋"。咸丰本作"蜑"，读蛋音，义不同。

㉑庭实：陈列于朝堂的贡献物品。

㉒坛壝（wěi）：壝，祭坛外的矮墙。坛壝统指祭坛。

㉓盘軨：应即盘铃。本为从西域传来的一种乐器，至唐时即用以称呼用盘铃伴奏的傀儡戏。此处似概指可移动的戏台，把船连在一起，可成戏台。

㉔乾隆本、咸丰本俱无"看之"二字，据砚云本补。

㉕"且"，乾隆本、咸丰本俱作"五"，今从砚云本改。"且夜夜"，"且"作副词"还有"解。"五夜夜"，正月十五灯节前后共五夜，五个夜晚，每个夜晚都在庙演戏，亦通。但既言"夜夜"，已经是五夜了，何必多一"五"字？

㉖《伯喈》：即高明诚《琵琶记》，演蔡伯喈、赵五娘故事。

㉗南院：明朝南都亦设教坊司，分南院、西院，专门教习并演出歌

舞戏曲。后撤教坊司，南院其地渐为民间歌妓及艺人所据，实为金陵戏曲艺术中心。“妓”字，乾隆、咸丰本俱无，据砚云本补。

㉘老串：串即串戏，在戏曲中扮演角色。老串，当指什么戏都可以串演的演员。

㉙圆社：一个专门表演蹴踘的组织。

㉚乾隆本、咸丰本“张大来”下有“辈”字，此从砚云本删。

㉛粘躉：粘滞。

㉜李三娘：李三娘为《白兔记》中人物。此戏演刘知远、李三娘离合故事。

㉝咬脐：咬脐郎，李三娘在磨房产子，以口咬断脐带，故起名咬脐郎，即长大后成了五代后汉隐帝的刘承祐。

乳酪

乳酪自驵侩[1]为之，气味已失，再无佳理。余自豢一牛，夜取乳置盆盎，比晓，乳花簇起尺许，用铜铛煮之，瀹兰雪汁，[2]乳斤和汁四瓯，百沸之。玉液珠胶，雪腴霜腻，吹气胜兰，沁入肺腑，自是天供。[3]或用鹤觞、花露[4]入甑蒸之，以热妙；或用豆粉搀和，漉之成腐，以冷妙；或煎酥，或作皮，或缚饼，[5]或酒凝，或盐腌，或醋捉，[6]无不佳妙。而苏州过小拙和以蔗浆霜，[7]熬之，滤之，钻之，掇之，印之，为带骨鲍螺，[8]天下称至味。其制法秘甚，锁密房，以纸封固，虽父子不轻传之。

纯生氏曰：使人咽喉间作甘露快。

①驵侩：商贩。

②瀹兰雪汁：即冲泡兰雪茶汁。

③天供：可以贡入皇宫的珍品。

④鹤觞、花露：二者俱为酒名。杨衒之《洛阳伽蓝记》：刘白堕善酿

酒，饮之香美，醉而经月不醒。京师朝贵出郡登藩，远相饷馈，逾于千里。以其远至，号曰“鹤觞”，亦名“骑驴酒”。

⑤缚饼：“缚”字在此无解，疑是“抟”（摶）字之误。抟饼，即以乳和面抟揉为饼也。

⑥醋捉：用醋使其凝固。“捉”字或作收缩凝固解。

⑦过小拙：苏州点心师名。　蔗浆霜：甘蔗汁晾晒成霜，即粉状蔗糖。

⑧带骨鲍螺：一种乳制小点心，形如鲍螺（带壳的鲍鱼）。

調羹
十竹齋

二十四桥风月

广陵二十四桥风月，[1]邗沟[2]尚存其意。渡钞关，[3]横亘半里许，为巷者九条。巷故九，凡周旋折旋于巷之左右前后者，什百之。巷口狭而肠曲，寸寸节节有精房密户，名妓、歪妓[4]杂处之。

名妓匿不见人，非向道[5]莫得入。歪妓多可五六百人，每日傍晚，膏沐熏烧，出巷口，倚徙盘礴于茶馆酒肆之前，谓之“站关”。茶馆酒肆，岸上下[6]纱灯百盏，诸妓掩映闪灭于其间，疤盭者帘，雄趾者阈。[7]灯前月下，人无正色，所谓“一白能遮百丑”者，粉之力也。游子过客，往来如梭，摩睛相觑，有当意者，逼前牵之去。而是妓忽出身分，[8]肃客先行，自缓步尾之。至巷口，有侦伺者，向巷门呼曰：“某姐有客了！”内应声如雷，火燎即出。

一一俱去，剩者不过二三十人。沉沉二漏，灯烛将烬，茶馆黑魆无人声。茶博士不好请出，惟作呵欠，而诸妓醵钱向茶博士买烛寸许，以待迟客。或发娇声唱《劈破玉》等小词，或自相谑浪嘻笑，故作热闹，以乱时候；然笑言哑哑，[9]声中渐带凄楚。夜分不得不去，悄然暗摸如鬼。[10]见老鸨，受饿、受笞，俱不可知矣。

余族弟卓如，美须髯，有情痴，善笑，到钞关必狎妓。向余噱曰："弟今日之乐，不减王公。"余曰："何谓也？"曰："王公大人侍妾数百，到晚耽耽望幸，当御者亦不过一人。弟过钞关，美人数百人目挑心招，[11]视我如潘安，[12]弟颐指气使，任意拣择，亦必得一当意者呼而侍[13]我。王公大人岂遂过我哉！"复大噱。余亦大噱[14]。

纯生氏曰：二十四桥明月，褰裳而就者如云，髯客得毋以蒯缑往矣？

①广陵：扬州古称。汉广陵郡治所在广陵县，即今扬州。　二十四桥：杜牧诗："二十四桥明月夜，玉人何处教吹箫？"扬州"二十四桥"所指，有二说，一说谓二十四座桥。唐时扬州城内水道纵横，有大小共二十四座桥，后水道渐淤，桥久不存。一说桥名"二十四"，实即一桥，即红药桥，或称"廿四桥"。张岱此处只是用杜牧诗意，以"二十四桥"代指繁华扬州，与桥本身并无关系。　风月：男女浪漫之事。

②邗沟：春秋末年，吴王夫差在今扬州位置造邗城，然后开凿运河，北通中原，此运河即称邗沟，后来隋炀帝开凿大运河，这一段也是凭依原来邗沟的水道。邗沟亦称邗江，也是扬州的代称。此处邗沟是指扬州城南之运河。

③钞关：扬州城挹江门，南临运河，因于此设关卡征收过往船只税钞，故称为钞关。并逐渐形成为扬州的繁华区。

④歪妓：陋妓。

⑤“向道”，诸本俱同，即“向导”，道、导二字通。

⑥乾隆本、咸丰本无“下”字，此从砚云本。“岸上下”，指码头上下也。

⑦疤蠡（lì）者帘：面有疤痕或皮肤粗糙者以帘遮掩。　雄趾者阈：大脚者用门槛来掩饰。

⑧身分：身价。

⑨笑言哑哑：《易·震》：“笑言哑哑。”　哑哑：笑声。

⑩暗摸如鬼：与前“应声如雷，火燎即出”相应。

⑪《史记·货殖列传》：“今夫赵女郑姬，设形容，揳鸣琴，揄长袂，蹑利屣，目挑心招，出不远千里，不择老少者，奔富厚也。”

⑫潘安：潘岳，字安仁。西晋时人。貌美。《世说新语·容止》：潘岳妙有姿容，少时挟弹出洛阳道，妇人遇者，莫不连手共萦之。

⑬“侍”，乾隆本作“待”，据砚云本、咸丰本改。

⑭余亦大噱：此处用“亦大噱”，暗示二人之大笑不同。

世美堂灯

儿时跨苍头颈，犹及见王新建[1]灯。灯皆贵重华美，珠灯、料丝无论，即羊角灯[2]亦描金细画，缨络罩之。悬灯百盏尚须秉烛而行，大是闷人！

余见《水浒传》“灯景诗”有云：“楼台上下火照火，车马往来人看人。”[3]已尽灯理。余谓灯不在多，总求一亮。余每放灯，必用如椽大烛，专令数人剪卸烬煤，故光迸重垣，[4]无微不见。

十年前，里人有李某者为闽中二尹，[5]抚台[6]委其造灯，选雕佛匠，穷工极巧，造灯十架。凡两年，灯成而抚台已物故，携归藏椟中。又十年许，知余好灯，举以相赠，余酬之五十金，十不当一，是为主灯。遂以烧珠、料丝、羊角、剔纱诸灯辅之。

而友人有夏耳金者，剪彩为花，巧夺天工，罩以冰纱，有烟笼芍药之致。[7]更用粗铁线界划规矩，匠意出样，剔纱为蜀锦幔其界地，[8]鲜艳出人。耳金岁供镇神，[9]必造灯一盏，灯后，余每以善价购之。余一小傒善收藏，虽纸灯亦十年不得坏，故灯日富。又从南京得赵士元夹纱屏及灯带数副，[10]皆属鬼工，决非人力。

灯宵[11]出其所有，便称胜事。鼓吹弦索，厮养臧获皆能为之。有苍头善制盆花，[12]夏间以羊毛炼泥墩，[13]高二尺许，筑“地涌金莲”，[14]声同雷炮，花[15]盖亩余。不用煞拍鼓铙，清吹唢呐[16]应之，望花缓急为唢呐缓急，望花高下为唢呐高下。灯不演剧则灯意不酣，然无队舞鼓吹则灯焰不发。余敕小傒串元剧[17]四五十本。演元剧四出则队舞一回，鼓吹一回，弦索一回。其间浓淡、繁简、松实之妙，全在主人位置。[18]使易人易地为之，自不能尔尔。故越中夸灯事之盛，必曰“世美堂灯”。[19]

纯生氏曰：庚戌秋中，吾乡放灯极盛，此不及万分之一矣。余撰《武林灯事》四十八条，存《谁堂笔记》。

①王新建：王守仁在嘉靖时封新建伯，世袭。张岱所指为阳明之孙新建伯王承勋，万历五年袭爵，天启五年卒。为当时大收藏家。

②珠灯、料丝：珠灯即烧珠灯，琉璃珠串成。料丝灯则用料丝缠制。以玛瑙、紫石英等为主要原料化浆拔丝，称料丝。　羊角灯：以山羊角为材料，粘制成瓜形，因为打磨得很薄，所以能达到半透明的效果。以上几种灯都意在灯之华美，而不能透光至远，故下云“尚须秉烛而行”。

③见《水浒传》第七十二回“柴进簪花入禁苑，李逵元夜闹东京”，但只是一对联句。

④迸，迸射。重垣，几层院墙。意谓其光能照到院子外面。

⑤二尹：即府同知，或称二府。

⑥抚台：巡抚，一省行政长官。

⑦烟笼，对山林而言，一般是指烟霭笼罩，此为芍药，则可解为香烟笼罩了。

⑧剔纱：剔纱灯，一种以木为架，绷以彩纱的宫灯。　䩬（mán）：即“鞔”之俗字，蒙而包之。　界地：即宫灯诸面之间的分隔，亦即木架，今张岱以蜀锦包之，故更为鲜艳。

⑨镇神：南镇之神。参见卷三《南镇祈梦》篇注。

⑩赵士元：张岱《夜航船》卷一二：“赵士元制夹纱及夹纱帏屏，所剛翎毛花卉，颜色鲜明，毛羽生动，妙不可言。”

⑪灯宵：正月十五前后共五夜，许民间放灯，称灯宵。

⑫盆花：一种以泥为药盆的焰火。

⑬以羊毛炼泥墩：把羊毛和进泥中做墩，干后坚牢不散，内留空间，可装火药。

⑭地涌金莲，“盆花”名。“地”，乾隆本作“池”。

⑮花：指喷出的焰火。

⑯清吹唢呐：唢呐独奏，不杂以其他乐器。

⑰元剧：指北调戏，与元代杂剧有传承关系，故云。曲调高亢激昂，方能与唢呐焰火相配。

⑱位置：构思调度。

⑲世美堂为张岱家厅堂名。

宁了

大父母喜豢珍禽：舞鹤三对，白鹇一对，孔雀二对，吐绶鸡一只，白鹦鹉、鹩哥、绿鹦鹉十数架。一异鸟名“宁了”，身小如鸽，黑翎如八哥，能作人语，绝不含糊。大母呼媵婢，辄应声曰：“某丫头，太太叫！”有客至，叫曰：“太太客来了，看茶！”

有一新娘子善睡，黎明辄呼曰：“新娘子，天明了，起来吧！太太叫，快起来！”不起，辄骂曰：“新娘子，臭淫妇，浪蹄子！”[1]新娘子恨甚，置毒药杀之。

“宁了”疑即“秦吉了”，[2]蜀叙州[3]出，能人言。一日夷人买去，惊死，[4]其灵异酷似之。

纯生氏曰：是非燕雀之网所能罗者。

①浪蹄子：也是淫妇的意思，专用于骂人。

②秦吉了：也称了哥、吉了。产于秦中，故名。白居易《新乐府》有《秦吉了》一篇，云：“秦吉了，出南中，彩毛青黑花颈红。耳聪心

慧舌端巧，鸟语人言无不通。”

③蜀叙州：今四川宜宾。

④“一日夷人买去，惊死”，此句难解，疑有阙文。按，张岱《夜航船·四灵部·飞禽》“秦吉了”条：“有夷人以数万钱买去，吉了曰：‘我汉禽，不入胡地。’遂惊死。”可补此文之阙。

张氏声伎

谢太傅不畜声伎，曰："畏解，故不畜。"[①]王右军曰："老年赖丝竹陶写，恒恐儿辈觉。"[②]曰"解"，曰"觉"，古人用字深确。盖声音之道，入人最微，一解则自不能已，一觉则自不能禁也。

我家声伎，前世无之，自大父于万历年间与范长白、邹愚公、黄贞父、包涵所诸先生[③]讲究此道，遂破天荒为之。有"可餐班"，以张彩、王可餐、何闰、张福寿名；次则"武陵班"，以何韵士、傅吉甫、夏清之名；再次则"梯仙班"，以高眉生、李芥生、马蓝生名；再次则"吴郡班"，以王畹生、夏汝开、杨啸生名；[④]再次则"苏小小班"，以马小卿、潘小妃名；[⑤]再次则平子[⑥]"茂苑班"，以李含香、顾芥竹、应楚烟、杨騄駬名。主人解事，日精一日，而傒童技艺亦愈出愈奇。

余历年半百，小傒自小而老、老而复小、小而复老者凡五易之。无论"可餐"、"武陵"诸人如三代法物，[⑦]不可复见；"梯仙"、"吴郡"间有存者，皆为佝偻老人；而"苏小小班"

亦强半化为异物[8]矣；“茂苑班”则吾弟先去，[9]而诸人再易其主。余则婆娑一老，以碧眼波斯，[10]尚能别其妍丑。山中人自海上归，[11]种种海错皆在其眼，请共舐之。

纯生氏曰：烟霞风景，补缀藻绣，如山深月清中有猿啸，听者凄其欲绝。

①谢太傅即东晋谢安，史称谢安性好音乐，期丧不废，每游赏，必以妓女从，故不应有“畏解”及“不畜声伎”之说。按，此处所叙应是宋武帝刘裕事，为张岱误记。此篇作于乱离之后，无书可查也。《南史·荀伯玉传》云：宋武帝节俭过人，佞臣殷仲文劝令畜伎，帝答云：“我不解声。”仲文曰：“但畜，自解。”又答：“畏解，故不畜。”

②语见《世说新语·言语》：谢太傅语王右军曰：“中年伤于哀乐，与亲友别，辄作数日恶。”王曰：“年在桑榆，自然至此，正赖丝竹陶写。恒恐儿辈觉，损欣乐之趣。” 原书“觉”为“发觉”意，下面张岱解“觉”为“领悟”，意谓恐怕儿辈懂了音乐，也会沉溺其中。

③范长白，见卷五《范长白》及注。 邹愚公：邹迪光，字彦吉，号愚公，江苏无锡人。万历进士。卷七《愚公谷》一篇即言此老事，可参看。 黄贞父：见卷一《奔云石》及注。 包涵所，见卷三《包涵所》及注。

④夏汝开又见张岱《嫏嬛文集》卷六《祭义伶文》，言其卒于崇祯四年，“明年寒食，其旧主张长公属其同侪王畹生、李岕生持酒一瓯，割羽牲一，至其陇，招其魂而祭之”，由“旧主”二字观之，“吴郡班”应是张岱所养戏班。

⑤马小卿、潘小妃又见于本书卷四《严助庙》，卷七《龙山雪》、《过剑门》诸篇，此“苏小小班”应是张岱所有，且因二“小”命名也。

⑥平子：张岱胞弟张峄，字平子。为刘宗周入室弟子。

⑦三代法物：商、周、汉三代的祭祀礼器。

⑧化为异物：化为鬼魂，即去世。

⑨先去：先于自己离世而去。

⑩碧眼波斯：传言波斯商人最能识别宝物。波斯人眼珠蓝绿，故言碧眼。此处张岱自称“碧眼波斯”，是言对戏曲表演有精准的鉴赏能力。

⑪“自”，诸本原误作“至”。张岱《西湖梦寻序》云：“山中人归自海上，盛称海错之美，乡人竞来共舐其眼。”可证。

方物

越中清馋，无过余者。喜啖方物。[1]北京则苹婆果、黄巤马牙松；[2]山东则羊肚菜、秋白梨、文官果、甜子；福建则福橘、福橘饼、牛皮糖、红腐乳；江西则青根、[3]丰城脯；山西则天花菜；[4]苏州则带骨鲍螺、山查丁、山查糕、松子糖、白圆、橄榄脯；嘉兴则马交鱼脯、陶庄黄雀；南京则套樱桃、桃门枣、地栗团、窝笋团、山查糖；杭州则西瓜、鸡豆子、花下藕、韭芽、玄笋、塘栖蜜橘；萧山则杨梅、莼菜、鸠乌、[5]青鲫、方柿；诸暨则香狸、樱桃、虎栗；嵊则蕨粉、细榧；龙游糖；[6]临海则枕头瓜；台州则瓦楞蚶、江瑶柱；浦江则火肉；东阳则南枣；山阴则破塘笋、[7]谢橘、独山菱、河蟹、三江屯蛏、白蛤、江鱼、鲥鱼、里河鰦。远则岁致之，近则月致之、日致之。眈眈逐逐，[8]日为口腹谋，罪孽固重。但由今思之，四方兵燹，寸寸割裂，钱唐[9]衣带水，犹不敢轻渡，[10]则向之传食四方，[11]不可不谓之福德也。

纯生氏曰：幻笔空肠，老饕那得不垂涎耶？

①方物：地方土特产。

②苹婆果：苹果。　黄巤马牙松：周汝昌先生《砚霓小集》认为，此五字应是"黄芽马粪菘"之误，即北京大白菜。周文又引《本草纲目》卷二六云："南方之菘，畦内过冬，北方者多入窖内。燕京圃人又以马粪入窖壅培，不见风日，长出苗叶皆嫩黄色，脆美无滓，谓之黄芽菜，豪贵以为嘉品，盖亦仿韭黄之法也。"按，周说甚是，虽然未必即是"黄芽马粪菘"五字之误，但北京黄芽菜是定而无疑的。"巤"，砚云本作"鼠"，较"巤"字更误。"黄巤"可拟菜中生出的黄芽，而"黄鼠"为何物耶？

③青根：疑指临川土产"青菜梗"。

④天花菜：天花菜即五台山产的台蘑。

⑤砚云本、乾隆本作䲦，字书无此字，似应读如"圠（yà）"。咸丰本作鳦，即"鸠"字，当是臆改。

⑥龙游糖：龙游地名，产糖，与上文之嵊县相隔甚远，显然非嵊县所产。按文例，"龙游"下应有一"则"字。

⑦乾隆本"破塘"误作"破糖"。砚云本、咸丰本不误。

⑧眈眈逐逐：《易·颐》："虎视眈眈，其欲逐逐。"贪婪注视、急于攫取之貌。

⑨"钱唐"，乾隆本、咸丰本作"钱塘"，通。此从砚云本。

⑩张岱写此文，应在弘光小朝廷已亡，清兵据有杭州之时。

⑪传食四方：由四面八方运来食物。

祁止祥癖

人无癖不可与交，以其无深情也；人无疵不可与交，以其无真气也。

余友祁止祥[①]有书画癖，有蹴踘癖，有鼓钹癖，有鬼戏[②]癖，有梨园癖。壬午[③]至南都，止祥出阿宝示余。余谓："此西方迦陵鸟，[④]何处得来？"阿宝妖冶如蕊女，而娇痴无赖，故作涩勒，不肯着人。如食橄榄，咽涩无味，而韵在回甘；如吃烟酒，鲠噎无奈，而软同沾醉，初如可厌，而过即思之。

止祥精音律，咬钉嚼铁，一字百磨，口口亲授，阿宝辈皆能曲通主意。乙酉，南都失守，[⑤]止祥奔归。遇土贼，刀剑加颈，性命可倾，至宝是保。[⑥]丙戌，以监军驻台州，[⑦]乱民卤掠，止祥囊箧都尽，阿宝沿途唱曲，以膳主人。[⑧]及归，刚半月，又挟之远去。止祥去妻子如脱躧[⑨]耳，独以娈童崽子为性命，其癖如此。

纯生氏曰：王武子马癖，和长舆钱癖，杜预《左传》癖，皆足千古，况止祥哉！止祥客广陵时，为周元亮画南北宗派四十灯，今藏余家。

①祁止祥：祁豸佳，字止祥，祁彪佳之从兄。天启丁卯（1627）举人。工诗，长于度曲。为张岱“曲学知己”。明亡不仕。

②鬼戏：灯影戏。祁彪佳《归南快录》：“止祥兄于灯下作鬼戏，眉面生动，亦一奇也。”

③壬午：崇祯十五年（1642）。

④迦陵鸟：佛教中的神鸟，名迦陵频伽，或称迦陵频鸟、迦娄宾鸟、迦陵鸟等。意译作妙音鸟，或作好声鸟、美音鸟、妙声鸟。人首鸟身，形美音妙。

⑤乙酉：清顺治二年（1645）。“都”，乾隆本误作“郡”，据咸丰本改。

⑥“性命可轻，至宝是保”是成语，乾隆本、咸丰本均误作“至宝是宝”。周密《齐东野语》：赵子固得五字不损本《兰亭》，乘舟夜归，风作舟覆，幸值浅港，行李衣衾皆淹溺无余，子固方被湿衣立浅水中，手持《禊帖》，示人曰：“《兰亭》在此，余不足介意也。”因题八言于卷首云：“性命可轻，至宝是保。”张岱文中正用此八字，唯“轻”字作“倾”也。此句意谓祁止祥以“阿宝”为“至宝”，性命可以不要，第一位的是要保护他。

⑦时鲁王朱以海监国于台州，止祥为监军。

⑧以膳主人：以供主人膳食。

⑨躧（xǐ）：草鞋。

泰安州客店

客店至泰安州，[1]不复敢以客店目之。余进香泰山，未至店里许，见驴马槽房二三十间；[2]再近，有戏子寓二十余处；再近，则密户曲房，皆妓女妖冶其中。余谓是一州之事，不知其为一店之事也。

投店者先至一厅事上簿挂号，人纳店例银[3]三钱八分，又人纳税山银[4]一钱八分。店房三等：下客夜素早亦素，午在山上用素酒果核劳之，谓之“接顶”。[5]夜至店，设席贺，谓烧香后求官得官，求子得子，求利得利，故曰贺也。贺亦三等：上者专席，糖饼、五果、十肴、果核、演戏；次者二人一席，亦糖饼，亦肴核，亦演戏；下者三四人一席，亦糖饼、肴核，不演戏，用[6]弹唱。计其店中演戏者二十余处，弹唱者不胜计，庖厨炊爨亦二十余所，奔走服役者一二百人。下山后，荤酒狎妓惟所欲，此皆一日事也。若上山落山，客日日至，而新旧客房不相袭，荤素庖厨不相溷，迎送厮役不相兼，是则不可测识之矣。泰安一州与此店比者五六所，又更奇。⑦

纯生氏曰：曼卿过钱痴，桃虫处桃，壤虫处壤，岂不当自反耶？

①泰安州：今山东泰安市，在泰山脚下，为登山必由之路。

②咸丰本误作“二十三间”。

③店例银：观其意，似是住店的基本消费，另外再根据客人的需求，再分几等付钱。

④税山银：又称山税，即相当于现在的入山门票。

⑤接顶：泰山山顶即玉皇顶，此“顶”专指泰山山顶，所以碧霞元君又称“顶上娘娘”。

⑥“用”，咸丰本作“亦”，误。

⑦张岱《嫏嬛文集》卷二有《岱志》一篇。本文系其中一节之改写。

卷五

弱柳垂江翠

范长白

范长白园在天平山下，万石都焉。[1]龙性难驯，石皆笏起。[2]旁为范文正墓。[3]园外有长堤，桃柳曲桥，蟠屈湖面，桥尽抵园，园门故作低小，进门则长廊复壁，直达山麓。其缯楼幔阁、秘室曲房，故故匿之，不使人见也。[4]

山之左为“桃源”，峭壁回湍，桃花片片流出。右“孤山”，种梅千树。渡涧为“小兰亭”，茂林修竹，曲水流觞，件件有之。竹大如椽，明静娟洁，打磨滑泽如扇骨，是则兰亭所无也。地必古迹，名必古人，此是主人学问。但桃则溪之，梅则屿之，竹则林之，尽可自名其家，不必寄人篱下也。[5]

余至，主人出见。主人与大父同籍[6]，以奇丑著。是日释褐，[7]大父嬲之曰：“‘丑不冠带’，[8]范年兄亦冠带了也。”人传以笑。余亟欲一见。及出，状貌果奇，似羊肚石雕一小猱，[9]其鼻垩颧颐[10]犹残缺失次也。冠履精洁，若谐谑谈笑，面目中不应有此。[11]

开山堂小饮，绮疏藻幕，备极华缛。秘阁清讴，丝竹摇飏，

忽出层垣，知为女乐。饮罢，又移席小兰亭。比晚辞去，主人曰："宽坐，请看'少焉'。"余不解。主人曰："吾乡有缙绅先生，喜调文袋，以《赤壁赋》有'少焉，月出于东山之上'[12]句，遂字月为'少焉'。顷言'少焉'者，月也。"固留看月，晚景果妙。主人曰："四方客来，都不及见小园雪，山石谽岈，银涛蹴起，[13]掀翻五泄，捣碎龙湫，[14]世上伟观，惜不令宗子见也。"步月而出。至玄墓，[15]宿葆生叔书画舫中。[16]

纯生氏曰：道安谓安道行像神明太俗，世情未尽。长白奇丑骇人而冠履精洁，有此行像，何待务光免俗。

①范长白：范允临，字长倩，号长白。苏州吴县人，范仲淹后裔。万历乙未（1595）进士，官至福建布政司参议。善书法，与董其昌齐名。　天平山：苏州著名风景区，在苏州城西南，木渎镇北，以枫叶、奇石、清泉出名。中有范仲淹祠。　都：汇聚。

②此以天平山比喻成龙。　石皆笏起：巨石巉岈，如笏而立，人称此景为"万笏朝天"。

③范文正墓：范仲淹及其家祖坟均在天平山，据说此山由朝廷赐与范仲淹，故亦名赐山。

④此园门可能就是天平山景区内刻有"万笏朝天"石匾的小门，是范长白园仅为今天平山景区中的一小部分。张岱游范园在崇祯初，至崇祯末祁彪佳来游时，所谓"缯楼幔阁、秘室曲房"之类已经"为其族人所倾毁"，见《祁忠敏公日记》。

⑤寄人篱下：用"孤山"、"兰亭"这些大招牌来标榜自己。此处对"主人学问"颇有微词，范长白未免雅得俗了些。张岱于园亭命名之审

美观，可参见《嫏嬛文集》卷三《与祁世培》一书。

⑥同籍：同年进士。

⑦释褐：脱掉平民的衣装，意即从仕。“是日释褐”，意即释褐之日。范长白与张汝霖于万历二十三年（1595）成进士，此时张岱还没出生。

⑧丑不冠带：古代《百忌日》有“甲不开仓，乙不栽植，……子不问卜，丑不冠带”之说，即逢丑日不宜冠带。此“丑”为地支之丑，借用为丑俊之丑（醜）。

⑨羊肚石：当指海浮石，表面凸凹如羊肚（即煮熟后的羊胃）。　猱（náo）：猿属。

⑩鼻垩：《庄子·徐无鬼》言郢人运斧削人鼻端之垩，此即以鼻垩代指鼻头。　颧颐：颧骨和下巴。

⑪此句意谓：范长白其人衣冠精洁，谈笑诙谐，按理不应长这么一副面目。

⑫句出苏轼《前赤壁赋》，“少焉”，指稍过了一会儿，时间不长。

⑬山石谽（hān）岈（xiā），银涛蹴起：山石突兀嵯岈，披雪之后如银色巨浪拥蹙而起。“谽岈”或作“谽谺”。“蹴”与“蹙”字或通，但“蹴”作脚踏解，“蹙”则有促迫拥挤意，似作“蹙”解为佳。

⑭五泄：浙东名胜，在诸暨，以接连五个瀑布著名。当地人称瀑布为泄。　龙湫：雁荡山瀑布有大、小龙湫。以上是比喻雪景下的山石如瀑布滚泻。

⑮玄墓：玄墓山，相传郁泰玄葬此，故名。在太湖之滨，距范园很有一段路程，所以“步月而出”，只是范长白陪出园门，不会远送到玄墓的。

⑯葆生叔：张岱二叔，名联芳，字尔葆，以字行，号二酉。工绘事，富收藏。万历戊午（1618）顺天副贡生，历官太平、苏州通判，孟津知县，扬州同知、管清江船厂。张岱访范长白，应在崇祯初年张联芳任苏州通判时。

于园

于园在瓜洲步[①]五里铺，富人于五所园也，非显者刺，则门钥不得出。[②]葆生叔同知瓜洲，携余往，主人处处款之。园中无他奇，奇在磥石。[③]前堂石坡高二丈，上植果子松数棵，缘坡植牡丹、芍药，人不得上，以"实"奇。后厅临大池，池中奇峰绝壑，陡上陡下，人走池底，仰视莲花，反在天上，以"空"奇。卧房槛外，一壑旋下如螺蛳缠，[④]以"幽阴深邃"奇。再后一水阁，长如艇子，跨小河，四围灌木蒙丛，禽鸟啾唧，如深山茂林，坐其中，颓然碧窈。[⑤]瓜洲诸园亭俱以假山显，胎于石，娠于磥石之手，男女[⑥]于琢磨搜剔之主人，至于园，可无憾矣。

仪真汪园，[⑦]辇石费至四五万，其所最加意者为"飞来"一峰，阴翳泥污，供人唾骂。余见其弃地下一白石，高一丈、阔二丈而痴，痴妙；一黑石，阔八尺、高丈五而瘦，瘦妙。得此二石足矣，省下二三万收其子母，[⑧]以世守此二石，何如？

纯生氏曰：富人之园，宗老亦复驱使木石。

①瓜洲步：步，即埠，停船码头。瓜洲步即瓜洲渡。瓜步有两处，一是扬州的瓜洲，二是六合的瓜步。此指扬州之瓜步。

②显者：有身份地位者。 刺：名片、拜帖。 门钥不得出：即没人来开门。

③磥石：堆磊石山。

④螺蛳缠：北方称“螺蛳转”，如螺蛳壳旋扭的形状。

⑤颓然：堆积貌。 碧窈：碧绿而窈深。

⑥男女：此作“培育长成”解。

⑦仪真：江苏仪征县，在瓜洲之西。 汪园，崇祯间汪机筑，本名寤园。

⑧子母：子母钱，即放贷收息。

诸工

竹与漆与铜与窑，贱工也。嘉兴腊竹王二之漆竹，①苏州姜华雨之莓箓竹，②嘉兴洪漆之漆，张铜之铜，③徽州吴明官之窑，皆以竹与漆与铜与窑名家起家，而其人且与缙绅先生列坐抗礼焉。则天下何物不足以贵人，特人自贱之耳。

纯生氏曰：此不特为诸工言之，正要人人良贵。

①“腊竹王二”为嘉兴匠人诨名。今坊间各本多于“嘉兴”二字后加一“之”字，点作“嘉兴之腊竹”，不知何据。

②莓箓竹：即梅绿竹，如湘妃竹而细，取做扇骨。张岱《夜航船》卷十二：“又有以斑竹为椅桌等物者，以姜姓第一，因有‘姜竹’之称。”“莓”字，乾隆本、咸丰本作“篃”，此从砚云本。

③“洪漆”、“张铜”皆匠人诨名，因艺而为人称之，遂失本名。按，“洪漆”似应作“洪髹”，《嘉兴府志》言“洪髹善造漆器，精巧绝伦”，乾隆御制诗注亦言“洪髹”为漆匠名。张铜本名为张鸣岐，王士祯《池北偶谈》：“嘉兴铜炉则张鸣岐。”即是。

姚简叔画

姚简叔画千古，人亦千古。[1]戊寅，[2]简叔客魏国[3]为上宾。余寓桃叶渡，往来者闵汶水、曾波臣一二人而已。简叔无半面交，访余，一见如平生欢，遂榻余寓。为[4]余料理米盐之事，不使余知。有空则[5]拉余饮淮上馆，[6]潦倒[7]而归。京中诸勋戚、大老、朋侪、缁衲、[8]高人、名妓与简叔交者，必使交余，无或遗者。与余同起居者十日，有苍头至，方知其有妾在寓也。

简叔塞渊，[9]不露聪明，为人落落难合，孤意一往，使人不可亲疏。[10]与余交不知何缘，反而求之，不得也。[11]访友报恩寺，[12]出册叶[13]百方，宋元名笔。简叔眼光透入重纸，据梧精思，面无人色。[14]及归，为余仿苏汉臣[15]一图：小儿方据澡盆浴，一脚入水，一脚退缩欲出；宫人蹲盆侧，一手掖儿，一手为儿擤鼻涕；旁坐宫娥，一儿浴起伏其膝，为结绣裾。[16]一图：宫娥盛装端坐[17]有所俟，双鬟尾之；一侍儿捧盘，盘列二瓯，意色向客；一宫娥持其盘，为整茶锹，[18]

详视端谨。覆视原本，一笔不失。

纯生氏曰：聪明不露，孤意一往，是人千古。纸透眼光，面无人色，是画千古。宗老传简叔不传之妙，乃令人得见苏汉臣画图，奇绝。

①姚简叔：姚允在，字简叔。会稽人。家世画学，山水学荆浩、关仝，笔墨遒劲，思致不凡，尤善雪景。有学问，无匠气，张岱以其及陈洪绶为"字画知己"。　千古：可传于世。

②戊寅：崇祯十一年（1638）。

③客魏国：为魏国公宾客。魏国公，徐达后裔。自弘治时起，魏国公历世多协守南京，时嗣魏公爵者为徐弘基。　乾隆本、咸丰本均失"国"字，此据砚云本补。

④"为"，乾隆本、咸丰本均作"与"，此从砚云本改。

⑤乾隆本、咸丰本无"则"字，此据砚云本补。

⑥淮上馆：指秦淮河上酒馆。

⑦潦倒：大醉而行步不稳状。

⑧缁衲：僧人，衲衣黑色，故云。

⑨塞渊：《诗·邶风·燕燕》："仲氏任只，其心塞渊。"孔颖达疏："言仲氏有大德行也，其心诚实而深远也。"　砚云本无"塞渊"二字。

⑩孤意一往：一意孤行。　不可亲疏：即"不可亲"，难于和他亲近。

⑪反而求之，不得也：反复思索他为什么偏和自己交好，不得其解。

⑫报恩寺：即卷一《报恩塔》所说之大报恩寺。

⑬册叶：册页。

⑭据梧：身靠梧几而沉思。语出《庄子·齐物论》："昭文之鼓琴也，师旷之枝策也，惠子之据梧也，三子之知几乎。"庄子所言三子皆思虑太过者。《世说新语·排调》：范荣期云："何必劳神苦形、支策据梧邪？"

即用此意。因据梧而耗精伤神，故张岱下言“面无人色”，本不必究其所据是几是案也。

⑮苏汉臣：开封人。北宋末宣和画院待诏，南渡后至孝宗时犹在。精释道人物，尤善诸态儿童。人谓其技可接周文矩。有《货郎图》、《秋庭婴戏图》、《杂技戏孩图》等传世。

⑯绣镼（jué）：见《后汉书·光武帝纪》：“更始诸将过，皆冠帻，而服妇人衣，诸于绣镼。”注言短衣，即今之半臂。

⑰“坐”，乾隆本、咸丰本均作“立”，此从砚云本改。画中诸人有坐有立，构图较好也。

⑱茶锹：宋人煮茶时用以分割茶团之具。或称为茶匙，因宋人切茶，故茶锹宜重，多用金属。今茶匙只用以勺茶，竹木即可。

炉峰月

炉峰绝顶，复岫回峦，斗笋相乱。[1] 千丈岩陬互横梧，[2] 两石不相接者丈许，俯身下视，足震慑不得前。王文成少年曾趵而过，[3] 人服其胆。余叔尔蕴[4] 以毡裹体，缒而下。余挟二樵子，从壑底搲[5] 而上，可谓痴绝。

丁卯[6] 四月，余读书天瓦庵，[7] 午后同二三友人登绝顶看落照。一友曰："少需之，俟月出去。[8] 胜期难再得，纵遇虎，亦命也。且虎亦有道，夜则下山觅豚犬食耳，渠上山亦看月耶？"语亦有理。四人踞坐金简石上。[9] 是日月正望，[10] 日没月出，山中草木都发光怪，悄然生恐。月白路明，相与策杖而下。行未数武，半山嘄呼，[11] 乃余苍头同山僧七八人，持火燎、𫓧刀、[12] 木棍，疑余辈遇虎失路，缘山叫喊耳。余接声应。奔而上，扶掖下之。

次日，山背有人言："昨晚更定，有火燎数十把，大盗百余人，过张公岭，[13] 不知出何地？"吾辈匿笑不之语。谢灵运开山临海，[14] 从者数百人，太守王琇惊骇，谓是山贼，及知为

灵运，乃安。吾辈是夜不以山贼缚献太守，亦幸矣。

纯生氏曰：胆量不减文成，“缒而下”，“摝而上”，“策杖而下”，“奔而上”，俱从“趵而过”一气出。

①炉峰，香炉峰，见卷二《表胜庵》注。　斗耸相乱：陡然耸立，互相交叉。语出《水经注·谷水》言“缺门山”：“二壁争高，斗耸相乱。”

②陬互横牾：乾隆本、咸丰本俱作“陬牙横梧”，形近而误也。语出宋玉《高唐赋》：“陬互横牾，背穴偃蹠。”　陬，角也；互，交错也；横，倒也；牾，逆也。总言山石横斜错落也。

③趵：跃。王守仁有《登香炉峰次萝石韵》诗，云：“曾从炉顶蹑天风，下数天南百二峰。”弘治间，王阳明曾隐于会稽山龙瑞宫旁之阳明洞，时年约三十岁。

④尔蕴：张岱七叔张烨芳，字尔蕴，号七磐。其人生而跋扈，少任侠，不喜文墨。年二十，折节读书，三年业成。后筑室炉峰，日游城市，夜必往山宿。盛年即死。详见《嫏嬛文集》卷四《家传》之《附传》。

⑤摝（wà）：牵挽。

⑥丁卯：天启七年（1627）。张岱时年三十一岁。

⑦天瓦庵：即香炉峰西之表胜庵。详见《表胜庵》注。

⑧需：等待。　俟月出去：等月出后，再离去。

⑨金简石：宛委山上有盘石，上有古字，相传为大禹玉书金简，称金简石。宛委山即会稽山，又名石匮山、石篑山，香炉峰为其一峰也。

⑩月正望：正是月圆之时。

⑪噭（jiāo）呼：大喊大叫。“噭”通“叫”字。

⑫鞥（wēng）刀：鞥，吴人谓长靴为鞥。鞥刀或是可藏于靴中之短刀。

⑬张公岭：在香炉峰东。

⑭谢灵运：参见卷二《表胜庵》“谢康乐”注。灵运开山事见《宋书》

本传，言其因父祖之资，凿山浚湖，功役无已。寻山陟岭，必造幽峻，岩嶂千重，莫不备尽。尝自始宁（在今浙江嵊州）南山伐木开径，直至临海（今浙江临海）。“临海”，原本作“临澥”，避鲁王讳也，凡此皆径改。

湘湖

西湖，田也而湖之，[1]成湖焉；湘湖，[2]亦田也而湖之，不成湖焉。湖西湖者，坡公也，[3]有意于湖而湖之者也；湖湘湖者，任长者也，不愿湖而湖之者也。任长者有湘湖田数百顷，称巨富。有术者[4]相其一夜而贫，不信。县官请湖湘湖，灌萧山田，诏湖之，[5]而长者之田一夜失，遂赤贫如术者言。

今虽湖，尚田也，不下插板[6]不筑堰则水立涸；是以湖中水道，非熟于湖者不能行咫尺。游湖者坚欲去，必寻湖中小船与湖中识水道之人，溯十阏三，[7]鲠咽不之畅焉。

湖里外锁以桥，里湖愈佳。盖西湖止一湖心亭为眼中黑子，湘湖皆小阜、小墩、小山乱插水面。四围山趾，棱棱砺砺，濡足入水，[8]尤为奇峭。余谓西湖如名妓，人人得而媟亵之；鉴湖[9]如闺秀，可钦而不可狎；湘湖如处子，眠娗[10]羞涩，犹及见其未嫁时也。此是定评，确不可易。[11]

纯生氏曰：写湘湖以西湖起，以鉴湖结，自是独创之才。昔有比西湖美人、湘湖处士、鉴湖神仙者，语同一致，此特以韵语出之耳。

①田也而湖之：本来是田地而蓄水成湖。“而湖之”之“湖”为动词，作使其成湖解。

②湘湖：在今杭州市钱塘江南岸，萧山区西南。

③西湖本来是湖，但自唐以来，淤积成田，人贪其利，自宋时愈形淤没，十仅余一。元祐五年，苏东坡为杭州太守，重开西湖，还田与湖。

④术者：术士。

⑤诏湖之：朝廷同意县官之请，下诏灌水成湖。按，湘湖之成湖，事在宋政和间。时县令为大儒杨时，见四面俱山，田皆低洼，因于山麓缺处筑堤障水，溉田千余顷，民多以渔贩为业。

⑥插板：疑是“牐（zhá）板”之误，牐板即闸板。

⑦溯十阏三：溯行水道，走十条中要有三条是淤塞的。

⑧濡足入水：此拟指山趾为人足。

⑨鉴湖：镜湖，在绍兴城南。

⑩“眠娗”，乾隆本、咸丰本俱作“眂娗”，眠、眂形近而误也。“眠娗”即“腼腆”。张岱《西湖梦寻·明圣二湖》“腼腆羞涩”（详见下注）可证。又“眠娗”语出《列子·力命》，为寓言中虚拟的人名，意即腼腆羞涩。

⑪张岱《西湖梦寻·明圣二湖》：“余弟毅儒，常比西湖为美人，湘湖为隐士，鉴湖为神仙。余不谓然。余以湘湖为处子，腼腆羞涩，犹及见其未嫁之时；而鉴湖为名门闺淑，可钦而不可狎；若西湖则为曲中名妓，声色俱丽，然倚门献笑，人人得而媟亵，故人人得而艳羡；人人得而艳羡，故人人得而轻慢。在春夏则热闹之，至秋冬则冷落矣；在花朝则喧哄之，至月夕则星散矣；在清明则萍聚之，至雨雪则寂寥矣。”

柳敬亭说书

南京柳麻子，[1]黧黑，满面疤瘤，[2]悠悠忽忽，土木形骸。[3]善说书，一日说书一回，定价一两，十日前先送书帕下定，[4]常不得空。南京一时有两行情人，[5]王月生、柳麻子是也。

余听其说《景阳冈武松打虎》白文，与本传[6]大异。其描写刻划，[7]微入毫发，然又找截[8]干净，并不唠叨。勃夬声如巨钟，[9]说至筋节处，[10]叱咤叫喊，汹汹崩屋。武松到店沽酒，店内无人，謈[11]地一吼，店中空缸空甓皆瓮瓮有声。闲中着色，细微至此。

主人必屏息静坐，倾耳听之，彼方掉舌。稍见下人呫嗫[12]耳语，听者欠伸有倦色，不辄言，[13]故不得强。每至丙夜，[14]拭桌剪灯，素瓷静递，[15]款款言之，其疾徐轻重，吞吐抑扬，入情入理，入筋入骨，摘世上说书之耳而使之谛听，不怕其不齰舌死[16]也。

柳麻子貌奇丑，然其口角波俏[17]，眼目流利，衣服恬净，[18]

直与王月生同其婉娈，故其行情正等。

纯生氏曰：说书记口角眼目，常耳，衣服恬静，独传波俏流利之神，土木形骸，情乎此矣。月生口角眼目，宗老言之，此以麻子分其婉娈，更是入神之言。

①柳麻子：柳敬亭，原名曹逢春。据黄宗羲《柳敬亭传》，江苏泰州人。南明时曾入左良玉幕，参机要，往来于左军与南京之间，人称柳将军。

②疤瘤：疤痕，麻斑。“疤”，砚云本作“粑”。

③悠悠忽忽，土木形骸：《世说新语·容止》：“刘伶身长六尺，貌甚丑悴，而悠悠忽忽，土木形骸。”余嘉锡释云：谓粗头乱服，不加修饰，视其形骸，如土木然。

④书帕下定：明代官场往来礼仪，初时相赠以书帕，以示清廉雅正。后来行贿，则多夹银票于书帕中。此风既行，召妓与戏班，亦以定金置于书帕中。

⑤行情人：为众追捧、出场价高昂者。

⑥本传：指《水浒传》原书。

⑦“划”，乾隆本、咸丰本作“画”，此从砚云本。

⑧找截：说评话术语。找为回叙前节，截为截断收场。

⑨哅夬：指声音洪亮响脆。“钟”，乾隆本、咸丰本作“锺”，此从砚云本。

⑩筋节：筋络骨节，皆人关键之处，此处比喻故事情节要紧之处。

⑪謈（pó），大叫声。

⑫“呫嗫”，此处作小声讲话解，乾隆本、咸丰本俱误作“呫哔”（读书声），此从砚云本改。

⑬砚云本、乾隆本作“不辄言”，咸丰本作“辄不言”。“不辄言”与“辄不言”语有轻重，咸丰本所改不妥。

⑭丙夜：三更时分。

⑮素瓷静递：于静夜中轻递斟于素瓷之茶。颜真卿《五言月夜啜茶联句》中陆士修句：“素瓷传静夜，芳气满闲轩。”

⑯齰（zé）舌：咬舌自杀，极言其羞愧之至。语出《史记·魏其武安侯列传》：“魏其必内愧，杜门齰舌自杀。”

⑰口角波俏：口齿伶俐俏皮。

⑱“净”，乾隆本、咸丰本俱作“静”，今从砚云本改。

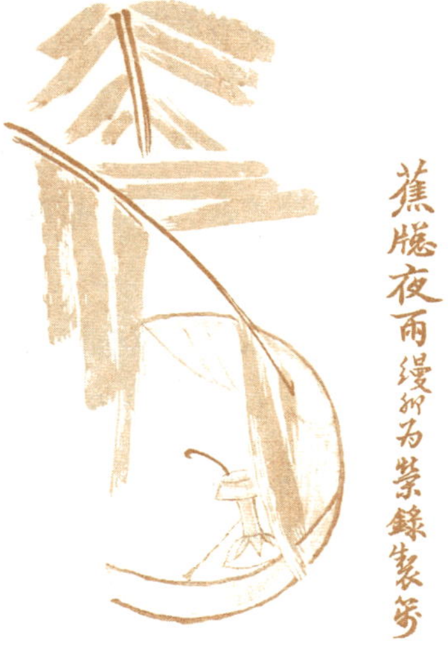

樊江陈氏橘

樊江[1]陈氏，辟地为果园，枸菊围之。[2]自麦为蒟酱，[3]自秫酿酒，酒香冽，色如淡金蜜珀，[4]酒人称之。自果自蓏，以螯乳醴之为冥果。[5]

树谢橘[6]百株，青不撷，[7]酸不撷，不树上红不撷，不霜不撷，不连蒂剪不撷。故其所撷橘皮宽而绽，色黄而深，瓤坚而脆，筋解而脱，味甜而鲜。第四门、陶堰、道墟以至塘栖，[8]皆无其比。

余岁必亲至其园买橘，宁迟，宁贵，宁少。购得之，用黄砂缸，藉以金城稻草或燥松毛收之。[9]阅十日，草有润气，又更换之。可藏至三月尽，甘脆如新撷者。枸菊城主人[10]橘百树，岁获绢百匹，不愧木奴。[11]

纯生氏曰：樊江百树橘，其人与百户等。

①樊江：绍兴地名，在城东。

②枸菊围之：围种以枸杞和菊花，此二物均可入药。

③自麦蒟（jǔ）酱：蒟酱为一种蔓生植物，味辛香，实似桑椹，而皮黑肉白。加工后可调食，故谓之酱。但此处张岱既言“自麦”，似指用自己种的麦子所制调味用的酱，盖麦子加曲后成麦黄，为制酒及酱的上等曲料，“蒟酱”在此遂有制酱意。

④蜜珀：蜜色琥珀，又称蜜蜡。

⑤螯乳即蜂蜜，冥果即青果蜜饯。此句是说用蜂蜜腌制水果为蜜饯。

⑥谢橘：产于余姚东山谢氏园的一种橘子，小而甘甜。

⑦撷：采摘。

⑧以上皆绍兴至杭州一带产名橘之地。娄如松先生以为“第四门”即绍兴城东之五云门，而陶堰、道墟皆在五云门外，故应点作“第四门陶堰、道墟”。但陶堰、道墟分别距五云门四十、六十里，恐难系于五云门下。

⑨金城稻：一说即占城稻，占、金音变也。一说为潮州稻，潮州又称金城也。　收之：吸收其潮气也。

⑩枸菊城主人：此称樊江陈氏。

⑪木奴：晋习凿齿《襄阳记》：李衡于武陵作宅，种甘橘千株。临死，敕儿曰：“汝母恶我治家，故穷如是。然吾州里有千头木奴，不责汝衣食，岁上一匹绢，亦可足用耳。”不愧木奴，即不愧有“木奴”之称。

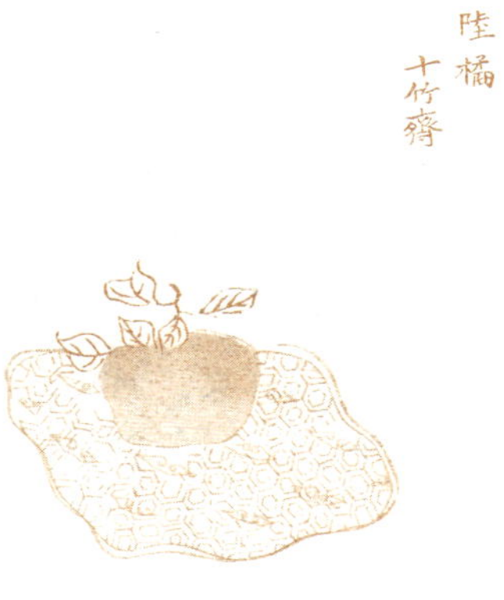

治沅堂

古有拆字法。宣和[1]间，成都谢石拆字，言祸福如响。[2]徽宗[3]闻之，书一“朝”字，令中贵人[4]持试之。石见字，端视中贵人曰：“此非观察[5]书也。”中贵人愕然。石曰：“‘朝’字离之为‘十月十日’，乃此月此日所生之天人，得非上位耶？”[6]一国骇异。

吾越谢文正[7]厅事名“保锡堂”，后易之他姓，主人至，亟去其扁，人问之，曰：“分明写‘呆人易金堂’。”[8]朱石门为文选署中额“典剧”二字。[9]继之者顾诸吏曰：“尔知朱公[10]意乎？此二字离合言之，曰：‘曲处曲处，八刀八刀’耳。”[11]歙许相国[12]孙志吉为大理评事，受魏珰[13]指，案卖黄山，势张甚。[14]当道[15]媚之，送一扁曰“大卜于门”。[16]里人夜至，增减其笔划凡三[17]：一曰“天下未闻”；一倒读之曰“阉手下犬”；一曰“太平拿问”。后直指提问，械至太平，果如其言。[18]

凡此数者，皆有义味。而吾乡缙绅有名“治沅堂”者，人不解其义，问之，笑不答，力究之。缙绅曰：“无他意，亦

止取‘三台三元’⑲之义云耳！”闻者喷饭。

纯生氏曰：得且住为佳耳。

①宣和：北宋徽宗年号，最后一年徽宗传位太子，是为钦宗。次年方改元靖康。

②谢石，北宋末南宋初测字术士。字润夫，成都人。宣和间自蜀至京都，以术得名，善相字，使人书一字，即知人之用意。以卜吉凶，其应如响，遂得荣显。君相皆召其测字。宣和七年归蜀，临行，告人天下将乱，独蜀尚存，二十年外不知也。其人南宋时尚存，于绍兴八年至临安。

③“徽宗”，乾隆本、咸丰本俱误作“钦宗”。据南宋沈作喆《寓简》、何薳《春渚纪闻》等书，测字者为宋徽宗。谢石宣和七年即离京归蜀，时钦宗尚未即位也。

④中贵人：大宦官。

⑤观察：观察使，宋朝官名。此处系对宦官的尊称，并非实有其职也。

⑥徽宗生于十月十日，以是日为天宁节。按《齐东野语》，徽宗本以五月五日生，以俗忌移之十月十日。

⑦谢文正：谢迁，余姚人。成化十年（1474）乡试第一。明年举进士，复第一。弘治时与刘健、李东阳同辅政，天下称贤相。卒谥文正。

⑧书匾字从右向左，故作如此读。

⑨朱石门：朱敬循，字叔理，号石门。万历二十年（1592）进士，官礼部郎中，改吏部稽勋。其父朱赓，官东阁大学士。而朱赓即张岱祖父张汝霖的岳父，而朱石门则是张岱的舅祖。　文选：吏部文选司衙门。　署中额：为正堂署写匾额。　“典剧”之意为处理繁剧之政事。

⑩“朱公”，诸本皆误作“诸公”。据文意改。

⑪“剧”字繁体为“劇”，或写作“勮”，左为繁体“处”字，故离合如此。但离合之后，其意似为：此地不公正，人人要挨刀。但这是“继

之者”的附会和玩笑，朱石门未必有这意思。

⑫许相国：许国，万历时内阁大学士，徽州府歙县人。今徽州城内尚存其牌坊。

⑬魏珰：魏忠贤。珰，本为耳饰，汉代宦官充武职者，其冠用珰和貂尾为饰，故后代用称宦官。称大宦官作大珰。

⑭天启六年，歙县富人吴养春之仆，诬告其主霸占黄山，历年获租税六十余万。魏忠贤逮养春父子至京，追养春赃六十余万。父子瘐死。忠贤又遣主事吕下问往徽州籍其家。吴氏家已破，其妻女俱自缢。吕下问强迫富家高价购买吴氏田亩山林，此即“案卖黄山”，富民累此而破家者甚多，激起民变，下问遁回。忠贤复命太仆寺丞许志吉至歙续追。志吉歙人，自蹦其乡，更甚于下问。

⑮当道：此指地方的当权者，实即安徽提刑贾继春。

⑯大卜于门：古时任命国相，必占卜可否，故以“大卜”称命相。此句意谓许氏为宰相之家，并带有预祝继续有人入相之意。

⑰被里人改后，许家改回，然后里人再改，如此三次。

⑱直指：即“直指使者”，汉武帝时设置的巡视、处理地方政事的官员，在明代实即御史。　提问：捉拿审讯。　太平：安徽太平府，在今当涂。崇祯登极，魏忠贤伏诛，监察御史首讼黄山之狱，发吕下问、许志吉奸状，下问削职为民，志吉论死。

⑲三台三元：古代以三台星代表三公，所谓“在人曰三公，在天曰三台”。乡试、会试、殿试连中榜首，为“三元”。

虎丘中秋夜

虎丘[1]八月半，土著流寓、[2]士夫眷属、女乐声伎、曲中[3]名妓戏婆、民间少妇好女、崽子娈童，及游冶恶少、清客帮闲、傒僮走空[4]之辈，无不鳞集。自生公台、千人石、鹤涧、剑池、申文定祠，下至试剑石、一二山门，[5]皆铺毡席地坐。登高望之，如雁落平沙，霞铺江上。

天暝月上，鼓吹百十处，大吹大擂《十番铙钹》《渔阳掺挝》，[6]动地翻天，雷轰鼎沸，呼叫不闻。更定，鼓铙渐歇，丝管繁兴，杂以歌唱，皆"锦帆开"、"澄湖万顷"同场大曲，[7]蹲踏和锣，[8]丝、竹、肉声，不辨拍煞。[9]

更深，人渐散去，士夫眷属皆下船水嬉，席席征歌，人人献技，南北杂之，[10]管弦叠奏，听者方辨句字，藻鉴随之。[11]二鼓人静，悉屏管弦，洞箫一缕，哀涩清绵，与肉相引[12]，尚存三四，迭更为之。三鼓，月孤气肃，人皆寂

阒，不杂蚊虻。一夫登场，高坐石上，不箫不拍，声出如丝，裂石穿云，串度抑扬，一字一刻。⑬听者寻入针芥，⑭心血为枯，不敢击节，惟有点头。然此时雁比而坐者，⑮犹存百十人焉。使非苏州，焉讨识者！

纯生氏曰：曲高和寡，千古不易，较之客歌郢中，光彩焕发十倍。

①虎丘：位于苏州西北的名胜区。相传吴王阖闾葬于此，葬后三日，有虎踞其上，故名。号称"吴中第一名胜"，其中最著名的是云岩寺塔、剑池和千人石。

②土著：本地人。　流寓：外乡人居住于此者。

③曲中：妓院乐户集中区，所谓妓坊是也。

④走空：买空卖空以行诈骗者。

⑤生公台：相传梁时高僧生公于此说法，石皆点头。　千人石：虎丘山坡一大盘陀石，可坐千人，故称。　鹤涧：即养鹤涧，在千人石东。　剑池：在千人石北。这些景点及申文定祠都在虎丘景区的中心。　申文定：申时行，字汝默，号瑶泉。苏州府长洲人。嘉靖四十一年（1562年）状元。历官礼部尚书、吏部尚书、建极殿大学士，继张四维为首辅。诗文均佳，善真、行、草书。卒谥文定。　试剑石：一说为吴王试剑，一说为秦皇。此石已经在虎丘景区中心之南，接近山门了。

⑥《十番铙钹》：即《十番锣鼓》，民间打击乐。　《渔阳掺挝》：亦民间打击乐。东汉末，孔融数荐弥衡于曹操，操欲与相见，而衡疾恶之，借口狂疾不肯往，而数有讥刺。曹操闻而欲辱之，乃录为鼓史。八月朝，大宴宾客。时鼓史击鼓过，皆当脱其故服，易着新衣。次衡，衡击为《渔阳掺挝》，容态不常，音节殊妙。坐上宾客听之，莫不慷慨。

⑦锦帆开：梁辰鱼《浣纱记·打围》有"普天乐"，唱"锦帆开，牙

樯动，百花洲，清波涌。……”最后合唱：“呀，看前遮后拥，欢情似酒浓。拾翠寻芳来往，来往游遍春风。”　澄湖万顷：《浣纱记·采莲》“念奴娇序”由净先唱“澄湖万顷，见花攒锦绣，平铺十里红妆。……”然后是同场合唱：“惟愿取双双缱绻，长学鸳鸯。”　同场大曲：即全场合唱之曲。

⑧蹲踏：“蹲”通“噂（zǔn）”，“蹲踏”或作“噂沓”，为人声嘈杂状。但张岱此处特意作“蹲踏”字，似有强调边唱边踏足相和之意。　和锣：或作“和啰”，众人齐声高唱。

⑨肉：人声吟唱。　拍煞：曲中拍节及段落间顿处。众人哄唱，此伏彼起，囫囵一团，故云不辨拍煞。

⑩南北杂之：南曲北曲相杂，但肯定是以昆曲为主。虎丘此夜从千人合唱直到最后的一夫登场，基本上唱的就是昆山腔，可见昆曲在当时雅俗之间流行之盛。

⑪藻鉴：品评鉴赏。

⑫与肉相引：箫曲为序奏而引出人声吟唱。

⑬串度抑扬：言唱曲声连绵起伏。　刻：短暂的停顿。

⑭寻入针芥：追寻至极细微之处。

⑮雁比：如雁群般位置有序。

麋公

万历甲辰，[1]有老医驯一大角鹿，以铁钳其趾，[2]设鲛鞴[3]其上，用笼头衔勒，骑而走，角上挂葫芦药瓮，随所病出药，服之辄愈。家大人[4]见之喜，欲售其鹿，老人欣然肯，解以赠，大人以三十金售之，五月朔日为大父寿。

大父伟硕，跨之走数百步，辄立而喘，常命小傒笼之，从游山泽。次年至云间，[5]解赠陈眉公。[6]眉公羸瘦，行可连二三里，大喜。后携至西湖六桥三竺间，[7]竹冠羽衣，往来于长堤深柳之下，见者啧啧，称为"谪仙"。后眉公复号"麋公"者，以此。

纯生氏曰：麋公不及雪精多矣。

①万历甲辰：万历三十二年（1604），张岱八岁。

②钳其趾：即打上铁脚掌。

③鲛鞴（xiǎn）："鲛"，诸本误作"鞍"。《史记·礼书》："寝兕持虎，鲛鞴弥龙，所以养威也。"司马贞《索隐》："鞴，马腹带也。"鲛鞴，饰以鲛鱼皮之鞴带也。

④家大人：对人称自己的父亲。

⑤云间：松江华亭别称云间。　甲辰之“次年”为“乙巳”，张岱九岁。张岱《快园道古》卷五“夙慧部”云：“陶庵年八岁，大父携之至西湖。眉公客于钱塘，出入跨一角鹿。”此是张汝霖赠鹿之后再见眉公也，张岱最少不止于九岁（也可计为八岁）。而按张岱《自为墓志铭》言：“岱六岁时，大父雨若翁携余之武林，遇眉公跨一角鹿，为钱塘游客。”“六”字当是“八”字之误。

⑥陈眉公：陈继儒，字仲醇，号眉公、麋公。松江人。工诗文、书画，与董其昌齐名。

⑦六桥：苏堤共有六桥，自南而北分别为映波桥、锁澜桥、望山桥、压堤桥、东浦桥、跨虹桥。　三竺：上中下三天竺，在灵隐寺南山中，上天竺为法喜寺，中天竺为法净寺，下天竺为法镜寺。六桥三竺，概指西湖山水。

扬州清明

扬州清明日，城中男女毕出，家家展墓。[①]虽家有数墓，日必展之。故轻车骏马，箫鼓画船，转折再三，不辞往复。监门小户亦携肴核纸钱，走至墓所，[②]祭毕则席地饮胙。[③]自钞关、南门、古渡桥、天宁寺、平山堂一带，[④]靓妆藻野，袨服缛川。[⑤]

随有货郎，路旁摆设骨董古玩并小儿戏具。[⑥]博徒持小杌坐空地，左右铺祖衫半臂，[⑦]纱裙汗帨，[⑧]铜炉锡注，瓷瓯漆奁，及肩彘鲜鱼、秋梨福橘之属，呼朋引类，以钱掷地，谓之“跌成”：或六，或八，或十，谓之“六成”、“八成”、“十成”焉。[⑨]百十其处，人环观之。

是日，四方流寓及徽商西贾、[⑩]曲中名妓，一切好事之徒，无不咸集。长塘丰草，走马放鹰；高阜平冈，斗鸡蹴踘；茂林清樾，擘阮[⑪]弹筝。而浪子相扑，[⑫]童稚纸鸢，[⑬]老僧因果，[⑭]瞽者说书，立者林林，蹲者蛰蛰。[⑮]日暮霞生，车马纷沓。宦门淑秀，车幕尽开。婢媵倦归，山花斜插。臻臻簇簇，[⑯]夺门而入。

余所见者，惟西湖春、秦淮夏、虎丘秋差足比拟。⑰然彼皆团簇一块，如画家横披；此独鱼贯雁比，舒长且三十里焉，则画家之手卷矣。南宋张择端作《清明上河图》，追摹汴京景物，有"西方美人"之思，⑱而余目盱盱，⑲能无梦想！

纯生氏曰：锦铺绣列，雕缋满眼。

①"清明日"，乾隆、咸丰本无"日"字，据砚云本补。　展墓：展，省视。展墓或称扫墓，除祭祀焚纸外，还要培土除秽。

②砚云本"所"作"前"。

③砚云本无"毕"字。　乾隆本、咸丰本无"则"字，据砚云本补。　饮胙：胙是祭肉，此处是动词，食祭毕之肉肴的意思。

④钞关在扬州城南运河北岸。古渡桥，应指扬州东关古渡桥。天宁寺在城北，平山堂在城西北蜀冈，离城最远。这条线路沿运河由城南经城东，转城北，过瘦西湖到蜀冈，一路名胜。

⑤靓妆藻野，袨服缛川：靓丽的妆扮使原野华藻，华美的服装让山川缛丽。

⑥"戏具"，乾隆本、咸丰本俱作"器具"，今从砚云本改。

⑦袙衫：贴身内衣。　半臂：半截袖的小衫。

⑧帨（shuì）：巾帕。

⑨跌成：清李斗《扬州画舫录·蜀冈录》："跌成，古博戏也，时人谓之'拾博'。用三钱者为'三星'，六钱者为'六成'，八钱者为'八叉'。均字均幕为'成'，四字四幕为'天分'，天分必幕与幕偶，字与字偶。"其中之"字"指铜钱有字的一面，"幕"指无字的一面。如果全是字或全是幕，即为"成"，如果八钱中四字四幕则为"天分"。张岱所述与李斗稍异，所掷钱或六或八或十，皆为双数。

⑩西贾：山西商人。

⑪擘（bò）阮：拨弹阮琴。阮，阮咸，拨弦乐器，形似月琴，竖抱怀中，用两手齐奏。各本“擘”字俱误作“劈”。

⑫“而”字，乾隆本、咸丰本俱无，据砚云本补，文意有转折也。

⑬纸鸢：风筝。

⑭老僧因果：老僧谈因果，宣扬佛理。

⑮蛰蛰：众多貌。《诗·周南·螽斯》：“螽斯羽，揖揖兮，宜尔子孙，蛰蛰兮。”

⑯臻臻簇簇：众物相聚拥挤状。

⑰西湖春、秦淮夏、虎丘秋：卷七《西湖香市》一篇，正说西湖之春，秦淮夏可看卷四《秦淮河房》，虎丘秋可看本卷《虎丘中秋夜》。

⑱“西方美人”之思：《诗·邶风·简兮》：“云谁之思？西方美人。彼美人兮，西方之人兮。”朱熹《诗集传》：“西方美人，托言以指西周之盛。”按，学术界一般认为《清明上河图》创作于北宋徽宗时，张岱谓张择端于南渡后绘此图，与他自己以文章寄托故国之思的想法有关。张岱于《史阙》中云：“张择端《清明上河图》，因南渡后想见汴京旧事，故摹写不遗余力。若在汴京，未必作此。乃知繁华富贵，过去便堪入画，当年正不足观。嗟乎！南渡后人但知临安富丽，又谁念故都风物，择端此图，即谓忠简（宗泽之谥）《请回銮表》可也。”

⑲盱盱：《荀子·非十二子》“盱盱然”，郝懿行解云：“盱盱者，张目直视之容也。”所谓直视，带有茫然怅然之态。

金山竞渡

看西湖竞渡十二三次，己巳[1]竞渡于秦淮，辛未[2]竞渡于无锡，壬午[3]竞渡于瓜洲，于金山寺。西湖竞渡，以看竞渡之人胜，无锡亦如之。秦淮有灯船无龙船，龙船无瓜洲比，而看龙船亦无金山寺比。[4]

瓜洲龙船一二十只，刻画龙头尾，取其怒；旁坐二十人持大楫，取其悍；中用彩篷，前后旌幢绣伞，取其绚；撞钲挝鼓，取其节；[5]艄后列军器一架，取其锷；龙头上一人足倒竖，敁敠[6]其上，取其危；龙尾挂一小儿，取其险。自五月初一至十五，日日画地而出。[7]

五日[8]出金山，镇江亦出。惊湍跳沫，群龙格斗。偶堕洄涡，则百蚨捷捽，蟠委出之。[9]金山上人团簇，隔江望之，蚁附蜂屯，蠢蠢欲动。晚则万艓齐开，[10]两岸沓沓然而沸。[11]

纯生氏曰：写得生生活活，吾恐天龙闻而下之。

①己巳：崇祯二年（1629）。

②辛未：崇祯四年（1631）。

③壬午：崇祯十五年（1642）。

④金山寺龙船属于瓜洲，瓜洲龙船竞渡的地方不止金山寺一处，而以金山寺最为优胜。

⑤钲，古代铜铸乐器，形似钟而狭长，有柄，击之发声。《诗·小雅·采芑》"钲人伐鼓"毛传："钲以静之，鼓以动之。" 节：节奏。

⑥敁（diān）敠（duō）：本意为用手掂量物品，此处作龙舟上人之颠倒翻腾解，因所掂物品也在手中翻动也。

⑦画地而出：安排不同地点开出龙舟。

⑧五日：五月五日为端午节，是竞渡的正日。

⑨《淮南子·兵略》："同舟而济于江，卒遇风波，百族之子，捷捽招杼船，若左右手。"本文即用其意。《淮南》言"百族之子"，此言"百蚨"，"蚨"即"蜐"（jié）字，一种蚶贝，附生于石上。百蚨或是把龙船上的水手比喻成牢牢吸附在龙身上的蚶贝。 捷捽：敏捷地揪住提起。这句的意思是，有龙船偶入于旋涡，众水手立即敏捷操作，让那龙船辗转挣出。

⑩艓：小船。

⑪沓沓：本为笑语声，此处作人声沸腾状解。《诗·大雅·荡》"如沸如羹"，郑玄笺："其笑语沓沓，又如汤之沸，羹之方熟。"

刘晖吉女戏

女戏以妖冶恕，[①]以啴缓恕，[②]以态度恕，[③]故女戏者全乎其为恕也。[④]若刘晖吉[⑤]则异是。刘晖吉奇情幻想，欲补从来梨园之缺陷。如《唐明皇游月宫》，[⑥]叶法善作场上，[⑦]一时黑魆地暗，手起剑落，霹雳一声，黑幔忽收，露出一月，其圆如规，四下以羊角[⑧]染五色云气，中坐常仪，桂树吴刚，白兔捣药。[⑨]轻纱幔之，内燃"赛月明"数株，光焰青黎，色如初曙。[⑩]撒布成梁，[⑪]遂蹑月窟，境界神奇，忘其为戏也。其他如舞灯，十数人手携一灯，忽隐忽现，怪幻百出，匪夷所思，令唐明皇见之，亦必目睁口开，谓氍毹场[⑫]中那得如许光怪耶！

彭天锡[⑬]向余道："女戏至刘晖吉，何必男子？何必彭大？"天锡，曲中南、董，[⑭]绝少许可，而独心折晖吉家姬，其所赏鉴，定不草草。

纯生氏曰：诸书记李三郎入月，本无此光怪。

①女戏：全部角色都以女子扮演的戏。　妖冶：容貌美丽迷人。　恕：宽容。以妖冶恕，即因女子美丽动人，对她们演出的要求就不那么严格了。

②啴（chǎn）缓："啴"，诸本皆误作"蝉"。动作、声音柔和舒缓。

③态度：此指女子神态风度娴雅。

④因为女演员有以上诸多优势，观众就对演出的戏曲本身降低要求了，所以下文言其为"梨园之缺陷"。

⑤刘晖吉：刘光斗，字晖吉。江苏武进人。天启五年（1625）进士，官绍兴府推官，多雪冤狱。擢御史，弹劾不避权贵。

⑥唐明皇游月宫：唐薛用弱《集异记》、五代杜光庭《仙传拾遗》等笔记俱记唐时道士叶法善故事：开元初，正月望夜，玄宗召师观灯，师令玄宗闭目距跃，俄顷已至凉州，观灯尽兴，复闭目腾空，顷之已在楼下，而歌舞之曲未终。又尝因八月望夜，师与玄宗游月宫，聆月中天乐。玄宗默记其曲，归传之，遂为《霓裳羽衣曲》。元人白朴据此编有《唐明皇游月宫》杂剧。

⑦作场上：句式为"作场而上"。　作场：表演。　上：上台。

⑧羊角：羊角灯，以羊角为材质做的灯。

⑨常仪：即嫦娥。《史记·历书》《索隐》："黄帝使羲和占日，常仪占月。""常仪"即《山海经》生月之"常羲"，羲、娥古音同，生月之常羲，乃渐演变而为奔月之嫦娥。　桂树吴刚：唐段成式《酉阳杂俎》：旧言月中有桂，有蟾蜍。月桂高一百丈，下有一人常斫之，树创随合。此人姓吴名刚，西河人，学仙有过，谪令伐树。　白兔捣药：晋傅玄《拟天问》："月中何有，白兔捣药。"

⑩青黎：本指青黑色，但此言光焰如初曙，应是青紫色。

⑪撒布成梁：布不可成为桥梁。自上而下谓之"撒"，更难成梁。

疑当是“撤”字，撤去一道幕布，便现出通往月宫的桥梁。

⑫氍（qú）毹（yú）场：氍毹，毛毯。旧时演剧用红氍毹铺地，因用以代指歌舞场和舞台。

⑬彭天锡：详见卷六《彭天锡串戏》。

⑭南、董：南史、董狐。都是春秋时的良史，褒贬不因人而稍讳。

朱楚生

朱楚生，女戏耳，调腔戏[1]耳。其科套之妙，有本腔不能得十分一者。[2]盖四明姚益城先生[3]精音律，与楚生辈讲究关节，妙入情理，如《江天暮雪》、《霄光剑》、《画中人》[4]等戏，虽昆山老教师细细摹拟，断不能加其毫末也。班中脚色，足以鼓吹楚生者[5]方留之，故班次愈妙。

楚生色不甚美，虽绝世佳人，无其风韵。楚楚谡谡，[6]其孤意在眉，[7]其深情在睫，其解意在烟视媚行。[8]性命于戏，下全力为之。曲白有误，稍为订证[9]之，虽后数月，其误处必改削如所语。

楚生多坐驰，[10]一往深情，摇飏无主。一日同余在定香桥，[11]日晡烟生，林木窅冥，楚生低头不语，泣如雨下。余问之，作饰语以对。劳心忡忡，终以情死。

纯生氏曰：费长房缩不尽相思地，女娲氏补不完离恨天。别泪铜壶共滴，愁肠兰焰同煎。可为楚生一唱三叹。

①调腔戏：流行于杭州、绍兴一带的地方戏种，又名“掉腔”。以女戏及地方戏，与本腔即昆曲相比，自处弱势。

②科套：戏曲演员之唱腔做派。乾隆本、咸丰本作“科白”，则仅为做派与道白，大失原意。此从砚云本改。“十分一”，乾隆、咸丰本俱作“十分之一”，据砚云本删“之”字。

③姚益城：姚宗文，字褰之，号益城，慈溪人（属明州府）。万历三十五年（1607）进士，历任户科给事中、副都御史。在明末属浙党。

④《江天暮雪》：为南戏《崔君瑞江天暮雪》的简称，最早著录于徐渭《南词叙录》，写崔君瑞忘恩负义谋害发妻故事。《霄光剑》：明代剧本，演一把霄光剑上刻卫青姓名。郑质以此杀人，遂遗祸于青，故曰《霄光剑》。《画中人》：神话剧，演庾启、郑琼枝故事，至今还在很多地方剧种中上演。

⑤足以鼓吹楚生者：能够配合朱楚生并使其艺术更为出色的演员。

⑥楚楚：风度出众。　谡谡：谡谡本指风声，此处是说朱楚生如孤松迎风而立的风度。

⑦孤意：执着己见。与《姚简叔画》中的“孤意一往”之“孤意”同。

⑧烟视媚行：微视徐行，形容安详稳重的神态、举止。《吕氏春秋·不屈》：“人有新取妇者，妇至，宜安矜，烟视媚行。”

⑨“订证”，砚云本同，咸丰本误作“订正”。订证不仅是订正，还有考证分析意，不可改。

⑩坐驰：身不动而心动，即有所思念，独坐而走神。

⑪定香桥：在杭州苏堤花港观鱼附近。卷四《不系园》篇，张岱与朱楚生曾会于定香桥，时在崇祯七年十月。

扬州瘦马

扬州人日饮食于瘦马[1]之身者数十百人。娶妾者切勿露意，稍透消息，牙婆驵侩[2]咸集其门，如蝇附膻，撩扑不去。黎明，即促之出门，媒人先到者先挟之去，其余尾其后，接踵伺之。至瘦马家，坐定，进茶，牙婆扶瘦马出，曰："姑娘拜客。"下拜。曰："姑娘往上走。"走。曰："姑娘转身。"转身向明立，面出。曰："姑娘借手睄睄。"尽褫其袂，[3]手出，臂出，肤亦出。曰："姑娘睄相公。"转眼偷觑，眼出。曰："姑娘几岁了？"曰几岁，声出。曰："姑娘再走走。"以手拉其裙，趾出。然看趾[4]有法，凡出门裙幅先响者，必大；高系其裙，人未出而趾先出者，必小。曰："姑娘请回。"一人进，一人复出。[5]看一家必五六人，咸如之。看中者，用金簪或钗一股插其鬓，曰"插带"。看不中，出钱数百文，赏牙婆或赏其家侍婢，又去看。牙婆倦，又有数牙婆踵伺之。一日、二日至四五日，不倦亦不尽。然看至五六十人，白面红衫，千篇一律，如学字者，一字写至百至千，连此字亦不认得矣。心与目谋，毫无把柄，不得不聊且迁就，定其一人。

插带后，本家出一红单，上写彩缎⑥若干，金花若干，财礼若干，⑦布匹若干，用笔蘸墨，送客点阅。客批财礼及缎匹如其意，则肃客归。归未抵寓，而鼓乐盘担、红绿羊酒在其门久矣。不一刻，而礼币、糕果俱齐，鼓乐导之去。去未半里，而花轿花灯、擎燎火把、山人傧相、⑧纸烛供果牲醴之属，门前环侍。厨子挑一担至，则蔬果、肴馔、汤点、花棚、糖饼、桌围⑨坐褥、酒壶杯箸、龙虎寿星、撒帐牵红、⑩小唱弦索之类，又毕备矣。不待覆命，亦不待主人命，而花轿及亲送小轿一齐往迎，而⑪鼓乐灯燎，新人轿与亲送轿一时俱到矣。新人拜堂，亲送上席，小唱鼓吹，喧填热闹。日未午而讨赏遽去，急往他家，又复如是。

纯生氏曰：粲然陈前，亦好事者之一适也。

①瘦马：明王士性《广志绎》：广陵蓄姬妾家，俗称“养瘦马”，多谓取他人子女而鞠育之，然不啻已生也。其保姆教训，严闺门，习礼法，上者善琴棋歌咏，最上者书画，次者亦刺绣女工。至于趋侍嫡长，退让侪辈，极其进退浅深，不失常度，故纳侍者类于广陵觅之。清赵翼《陔余丛考》：扬州人养处女，卖人作妾，俗谓之“养瘦马”，其义不详。白居易诗云：“莫养瘦马驹，莫教小妓女。后事在目前，不信君看取。马肥快行走，妓长能歌舞。三年五年间，已闻换一主。”宋漫堂引之，以为“养瘦马”之说本此。

②牙婆驵侩：说媒拉纤，更多的是相当于人口贩子的男男女女。

③尽褫其袂：把女孩的衣袖全部撩起。

④趾：足。古时女子裹足，选妻妾时，很在意足之纤否。

⑤“复出”，乾隆本、咸丰本作“又出”，此从砚云本。

⑥“缎”，砚云本作“段”，二字通。

⑦金花：是给准新娘的钱，供其购备首饰、服装、脂粉之类。财礼：是给女方家长的钱。

⑧山人傧相：帮闲与司仪诸等人。

⑨“围”，砚云本作“帏”。

⑩撒帐牵红：古时婚礼有“撒帐”之仪，边唱吉祥祝词边以枣栗等物撒于婚床。牵红，新郎以红巾牵新娘入洞房。

⑪乾隆本、咸丰本无“而”字，据砚云本补，方与上一“而”字句对应排比。

籠煙
十竹齋寫

竹密山齋冷

彭天锡串戏

彭天锡串戏[1]妙天下，然出出皆有传头，[2]未尝一字杜撰。曾以一出戏延其人至家，费数十金者，家业十万，缘手而尽。三春多在西湖，曾五至绍兴，到余家串戏五六十场，而穷其技不尽。天锡多扮丑净，千古之奸雄佞幸，经天锡之心肝而愈狠，借天锡之面目而愈刁，出天锡之口角而愈险。设身处地，恐纣之恶不如是之甚也。[3]皱眉眡眼，[4]实实腹中有剑，笑里有刀，鬼气杀机，阴森可畏。盖天锡一肚皮书史，一肚皮山川，一肚皮机械，一肚皮磥砢不平之气无地发泄，特于是发泄之耳。

余尝见其[5]一出好戏，恨不得法锦[6]包裹，传之不朽。尝[7]比之天上一夜好月，与得火候一杯好茶，只可供一刻受用，其实珍惜之不尽也。桓子野见山水佳处，辄呼“奈何！奈何！”[8]真有无可奈何者，口说不出。

纯生氏曰：书史山川，机械磥砢，本是戏场。天锡一肚皮书史山川、机械磥砢发于戏，而天锡不自知。宗老一肚皮书史山川、机械磥砢发于天锡之戏，而亦不自知。总之，串戏者与看戏者俱是戏中之戏，惟自认为真面目耳。

①串戏：扮演戏曲。

②传头：有传授，有根据。

③《论语·子张》：子贡曰："纣之不善，不如是之甚也。"是说书传所载，多有不实，往往把众恶归于一人。此处是说彭天锡把反派人物典型化，坏到极致，让人难免要问：世上能有那么坏的人么？。

④眎（shì）眼："眎"即"视"字。"眎眼"难通，疑"眎"为"眂"字之误，眼皮微合或半开半闭，即今言眯缝其眼也，如此方合奸诈之相。京剧脸谱中奸臣有"奸眼窝"，人越奸险，眼窝越细。

⑤乾隆本、咸丰本无"其"字，据砚云本补。

⑥法锦：或称"川法锦"，产于西南夷的一种高级丝织品，宋宣和时，宫中常用作锦囊，收藏名贵书画。

⑦"尝"，砚云本作"常"。

⑧《世说新语·任诞》：桓子野每闻清歌，辄唤"奈何！"谢公闻之，曰："子野可谓一往有深情。"此处张岱所记有误。"桓"，乾隆本误作"恒"，砚云本、咸丰本不误。

目莲戏

余蕴叔[1]演武场搭一大台，选徽州旌阳戏子[2]剽轻精悍、能相扑跌打者三四十人，搬演目莲，[3]凡三日三夜。四围女台[4]百什座，戏子献技台上，如度索舞絙、翻桌翻梯、觔斗蜻蜓、蹬坛蹬臼、跳索跳圈、窜火窜剑[5]之类，大非情理。凡天神地祇、牛头马面、鬼母丧门、[6]夜叉罗刹、锯磨鼎镬、刀山寒冰、剑树森罗、铁城血海，一似吴道子《地狱变相》，[7]为之费纸札者万钱。人心惴惴，灯下面皆鬼色。

戏中套数，如《招五方恶鬼》、《刘氏逃棚》等剧，[8]万余人齐声呐喊。熊太守谓是海寇卒至，[9]惊起，差衙官侦问。余叔自往复之，乃安。台成，叔走笔书二对。一曰："果证幽明，看善善恶恶随形答响，到底来那个能逃？道通昼夜，任生生死死换姓移名，下场去此人还在。"一曰："装神扮鬼，愚蠢的心下惊慌，怕当真也是如此；成佛作祖，聪明人眼底忽略，临了时还待怎生？"真是以戏说法。

纯生氏曰：腕下有鬼，可抵一篇《鬼方记》。

①余蕴叔：张岱七叔张烨芳，字尔蕴。详见卷五《炉峰月》篇注。按，张岱称诸叔，或称仲叔，或称葆生叔，或称三峨叔、五雪叔，或称余叔尔蕴，未见仅称单字者，颇疑“余蕴”为“尔蕴”之误，“爾”（尔）之异体“尒”与“余”形近也。

②徽州旌阳戏子：旌阳，今安徽旌德，当地人不少以演戏为生，地邻徽州，是徽班的主要成员。

③目莲：或作“目连”。目连戏的主要情节是从佛经中大目犍连故事移植改编的，说傅罗卜之母刘青提因杀生，死后堕入地狱，受诸种苦。傅罗卜为救母，往西天求佛祖，皈依沙门，改名目连（即释迦十大弟子之大目犍连）。目连入冥府，下地狱，历尽艰险，最终寻得母亲，救出地狱。但在目连救母途中，串演很多民间戏曲杂耍，几乎是无所不包，所以可连续搬演很多天。

④女台：主戏台之外的小型舞台，如城墙之有“女墙”。实际上就是一个个供杂耍演出的小场地。

⑤窜火窜剑：从火圈、剑圈中窜身而过。

⑥鬼母：一般称鬼子母为鬼母，但张岱此处说的不是佛教中的鬼子母，而是一种女性丧神，做穿丧服的少妇状。　丧门：本为星神，岁之凶神，主死丧哭泣之事。后人格化，其形象颇类于无常鬼。

⑦《地狱变相》：段成式《酉阳杂俎》记某寺东壁上吴道子画地狱变相，笔力劲怒，变状阴怪，睹之不觉毛戴，是吴画中得意处。“变相”，即以图画演示佛经。　“狱”，乾隆本误作“嶽”，据咸丰本改。

⑧都是目连戏中与观众互动的最热闹的折子戏。《招五方恶鬼》是演玉帝闻知刘青提作恶，命阎王召令五方恶鬼捉拿刘氏，演出时五鬼都藏在台下某处，被召而后突然出现。《刘氏逃棚》则是刘青提为逃避恶鬼捉拿，从台上跑下戏棚，藏匿观众之中。鬼卒下棚追赶，一直追到村里各个房舍院落，最后拿住刘氏，押上戏棚，继续表演。

⑨熊太守：时绍兴知府为熊鸣岐。

甘文台炉

香炉贵适用，尤贵耐火。三代青绿，[1]见火即败坏，哥、汝窑[2]亦如之。便用便火，莫如宣炉。[3]然近日宣铜一炉价百四五十金，焉能办之？北铸如施银匠亦佳，但粗夯可厌。苏州甘回子文台，其拨蜡范沙，[4]深心有法，而烧铜色等分两，与宣铜款致分毫无二，俱可乱真。然其与人不同者，尤在铜料。甘文台以回回教门[5]不崇佛法，乌斯藏渗金佛[6]见即锤碎之，不介意，故其铜质不特与宣铜等，而有时实胜之。甘文台自言佛像遭劫已七百尊有奇矣。余曰："使回回国别有地狱，则可。"[7]

纯生氏曰：物情不齐，贵于适用。礼以多少大小高下文素为贵，不过适用二字，若不适用而以为贵，是悬衡、陈绳墨、设规矩而见欺于轻重曲直方圆矣。一炉即可充类至义之尽。

①三代青绿：夏、商、周为三代，青绿指青铜器。但夏代无青铜器出土，有青铜者为商、周及汉。张岱《夜航船·宝玩部·玩器》：“三代铜：山、陕出土者为商彝、周鼎，河南出土者为汉器。”可知张岱所云“三代”即商、周、汉也。

②哥、汝窑：《骨董琐记》引《龙泉旧志》载：“有章生一、章生二兄弟。章生二常主琉田窑。凡瓷出生二窑者，必青莹如玉。今鲜有存者，或一瓶一盘，动博十数金。其兄章生一所出之器，浅绿断纹，号百茂碎，尤难得。世称兄为‘哥窑’，弟曰‘弟窑’。”元陶宗仪《辍耕录》卷二十九：宋朝“以定州白磁器有芒，不堪用，遂命汝州造青窑器，故河北唐、邓、耀州悉有之，汝窑为魁”。哥窑和汝窑为宋代五大名窑，特别是汝窑，价值连城，不会有人当香炉用，此处仅用以指名贵的窑器，未必实指哥窑、汝窑。

③使用便火：方便于使用，方便于燃火。　宣炉：宣德炉。明宣德年间为宫廷特制香炉。炉用暹罗铜，据说还杂以黄金，颜色形制迥出众铜之上。为收藏家所重，当时价即极昂贵，故多有赝品。

④拨蜡范沙：先刻制蜡模，然后以沙为范。

⑤回回教门：伊斯兰教。

⑥乌斯藏：明代称前后藏地区为乌斯藏。　渗金：一种把黄金渗入到铜质中的工艺，一般用到宣德炉及仿制品上，即便表面的金色磨掉，其铜质仍然有一种特殊的色泽。西藏佛像似不用此工艺，此处之渗金佛疑是鎏金。

⑦回回国：泛指伊斯兰国家。张岱的玩笑话，意为除非回教别有地狱，否则如此毁佛就要下佛教的地狱了。但这玩笑话却颇有见地：任何人，如果根本不信某种教门，自然也就不会为某教门的戒律所束缚，同样也不会死后被打入该教门所造的地狱。

绍兴灯景

绍兴灯景为海内所夸者，无他，竹贱、灯贱、烛贱。贱，故家家可为之；贱，故家家以不能灯为耻。故自庄逵①以至穷檐曲巷，无不灯、无不棚者。

棚以二竿竹搭过桥，中横一竹，挂雪灯一，灯毬六。大街以百计，小巷以十计。从巷口回视巷内，复叠堆垛，鲜妍飘洒，亦足动人。十字街搭木棚，挂大灯一，俗曰“呆灯”，②画《四书》《千家诗》故事，或写灯谜，环立猜射之。

庵堂寺观以木架作柱灯及门额，写“庆赏元宵”、“与民同乐”等字。佛前红纸、荷花、琉璃百盏，以佛图灯带间之，熊熊煜煜。③庙门前高台，鼓吹五夜。

市廛如横街、轩亭、会稽县西桥，④闾里相约，故盛其灯，更于其地斗狮子灯，鼓吹弹唱，施放烟火，挤挤杂杂。小街曲巷有空地，则跳大头和尚。⑤锣鼓声错，处处有人团簇看之。城中妇女多相率步行，往闹处看灯；否则大家小户杂坐门前，吃瓜子、糖豆，看往来士女，午夜方散。乡村夫妇多在白日进城，乔乔画画，[6]东穿西走，曰“钻灯棚”，曰“走灯桥”，天晴无日无之。

万历间，父叔辈于龙山放灯，[7]称盛事，而年来有效之者。次年，朱相国家放灯塔山。[8]再次年，放灯蕺山。[9]蕺山以小户效颦，用竹棚，多挂纸魁星灯，[10]有轻薄子作口号嘲之曰：“蕺山灯景实堪夸，葫篨[11]竿头挂夜叉。[12]若问搭彩[13]是何物，手巾脚布神袍纱。”由今思之，亦是不恶。[14]

纯生氏曰：记绍兴灯事精详，亦复生动。

①庄逵：通衢大道，此指人烟繁盛之处。

②呆灯：呆，大而笨重、不易移动之谓。

③熊熊煜煜：灯焰腾腾，光彩明亮。卷八《龙山放灯》“浴浴熊熊”，意同此。

④横街和轩亭均为会稽城的中心繁华处。　会稽县西桥：又名府西桥，在县衙门之西。

⑤大头和尚：类似于现在的“大头娃娃”。

⑥乔乔画画：乡下人粗俗的梳妆打扮。

⑦龙山放灯：详见卷八《龙山放灯》篇。时在万历二十九年，张岱方五岁。

⑧朱相国家：朱赓家。详见卷三《朱文懿家桂》注。　塔山：即绍兴怪山，因传说自东武飞来，又名飞来山，因上有应天塔，故名塔山。

⑨蕺山：在龙山东北三里许。山多生蕺菜，勾践尝胆食蕺，采之于此，故以名山。蕺山、塔山及龙山为绍兴城内之三山。

⑩魁星：民间读书人家，往往于祀文昌帝君之外兼祀魁星，以为夺魁中试之兆，魁星之像青面赤发，一手持朱笔，一脚踢斗，实即“魁”字之肖像化。

⑪篛篆：细竹。

⑫夜叉：魁星本来形似鬼物，故以夜叉调侃之。

⑬搭彩：搭彩棚。放灯及庙会之类民间活动，必搭一大彩棚以为会场中心。

⑭到现在，即是蕺山小户的效颦之灯也没有了，所以回想起来，感到那也很不错了。

韵山

大父至老手不释卷，斋头[1]亦喜书画、瓶几布设。不数日，翻阅搜讨，尘堆砚表，卷帙正倒参差。常从尘砚中磨墨一方，头眼入于纸笔，潦草作书生家蝇头细字。[2]日晡向晦，则携卷出帘外就天光。爇烛，檠高，光不到纸，[3]辄倚几携书就灯，与光俱俯，[4]每至夜分，不以为疲。

常恨《韵府群玉》、《五车韵瑞》寒俭可笑，[5]意欲广之。乃博采群书，用淮南"大、小山"义，[6]摘其事曰《大山》，摘其语曰《小山》，事语已详本韵而偶寄他韵下曰《他山》，脍炙人口者曰《残山》，总名之曰《韵山》。小字襞积，[7]烟煤残楮，[8]厚如砖碗[9]者三百余本。一韵积至十余本，《韵府》、《五车》不啻千倍之矣。

正欲成帙，胡仪部青莲[10]携其尊人所出中秘书名《永乐大典》者，[11]与《韵山》正相类，大帙三十余本，一韵中之一字犹不尽焉。大父见而太息曰："书囊无尽，精卫衔石填海，所得几何？"[12]遂辍笔而止。

以三十年之精神，使为别书，其博洽应不在王弇州、杨

升庵[13]下。今此书再加三十年亦不能成，纵成亦力不能刻。笔冢如山，只堪覆甓，[14]余深惜之。丙戌兵乱，余载往九里山，藏之藏经阁，[15]以待后人。

纯生氏曰：山，产也，产万物者也；又宣也，宣气散生万物。有石而高也以韵，而推极于万事万物，收百世之阙文，采千载之遗韵，谓之《韵山》，不亦宜乎！

①斋头：指书案上。

②穷书生惜纸惜墨，故书蝇头细字。

③"爇"，乾隆本作"热"，据咸丰本改。　檠：灯檠，烛台。灯檠太高，光不能照亮书案之纸。

④与光俱俯：俯身以就灯光。

⑤《韵府群玉》：南宋阴时夫所撰以韵相次的类书。　《五车韵瑞》：明凌稚隆撰，因《韵府群玉》而稍变其体例。　寒俭：所采收之书太少。

⑥淮南"大、小山"：西汉淮南王刘安招集文人著述，各造辞赋，以类相从，分别称为《大山》或《小山》，犹《诗经》之有《大雅》和《小雅》。

⑦襞积：亦作"襞绩"，本指衣服上的折皱，此指书稿纸皱。

⑧烟煤残楮：为灯火所熏的残旧稿纸。　楮：树名，又称构木，皮可为纸，遂以楮为纸之代称。

⑨魄：此为"塊"（块）字俗体。

⑩仪部：明初，礼部下设四属部，即仪部，祠部，膳部，主客部。旋改诸属部为司，而仪部为仪制清吏司。　胡敬辰，字直卿，号青莲，浙江余姚人，曾任职仪制司，故称"胡仪部"。

⑪据张岱《嫏嬛文集》卷一《诗韵确序》，胡青莲尊人（胡维新）曾借典掌禁中书库之便，携出《永乐大典》三十余本。

⑫精卫衔石填海：《山海经》："有鸟如乌，名曰精卫。是炎帝之少女，名曰女娃。女娃游于东海，溺而不返，故为精卫。常衔西山之木石，以堙于东海。"此句言天下书多如沧海，以一人之力能检读几何，只如精卫之填海耳。

⑬杨慎，字用修，号升庵。嘉靖时任经筵讲官。因"大礼议"受廷杖，谪戍云南永昌卫，居三十余年，死于戍所。著述甚多。其所作韵书《韵藻》仅四卷，后又有人在其基础上作《广韵藻》。

⑭笔冢如山，只堪覆甓：写书所废弃的笔已经成堆，可是写出的书稿只能去盖酱罐。西汉末，刘歆尝观扬雄所著《太玄》，谓雄曰："空自苦。今学者有禄利，然尚不能明《易》，又如《玄》何？吾恐后人用覆酱瓿也。"汉时书写多用竹简木版，故可用以覆酱瓿。"甓"，咸丰本作"瓿"（fǒu），即"缶"字。

⑮丙戌：顺治三年（1646）。张岱避兵乱逃往九里山。　藏经阁，疑即在表胜庵中。

天童寺僧

戊寅，[①]同秦一生诣天童访金粟和尚。[②]至山门，见万工池[③]绿净可鉴须眉，旁有大锅覆地。问僧，僧曰："天童山有龙藏，[④]龙常下饮池水，故此水刍秽不入。正德间，二龙斗，寺僧五六百人撞钟鼓撼之，龙怒，扫寺成白地，锅其遗也。"[⑤]

入大殿，宏丽庄严。折入方丈，[⑥]通名刺。老和尚见人便打，曰"棒喝"。[⑦]余坐方丈，老和尚迟迟出，二侍者执杖、执如意先导之，南向立，曰："老和尚出。"又曰："怎么行礼？"盖官长见者皆下拜，无抗礼。[⑧]余屹立不动，老和尚下，行宾主礼。侍者又曰："老和尚怎么坐？"余又屹立不动，老和尚肃余坐。[⑨]坐定，余曰："二生门外汉，不知佛理，亦不知佛法，望老和尚慈悲，明白开示。[⑩]勿劳棒喝，勿落机锋，[⑪]只求如家常白话，老实商量，求个下落。"老和尚首肯余言，导余随喜。[⑫]早晚斋方丈，[⑬]敬礼特甚。

余遍观寺中僧匠千五百人，俱舂者、碓者、磨者、甑者、汲者、爨者、锯者、劈者、菜者、饭者，狰狞急遽，大似吴道子一幅《地狱变相》。老和尚规矩严肃，常自起撞人，[14]不止"棒喝"。

纯生氏曰：才张尚岩岩如孤松之独立，宗老谡谡如劲松下风。

①戊寅：崇祯十一年（1638）。

②天童：天童寺，位于浙江宁波鄞县，创建于西晋永康间。与镇江金山寺、常州天宁寺、扬州高旻寺并称四大丛林。　金粟和尚：即圆悟禅师。俗姓蒋，江苏宜兴人。因曾主金粟寺，故称"金粟和尚"。

③万工池：就是放生池，因其巨大而耗工甚多，故称万工。

④龙藏：此处指龙窟。

⑤此锅为旧庙遭劫后的唯一遗存。

⑥方丈：此指寺院住持长老起居处。

⑦棒喝：佛教禅宗用语。禅师接待初学，不用言语回答，或以棒打，或以口喝，以验知其根机的利钝，叫"棒喝"。天童寺为禅寺。

⑧抗礼：以对等身份而行礼。

⑨肃：恭请。此处谓老和尚以宾主礼，请客人先入坐。

⑩开示：佛教用语，和尚对弟子、施主所说的启示性语言。

⑪机锋：佛教禅宗用语。指问答迅捷锐利、不落迹象、含意深刻的语句。在外人看来则是不着边际、没头没脑的谜语。

⑫随喜：佛教语。谓欢喜之意随瞻拜佛像而生。因用以称游谒寺院。

⑬斋方丈：在方丈中用斋饭。

⑭撞：猛击。

水浒牌

古貌古服，古兜鍪，[1]古铠胄，古器械，章侯[2]自写其所学所问已耳。而辄呼之曰"宋江"，曰"吴用"，而"宋江"、"吴用"亦无不应者，以英雄忠义之气，郁郁芊芊，[3]积于笔墨间也。周孔嘉[4]丐余促章侯。孔嘉丐之，余促之，凡四阅月而成。余为作《缘起》曰：

余友章侯，才足掞天，笔能泣鬼。[5]昌谷道上，婢囊呕血之诗；[6]兰渚寺中，僧秘开花之字。[7]兼之力开画苑，遂能目无古人。有索必酬，无求不与。既蠲郭恕先之癖，[8]喜周贾耘老之贫。[9]画《水浒》四十人，为孔嘉八口计。因使宋江兄弟，复睹汉官威仪。[10]伯益考著《山海》遗经，[11]兽毨鸟氄，[12]皆拾为千古奇文；吴道子画《地狱变相》，青面獠牙，尽化作一团清气。收掌付双荷叶，能月继三石米，致二斗酒，不妨持赠；[13]珍重如柳河东，必日灌蔷薇露，薰玉蕤香，方许解观。[14]非敢阿私，愿公同好。

纯生氏曰：鬼斧神工，独出意匠，宛然老迟画稿。

①兜鍪：武士戴的头盔。

②章侯：陈洪绶，字章侯，号老莲。

③郁郁芊芊：草木茂盛貌。

④周孔嘉：姑苏人，僦居绍兴。张岱常至其家，剧谈竟日。

⑤掞天：光焰照天。　泣鬼：可泣鬼神。

⑥昌谷道上，婢囊呕血之诗：昌谷，李贺所居地，在今河南宜阳。李贺每旦日出，骑弱马，从小奚奴，背古锦囊，遇所得，书投囊中。及暮归，足成之。母使婢探囊中，见所书多，即怒曰："是儿要呕出心乃已耳！"

⑦兰渚寺中，僧秘开花之字：兰渚即绍兴兰亭，旁有佛寺，王羲之七世孙智永居之，秘藏《兰亭》真迹，不以示人，死后传与弟子辩才。后唐太宗遣萧翼赚去，行至中途，萧翼启看，顿时遍野生花。

⑧既蠲郭恕先之癖：郭忠恕，字恕先。五代宋初大画家。有艺文，善篆籀隶书。所画楼观木石，备极精妙。周时为国子博士兼宗正丞。入宋，召为国子监主簿，以忤旨流登州。至齐之临邑道中，尸解仙去。此言其"癖"，当指恕先之好纵酒，肆言时政得失。老莲亦曾有此癖，故此言"蠲"。蠲，弃，此作改正解。

⑨喜周贾耘老之贫：周，周济。贾收，号耘老，湖州人，精诗。苏轼在杭州时即识其诗，及为湖州太守，遂订交。东坡曾画古木怪石以周耘老之贫，事详下文之注。

⑩复睹汉官威仪：《后汉书·光武帝纪》：更始帝诸将皆冠帻，衣妇人服。及刘秀至洛阳，老吏或垂涕曰："不图今日复见汉官威仪。"此处是说老莲所画水浒人物，虽然是山寨好汉，服饰却都很规范。

⑪伯益考著《山海》遗经：东汉赵晔《吴越春秋》：禹巡行四渎，与益、夔共谋，行到名山大泽，召其神而问之，山川脉理，金玉所有，鸟兽昆虫之类，及八方之民俗，殊国异域土地里数，使益疏而记之，名曰《山海经》。按，伯益从未有称"伯益考"者，此处只是为行文对仗，加一"考"字。考即父，算是对男子的尊称。

⑫兽毨（xiǎn）鸟氄（rǒng）：毨，氄，统言鸟兽身上的毛羽。

⑬苏轼致贾耘老书有云：“念贾处士贫甚，无以慰其意，乃为作怪石古木一纸，每遇饥时，辄以开看，还能饱人否？若吴兴有好事者，能为君月致米三石、酒三斛，终君之世者，便以赠之。不尔，可令双荷叶收掌；须添丁，长以付之也。”“双荷叶”应指耘老姬妾。按，“斗”，原刻作“㪷”，即“斗”字。但查苏轼与贾耘老书为“酒三斛”，颇疑此“㪷”为“斛”字之讹。

⑭《白孔六帖》：柳宗元得韩退之诗，先以蔷薇露盥手，玉蕤香熏之，然后发读。此处是说周孔嘉应该珍重地接受陈老莲这一馈赠。“解观”，《娜嬛文集》卷一《水浒牌序》作“改观”，“改”字疑为“啟”字之讹。“启”、“解”义同。

烟雨楼

嘉兴人开口烟雨楼，[1]天下笑之，然烟雨楼故自佳。楼襟对莺泽湖，[2]涳涳蒙蒙，[3]时带雨意，长芦高柳，能与湖为浅深。

湖多精舫，美人航之，载书画茶酒，与客期于烟雨楼。客至，则载之去，舣舟于烟波缥缈。态度幽闲，茗炉相对，意之所安，[4]经旬不返。舟中有所需，则逸出宣公桥、角里街，[5]果蓏蔬鲜，法膳琼苏，[6]咄嗟立办，[7]旋即归航。柳湾桃坞，痴迷伫想，若遇仙缘，[8]洒然言别，不落姓氏。间有倩女离魂，[9]文君新寡，[10]亦效颦为之。[11]淫靡之事，出以风韵；习俗之恶，愈出愈奇。

纯生氏曰：大为烟雨楼生色！一片热心，多被布帆卷去，能不作有情痴？鱼乐国中果有此无边风月否耶？

①烟雨楼：位于嘉兴南湖。楼建于五代，而至南宋始有烟雨楼之名。

后毁，明嘉靖间重建于南湖湖心岛上。

②莺泽湖：即南湖，分东西二湖，故又称鸳湖。　襟，古人上衣，襟左右相交于前，烟雨楼面对南湖，故云“襟对”。

③涳蒙：烟雨迷蒙状。

④意之所安：合于心意，可以相处。

⑤宣公桥：在旧嘉兴县东，跨月河，据云为唐陆宣公（贽）所建，故名。　角里街：在南湖北端。角里先生为秦汉间隐士，后遂有地方附会，如太湖洞庭山有角里村，嘉兴角里街当系此类。

⑥法膳：帝王所用膳称法膳，此仅指名贵菜肴。　琼苏：传说中的仙酒，《初学记》卷二六引《南岳夫人传》：“夫人设王子乔琼苏绿酒。”此泛指美酒。　“膳”，乾隆本作“善”，据咸丰本改。

⑦咄嗟立办：一呼吸间事即办成。

⑧游栖于桃坞柳湾之间，痴迷妄想，以为真的遇到了仙女。

⑨倩女离魂：元人郑光祖据唐陈玄祐《离魂记》编有《倩女离魂》杂剧：倩娘自幼许配表兄王宙，后其父张镒欲悔约别许他人，倩娘遂抑郁成病，其魂随王宙乘船离去，居五年，生二子。后同归宁，镒大惊，因其女一直病卧闺中。病女得讯出迎，与宙妻合为一体。此处泛指思春少女。

⑩文君新寡：临邛富人卓王孙有女文君新寡，好音。司马相如饮于卓氏，弄琴以挑，文君心悦而好之，乃夜亡奔相如，相如与驰归成都。此泛指怀春新寡。

⑪效颦：《庄子·天运》：“西施病心而颦，其里之丑人见而美之，归亦捧心颦。其里之富人见之，闭门而不出，贫人见之，挈妻子而走。”

朱氏收藏

朱氏[1]家藏，如龙尾觥、合卺杯，雕镂锲刻，真属鬼工，世不再见。余如秦铜汉玉、周鼎商彝、哥窑倭漆、[2]厂盒[3]宣炉、法书名画、晋帖唐琴，所畜之多，与分宜埒富，[4]时人讥之。

余谓博洽好古，犹是文人韵事。风雅之列，不黜曹瞒，[5]鉴赏之家，尚存秋壑，[6]诗文书画未尝不抬举古人。[7]恒恐子孙效尤，以袖攫石、[8]攫金银，以赚田宅，豪夺巧取，未免有累盛德。[9]闻昔年朱氏子孙有欲买尽[10]"坐朝问道"四号田者，余外祖兰风先生谑之曰："你只管'坐朝问道'，怎不管'垂拱平章'？"[11]一时传为佳话。

纯生氏曰：龙尾觥真赝不一，购辩若狂，宁止费辞说耶？所不同于择端《金明池》者幸矣。

①朱氏：张岱舅祖朱石门家。朱石门即朱敬循，字叔理，号石门。

详见卷五《治沉堂》篇注。

②倭漆：日本漆器有描金、洒金、泥金、彩漆、缥霞等工艺，为中国未有。宣德间遣杨埙（一说名瑄）至日本，尽传其法。张岱《夜航船·宝玩部·玩器》云："倭漆：漆器之妙，无过日本，宣德皇帝差杨瑄往日本教习数年，精其技艺。故宣德漆器比日本等精。"

③厂盒：明代皇家作坊及劳作处多以"厂"名，如瓦厂、石厂、黑窑厂、神木厂、铸钟厂、琉璃厂、金殿厂之类。而厂盒是果园厂制作的一种工艺盒器，除倭漆外尚有剔红、填漆等品。张岱《夜航船·宝玩部·玩器》云："厂盒：古延厂（即果园厂），永乐年间所造，重枝叠叶，坚若珊瑚，稍带沉色。新厂，宣德年间所造，雕镂极细，色若朱砂，鲜艳无比，有蒸饼式、甘蔗节二种，愈小愈妙，享价极重。"

④分宜：明奸相严嵩，江西分宜人。明代好以籍贯称宰相，故称严分宜。父子极贪，败后家被抄没，报有金三万二千余两，银二百余万两，另有珠玉宝玩数千件，实不及十分之三。张岱把朱氏所藏与严嵩相比，可以看出对自己这门亲戚贪婪不法的鄙视。

⑤曹瞒：曹操小字阿瞒。其诗沉雄慷慨，领建安一时风骚，与其子曹丕、曹植并称"三曹"。

⑥秋壑：贾似道字师宪，号秋壑。南宋末奸相。好收藏，精鉴赏。

⑦能诗文，好书画，未尝不能使一些人在后人眼中提高些声价。张岱曾在《西湖梦寻》"三茅观"一则中说过："余尝谓曹操、贾似道千古奸雄，乃诗文中之有曹孟德，书画中之有贾秋壑，觉其罪业滔天，减却一半。方晓诗文书画，乃能忏悔恶人如此。"正是此意。

⑧以袖攫石：宋米芾守涟水，地接灵璧，畜石甚富，一一品目，入书室终日不出。时杨次公为察使，知米好石废事，至郡正色规之。米以手于左袖中取一石，其状嵌空玲珑，峰峦洞穴皆具，米举石宛转翻覆，以示杨曰："如此石安得不爱？"杨殊不顾。又出一石，迭嶂层峦，奇巧又胜，最后出一石，尽天划神镂之巧，又顾杨曰："如此石安得不爱？"杨忽曰："非独公爱，我亦爱也。"即就米手攫得之，径登车去。此处借

用成语，指朱氏横取人家古玩。

⑨张岱在《家传》中就指出：朱赓在朝为相，其子孙在山阴者多为不法。朱赓曾亲自写信，拉出管家豪奴的名单，命自己的女婿即张岱的祖父张汝霖，以鞭惩戒。此事很为朱氏子孙所忌恨。至于张岱对朱氏子孙的态度，本文表现的鄙夷是很显露的了。

⑩“买尽”，乾隆本、咸丰本俱误作“卖尽”，因“买尽”方是朱氏“赚田宅，豪夺巧取”也。详见下注。

⑪“坐朝问道”和“垂拱平章”都是《千字文》中的句子，古人好用《千字文》为大宗的货物、房屋之类编号。张岱《快园道古》卷十四“戏谑部”有一则言此事，较本文所述明晰，云：“朱文懿当国，其子纳言石门广置田宅。居近南门，凡南门外‘坐朝问道’四号田欲买尽无遗，巧取豪夺，略无虚日。外祖陶兰风先生谑之曰：‘石门你只管“坐朝问道”，却忘了“垂拱平章”。’”意思是朱石门你只管掠夺民田，却不管朝里做宰相父亲的脸面了。

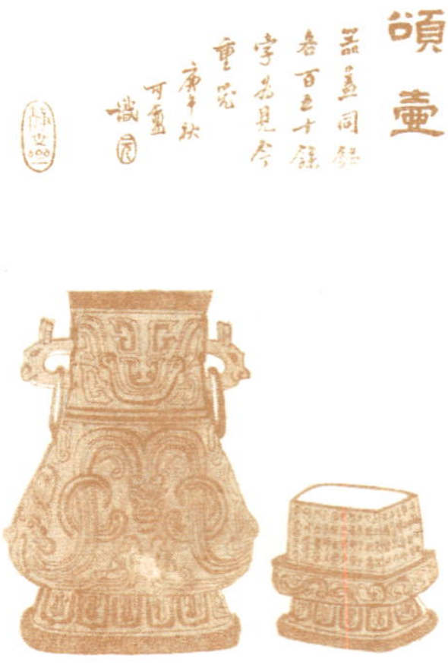

仲叔古董

葆生叔少从渭阳游，遂精赏鉴。[1]得白定炉、哥窑瓶、官窑酒匜，[2]项墨林[3]以五百金售之，辞曰："留以殉葬。"癸卯，道淮上，[4]有铁梨木天然几，[5]长丈六、阔三尺，滑泽坚润非常理。淮抚李三才[6]百五十金不能得，仲叔以二百金得之，解维遽去。淮抚大恚怒，差兵蹑之，不及而返。[7]

庚戌，[8]得石璞三十斤，取日下水[9]涤之，石罅中光射如鹦哥、祖母，知是水碧，[10]仲叔大喜，募玉工仿朱氏"龙尾觥"一，"合卺杯"一，享价三千，其余片屑寸皮，皆成异宝。仲叔赢资巨万，收藏日富。

戊辰[11]后，倅姑熟，倅姑苏，寻令盟津。[12]河南为铜薮，[13]所得铜器盈数车，"美人觚"一种大小十五六枚，[14]青绿彻骨，如翡翠，如鬼眼青，有不可正视之者。归之燕客，一日失之。[15]或是龙藏[16]收去。

纯生氏曰：葆生非特赏鉴，画山水秀润有致。余从赵菉森见之，采入《韵山堂亥既珠音》一书。陈章侯，其婿也。

①葆生叔：张岱二叔张联芳，字尔葆，葆生当是家中称呼。 渭阳：《诗·秦风·渭阳》："我送舅氏，曰至渭阳。"后即以"渭阳"代表舅父。张尔葆之舅父即朱石门。 张岱《嫏嬛文集》卷四《家传》中曾云："我张氏自文恭（按，张岱曾祖张元忭）以俭朴世其家，而后来宫室器具之美，实开自舅祖朱石门先生，吾父叔辈效而尤之，遂不可底止。"张尔葆工画艺，收藏甚富，与王承勋、朱石门、项墨林、周铭仲为江南五大藏家。张岱评其虽有才具，但"惜乎其宫室器具之奉，实埒王侯"，"亵越之太甚"。

②白定炉：定窑，位于今河北定州，宋代五大名窑之一。纯白无色，有白定、花定之分，白定素白无花，花定也是白釉下刻花。 哥窑：宋代五大名窑之一，位于浙江龙泉。 官窑酒匜（yí）：此官窑专指宋官窑。北宋政和间，除汝、定等窑外，京师自置窑烧造，名曰官窑。匜为盛水之器，本为青铜制，此为宋代以瓷仿其制而烧。

③项墨林：项元汴，字子京，号墨林。明末嘉兴人。收藏极富，鉴赏极精。

④癸卯：万历三十一年（1603）。时张尔葆落第南归，行至淮安。

⑤"几"，乾隆本误作"凡"，据咸丰本改。

⑥李三才：万历二年（1574）进士，二十七年以右佥都御史总督漕运，巡抚淮阳。《明史》载其与宦官斗争，上疏明神宗要求"罢除天下矿税"。又结交东林党，顾宪成极力支持他入阁。但张岱对他的评价是"奸险凶暴"。事实是，李三才利用漕运大敛钱财，据说其家产多达470万两白银，相当于天启年间朝廷一年的财政收入。借助东林势力而与宦官（实即皇帝）争利，不可不谓之"奸险"，而为一件家具竟至发兵追蹑，

也够得上凶暴了。

⑦其实是张尔葆在关防上把这件木器挂上他外祖父朱赓的名字，朱赓是当朝宰相，李三才得知后当然缩回。

⑧庚戌：万历三十八年（1610）。

⑨“取日下水”难解，当是“日下取水”或“取水日下”之误倒。日下：于阳光之下。

⑩鹦哥、祖母：鹦哥绿、祖母绿，都是绿色的宝石名。　水碧：一种珍稀玉石。《通雅》：水碧，水玉也。或以为冷石赭，或以为水脂碧，程大昌疑为水苍玉，而又以为缥青水晶。

⑪戊辰：崇祯元年（1628）。

⑫倅姑熟：倅，州县官之副职，在县即为县丞。姑熟，或作姑孰，即安徽太平府当涂县。姑苏则是苏州古称。　盟津：即河南孟津。

⑬铜薮：河南洛阳为东周、东汉之都，王公贵人之墓葬多殉以铜器，后世盗墓者多，故出土古铜器亦多。

⑭美人觚：张岱《夜航船·宝玩部·玩器》：“花觚入土千年，青绿彻骨，以细腰美人觚为第一，有全花、半花，花纹全者身段瘦小，价至数百。”“枚”，乾隆本误作“枝”，据咸丰本改。

⑮燕客即其子张萼，参见卷一《天砚》篇注。张岱《嫏嬛文集》卷四《家传·附传》记张尔葆死后，“仲叔一子萼，任诞不羁，不事生业，仲叔计数万辄尽，宦橐又数万，亦辄尽。仲叔好古玩，其所遗尊罍卣彝、名画法锦以千万计，不数日亦辄尽。”

⑯龙藏：龙宫贮宝之库藏。

噱社

仲叔善诙谐，在京师与漏仲容、沈虎臣、韩求仲[1]辈结“噱社”，唼喋数言，[2]必绝缨喷饭。[3]

漏仲容为帖括名士，[4]常曰：“吾辈老年读书做文字，与少年不同。少年读书如快刀切物，眼光逼注，皆在行墨空处，一过辄了。老年如以指头掐字，掐得一个只是一个，掐得不着时只是白地。少年做文字，白眼看天，一篇现成文字挂在天上，顷刻下来，刷入纸上，一刷便完。老年如恶心呕吐，以手扼入齿，哕出之，[5]出亦无多，总是渣秽。”此是格言，非止谐语。

一日，韩求仲与仲叔同宴一客，欲连名速之，[6]仲叔曰：“我长求仲，则我名应在求仲前，但缀蝇头于如拳之上，则是细注在前，白文在后，那有此理？”[7]人皆失笑。

沈虎臣出语尤尖巧。仲叔候座师，收一帽套，[8]此日严寒，沈虎臣嘲之曰：“座主已收帽套去，此地空余帽套头。帽套一去不复返，此头千载冷悠悠。”[9]其滑稽多类此。

纯生氏曰：蔡中郎得《论衡》，每秘之而谭更远。

有从帐中捉得者，邕丁宁云："我与子共之，勿广也。"结嚎社者未知所本何书。

①漏仲容：漏坦之，字仲容，号恒岳，绍兴人，为王思任之师。沈虎臣：沈德符，字景倩，又字虎臣。浙江秀水人。万历戊午（1618）举人。官京师，崇祯十五年（1642）去世。所著《万历野获编》最为知名。韩求仲：韩敬，字求仲，号止修，浙江归安人。万历三十八年（1610）进士第一，官修撰，后为人劾举科场作弊而落职。

②唼喋：鱼和鸟吃食之声，此处喻随意小言。

③绝缨：大笑，以致系冠之缨带都断了。

④帖括：泛指科举应试的文章，明时则指八股文。

⑤哕：干呕。

⑥速：邀请。

⑦应是在请帖上署名，张联芳先署小字于前，韩求仲续署，字过大。

⑧此句意颇模糊，似是说张尔葆去问候老师，而所戴帽套为老师喜欢，于是留下。

⑨沈德符《万历野获编》卷二十六记一事，与此相类，德符言：丙午顺天乡试，某人作弊，事露，被枷示礼部前。有人作诗讥之。一日，"偶举以示范学使长白，渠云：'正有一诗，堪以作对。吾乙未同年中有失貂皮暖耳者，时严冬忍冻，恚甚。同榜一友，改崔颢《黄鹤楼》诗嘲之云：'贼人已偷帽套去，此地空余帽套头。帽套一去不复返，此头千载光油油。寒眸历历悲燕市，短鬓凄凄类楚囚。九十春光何日至，胸包权戴使人愁。'真与前诗并堪喷饭。"则此本范长白所述某人诗，或张岱闻之于乃叔而误记。按，范允临与张岱祖父同为万历乙未（二十三年）进士，于沈德符为前辈。

鲁府松棚

报国寺[1]松，蔓引亸委，已入藤理。[2]入其下者，蹒跚局蹐，[3]气不得舒。

鲁府[4]旧邸二松，高丈五，上及檐甃，劲竿如蛇脊，屈曲撑距，意色酣怒，鳞爪拏攫，义不受制，鬣起针针，[5]怒张如戟。旧府呼"松棚"，故松之意态情理无不棚之，便殿三楹，盘郁殆遍，暗不通天，密不通雨。鲁宪王晚年好道，尝取松肘[6]一节，抱与同卧，久则滑泽酣酡，[7]似有血气。

纯生氏曰：千秋万岁知者谁？曰张长公。

①报国寺：以"报国"名寺者甚多，此当指杭州凤凰山之报国寺。元废南宋宫殿，于原址造五寺，此其一。

②蔓引亸（duǒ）委：松枝如蔓而长，盘曲下垂。　已入藤理：此松已经很像藤了。

③蹒跚：行路不便貌。　局蹐：身体局促不展貌。

④鲁府：鲁王府，时为宪王朱寿鋐，万历二十八年至崇祯九年在位。

⑤鬣：松针。

⑥松肘：松干粗如臂肘者。

⑦酣酡：酒醉后的微红面色。

一尺雪

“一尺雪”为芍药异种，余于兖州见之。花瓣纯白，无须萼，无檀心，无星星红紫，[①]洁如羊脂，细如鹤翮，结楼吐舌，[②]粉艳雪腴。上下四旁方三尺，干小而弱，力不能支，蕊大如芙蓉，辄缚一小架扶之。大江以南，有其名无其种，有其种无其土，盖非兖勿易见之也。

兖州种芍药者如种麦，以邻以亩。[③]花时宴客，棚于路、彩于门、衣于壁、障于屏、缀于帘、簪于席、茵于阶者，毕用之，日费数千勿惜。余昔在兖，友人日剪数百朵送寓所，堆垛狼藉，真无法处之。

纯生氏曰：此似玉盘盂者。

①前二“无”为“无论”之“无”，后“无”字为“无有”之“无”。此句似应解为，无论是花须花萼，也无论是花心，全都无一星星的红紫。否则，花无须萼，岂不大怪？

②结楼：花瓣层叠如搭楼阁。

③以邻：居宅之旁种之。　以亩：整亩整亩地种之。

菊海

兖州张氏期[①]余看菊，去城五里。余至其园，尽其所为园者而折旋之，又尽其所不尽为园者而周旋之，绝不见一菊，异之。移时，主人导至一苍莽空地，有苇厂[②]三间，肃余入，遍观之，不敢以菊言，真菊海也。厂三面，砌坛三层，以菊之高下高下之。花大如瓷瓯，无不毬，无不甲，[③]无不金、银、荷花瓣，色鲜艳异凡本，[④]而翠叶层层，无一叶早脱者。此是天道，是土力，是人工，缺一不可焉。

兖州缙绅家风气袭王府。[⑤]赏菊之日，其桌，其杌，[⑥]其灯，其炉，其盘，其盒，其盆盎，其肴器，其杯盘大觥，其壶，其帏，其褥，其酒，其面食，其衣服花样，无不菊者。夜烧烛照之，蒸蒸烘染，较日色更浮出数层。席散，撤苇帘以受繁露。

纯生氏曰：菊海可泛，吾将一系故园心。

①期：相约。

②苇厂：由苇席、苇帘搭成的大棚屋。

③甲：花瓣密如铠甲。

④异凡本：异于平常的品种。

⑤袭王府：袭自王府，效法王府。王府指鲁王府。

⑥“杌”，咸丰本作“炕”，误。

曹山

万历甲辰，大父游曹山，大张乐于狮子岩下。[1]石梁先生戏作《山君檄》讨大父，[2]祖昭明太子语，谓“若以管弦，污我岩壑”。[3]大父作檄骂之，[4]有曰：“谁云鬼刻神镂，竟是残山剩水！”[5]石篑先生嗤石梁曰：“文人也，那得犯其锋！不若自认，以‘残山剩水’四字摩崖勒之。”先辈之引重[6]如此。

曹石宕为外祖放生池，积三十余年，放生几百千万。有见池中放光如万炬烛天，鱼虾荇藻附之而起，直达天河者。余少时从先宜人至曹山庵作佛事，以大竹篰[7]贮西瓜四，浸宕内。须臾，大声起岩下，水喷起十余丈，三小舟缆断，颠翻波中，冲击几碎。舟人急起视，见大鱼如舟，口欿[8]四瓜，掉尾而下。

纯生氏曰：袁宗道云“月照李花，清瘦冷淡”，似对石篑面孔。今读嗤石梁语，兼有陶先生神气。

①甲辰为万历三十二年（1604）。曹山，因人工采石而形成的石宕。此类石宕绍兴尚有吼山、柯山、羊山、东湖等多处。张岱《越山五佚记》中言其大父张汝霖游曹山，“盛携声妓”。

②石梁先生：陶奭龄，字君奭，又字公望，号石梁。陶望龄（石篑）之弟。曹山有陶氏读书处，石梁此檄拟“山君”即曹山之神的身份对张汝霖表示不满。

③“祖昭明太子语”句：昭明太子萧统，梁武帝长子，立为皇太子，早故。有《昭明太子集》传世。所编《文选》影响极大。《南史·昭明太子萧统传》：“性爱山水，于玄圃穿筑，更立亭馆，与朝士名素者游其中。尝泛舟后池，番禺侯轨盛称此中宜奏女乐。太子不答，咏左思《招隐诗》云：‘何必丝与竹，山水有清音。’轨惭而止。”又，萧统作《七召》，中有“此乃声色之妖荡，将不从我而留连”之语。陶石梁《山君檄》原句作“尔以丝竹，污我山灵”，正用萧统意。

④骂是骂“山君”。张汝霖作有《游山檄》，疑即此文。

⑤曹山是采取石材而无意中形成的山水，故说是“残山剩水”。张岱《越山五佚记》有“曹山”一则，略云：“曹山，石宕也。凿石者数什百指，绝不作山水想。凿其坚者，瑕则置之；凿其整者，碎则置之；凿其厚者，薄则置之。日积月累，瑕者堕，则块然阜也；碎者裂，则岿然峰也；薄者穿，则砑然门也。由是坚者日削，而峭壁生焉；整者日琢，而广厦出焉；厚者日磲，而危峦突焉。石则苔藓，土则薜荔，而蓊蔚兴焉；深则重渊，浅则滩濑，而舟楫通焉；低则楼台，高则亭榭，而画图萃焉。”

⑥引重：互相敬重。

⑦竹篰（bù）：竹篓。

⑧歙（hē）：吸含。

齐景公墓花樽

霞头[1]沈佥事宦游时，有发掘齐景公墓[2]者，迹之，得铜豆三，大花樽二。[3]豆朴素无奇。花樽高三尺，束腰拱起，口方而敞，四面戟楞，[4]花纹兽面，粗细得款，自是三代法物，归乾阳刘太公。[5]余见，赏识之，太公取与严，[6]一介不敢请。[7]及宦粤西，[8]外母[9]归余斋头，余拂拭之，为发异光。取浸梅花，贮水，汗下如雨，逾刻始收，花谢结子，大如雀卵。余藏之两年，太公归自粤西，稽覆[10]之。余恐伤外母意，亟归之。后为驵侩所啖，竟以百金售去，可惜！今闻在歙县某氏家庙。

纯生氏曰：胆瓶实猪汁亦能花实。

①霞头：绍兴地名，在城西。

②齐景公墓：景公为春秋时齐国国君，其墓在山东临淄。

③豆：祭器，盘形而高脚。　樽：盛酒器。

④戗楞：即脊楞。　“敞”，乾隆本作“厰”，义同“敞”。此据咸丰本改。

⑤乾阳刘太公：即张岱妻子的祖父刘毅。毅字健甫，号乾阳。万历进士，官至广西按察使、右布政使。咸丰本误作“乾刘阳太公”。

⑥取与严：严于取予。不轻易送人或接受人家的东西，其实此处是吝啬的讳辞，后文言刘毅死后，遗物以廉值为子孙散去，亦颇有微词在焉。

⑦一介不敢请：哪怕是一件小物品，也不敢向他（太公）求讨。

⑧宦粤西：刘毅曾任广西布政使。

⑨外母：岳母。

⑩稽覆：“覆”字疑为“覈”（核）字之误。稽核，此指查核家中物品。刘毅富于收藏，书画古器物甚丰。

卷七

西湖香市

西湖香市，[1]起于花朝，[2]尽于端午。山东进香普陀者日至，嘉、湖进香天竺者日至，[3]至则与湖之人市焉，故曰香市。

然进香之人市于三天竺，市于岳王坟，市于湖心亭，市于陆宣公祠，[4]无不市，而独凑集于昭庆寺。[5]昭庆两廊故无日不市者，三代八朝之古董，蛮夷闽貊之珍异，皆集焉。[6]至香市，则殿中边、甬道上下、池左右、山门内外，有屋则摊，无屋则厂，厂外又棚，棚外又摊，[7]节节寸寸，凡胭脂[8]簪珥、牙尺剪刀，以至经典木鱼、伢儿嬉具之类，无不集。

此时春暖，桃柳明媚，鼓吹清和，岸无留船，寓无留客，肆无留酿。[9]袁石公所谓"山色如娥，花光如颊，波纹如绫，温风如酒"，已画出西湖三月。[10]而此以香客杂来，光景又别：士女闲都，不胜其村妆野妇之乔画；[11]芳兰芗泽，不胜其合香、芫荽之薰蒸；[12]丝竹管弦，不胜其摇鼓、吹笙之聒帐；[13]鼎彝光怪，不胜其泥人、竹马之行情；[14]宋元名画，不胜其湖景、佛图之纸贵。[15]如逃如逐，如奔如追，撩扑不开，牵挽不住，数百十万男男女女、老老少少，日簇拥于寺之前后左右者，凡四阅月方罢。恐大江以东，断无此二地矣。

崇祯庚辰[16]三月，昭庆寺火。是岁及辛巳、壬午洊饥，[17]民强半饿死。壬午，虏鲠山东，[18]香客断绝，无有至者，市遂废。辛巳夏，余在西湖，但见城中饿殍舁出，扛挽相属。时杭州刘太守梦谦，汴梁人，[19]乡里抽丰[20]者多寓西湖，日以民词馈送。[21]有轻薄子改古诗[22]诮之曰："山不青山楼不楼，西湖歌舞一时休。暖风吹得死人臭，还把杭州送汴州。"可作西湖实录。

纯生氏曰：此记见《西湖梦寻》。

①香市：即庙会，百物杂陈，但因起于香烛生意，故称香市。

②花朝：民间以农历二月十五日为"花朝节"。

③嘉、湖：嘉兴、湖州。　天竺：上、中、下三天竺，在灵隐寺南山中，上天竺为法喜寺，中天竺为法净寺，下天竺为法镜寺，香火极盛。

④陆宣公祠：祀唐名臣陆贽，在孤山。张岱《西湖梦寻·陆宣公祠》云："孤山何以祠陆宣公也？盖自陆炳为世宗乳母之子，揽权怙宠，自谓系出宣公，创祠祀之。"按，"市于陆宣公祠"一句，《西湖梦寻·昭庆寺》所附《西湖香市记》作"市于飞来峰"。

⑤昭庆寺：位于西湖北岸，始创于五代，屡焚屡建，屡建屡毁，张岱所见，乃万历间司礼监太监孙隆重建者，悬幢列鼎，绝盛一时，两庑栉比，皆市廛精肆。但此寺于崇祯十三年又焚毁。

⑥三代八朝：泛指历代诸朝。　蛮夷闽貊（mò）：泛指四方少数民族。

刘侗《帝京景物略》卷二《灯市》篇，亦有“夷蛮闽貊之珍异，三代八朝之骨董，五等四民之服用物，皆集”之言。

⑦“厂外又棚，棚外又摊”，《梦寻》作“厂外有篷，篷外又摊”。

⑧“胭脂”，《梦寻》作“胭霜”。

⑨三句意谓人们都到外面去游春，船上、客店里、酒馆中人都空了。

⑩文见袁宏道游记《西湖一》，唯后两语袁氏作“温风如酒，波纹如绫”（《梦寻》同）。时为万历丁酉（1597）二月十四，景则自昭庆寺而入湖。

⑪闲都：美丽而风雅。　乔画：浓妆胡抹。

⑫合香：疑指一种廉价的混和型香料。　芫荽：即“香菜”。与兰芗相比，自是浓烈薰人。

⑬“吹”，原本作“欲”。欲是吸，笙不可吸，应是“吹”字之误。聒帐：宋曾慥《类说》：后唐庄宗以郑声与胡部合奏，谓之“聒帐”，自昏达旦不止。

⑭泥人竹马：泛指民间所制的小儿玩具。

⑮湖景佛图：印制或民间绘制的西湖风景和佛像。

⑯崇祯庚辰：崇祯十三年（1640）。

⑰辛巳、壬午：崇祯十四、十五年。　洊（jiàn）饥：连年饥荒。　按，“壬午”下《梦寻》有“岁”字。

⑱虏鲠山东：崇祯十五年十二月，清兵破兖州等地，进至海州。《梦寻》作“道鲠山东”。

⑲刘梦谦实为河南罗山人。

⑳抽丰：打抽丰，或作打抽风，投访做官的亲友以讨取资助。

㉑以民词馈送：民词指百姓打官司告状。刘梦谦让他的乡亲包揽词讼，他则上下其手，等于让乡亲和自己一起捞钱。后梦谦于苏堤纵酒作乐，夜来万烛齐烧，西湖光明如昼，传至京师，被降职。

㉒指宋人林升《题临安邸》诗：“山外青山楼外楼，西湖歌舞几时休。暖风吹得游人醉，直把杭州作汴州。”

鹿苑寺方柿

萧山方柿，皮绿者不佳，皮红而肉糜烂者不佳，必树头红而坚脆如藕者方称绝品，然间遇之，不多得。余向言西瓜生于六月，享尽天福；秋白梨生于秋，方柿、绿柿生于冬，未免失候。丙戌，[1]余避兵西白山，[2]鹿苑寺前后有夏方柿十数株。[3]六月歊暑，柿大如瓜，生脆如咀冰嚼雪，目为之明，但无法制之，则涩勒不可入口。土人以桑叶煎汤，候冷，加盐少许，入瓮内浸柿没其颈，隔二宿取食，鲜磊异常。余食萧山柿多涩，请赠以此法。

纯生氏曰：柿有七绝：一寿，二多，三无鸟，四无虫蠹，五霜叶可玩，六佳宾可啖，七落叶肥大可以临书。余为添一绝曰：六月歊暑，可以代瓜。

①丙戌：清顺治三年（1646）。

②西白山：在浙江嵊州西六十里，即太白山之西段，峻极崔嵬，景色颇美。

③夏方柿：夏季结实的方柿。

西湖七月半

西湖七月半，一无可看，止可看看七月半之人。

看七月半之人，以五类看之。其一，楼船箫鼓，峨冠盛筵，灯火优傒，声光相乱，名为看月而实不见月者，看之。其一，亦船亦楼，名娃闺秀，携及童娈，[1]笑啼杂之，环坐露台，左右盼望，身在月下而实不看月者，看之。其一，亦船亦声歌，名妓闲僧，浅斟低唱，弱管轻丝，竹肉相发，亦在月下，亦看月，而欲人看其看月者，看之。其一，不舟不车，不衫不帻，酒醉饭饱，呼群三五，挤[2]入人丛，昭庆、断桥，嘄呼嘈杂，装假醉，唱无腔曲，月亦看，看月者亦看，不看月者亦看，而实无一看者，看之。其一，小船轻幌，[3]净几暖炉，茶铛旋煮，素瓷静递，好友佳人，邀月同坐，或匿影树下，或逃嚣里湖，[4]看月而人不见其看月之态，亦不作意看月者，看之。

杭人游湖，巳出酉归，避月如避仇，⑤是夕好名，逐队争出，多犒门军酒钱，轿夫擎燎⑥，列俟岸上。一入舟，速⑦舟子急放断桥，赶入胜会。以故二鼓以前，人声鼓吹，如沸如撼，如魇如呓，⑧如聋如哑，大船小船一齐凑岸，一无所见，止见篙击篙、舟触舟、肩摩肩、面看面而已。

少刻兴尽，官府席散，皂隶喝道去，轿夫叫船上人，怖以关门，⑨灯笼火把如列星，一一簇拥而去。岸上人亦逐队赶门，渐稀渐薄，顷刻散尽矣。吾辈始舣舟近岸，断桥石磴始凉，席其上，呼客纵饮。此时月如镜新磨，山复整妆，湖复颒面。⑩向之浅斟低唱者出，匿影树下者亦出，吾辈往通声气，拉与同坐。韵友来，名妓至，杯箸安，竹肉发。

月色苍凉，东方将白，客方散去。吾辈纵舟酣睡于十里荷花之中，香气扑人，⑪清梦甚惬。

纯生氏曰：如游七十二峰，神奇诡异，一峰一叫绝。

①此“童娈”指小儿，故下云“笑啼杂之”。

②“挤”，乾隆本、咸丰本俱误作“跻”，此从砚云本改。《西湖梦寻·十锦塘》附张岱《西湖七月半记》亦作“挤”。

③幌：帘幕。

④逃嚣里湖：逃避嚣闹而到里湖。西湖中孤山、白堤之北的部分称里西湖或里湖，又为了与西里湖相区别，称为北里湖。

⑤后“避”字，乾隆本、咸丰本无，据砚云本补。

⑥擎燎：手举火把。

⑦速：催促。

⑧如魇如呓：如同“撒呓症”，即“梦游”。

⑨关门：关城门。西湖在杭州城外。

⑩颒（huì）面：洗脸。

⑪“扑”，乾隆本、咸丰本俱作“拍”，据砚云本改。《梦寻》亦作“扑”。

及时雨

壬申[1]七月，村村祷雨，日日扮潮神海鬼，争唾之。[2]余里中扮《水浒》，且曰："画《水浒》者，龙眠、松雪、近章侯，[3]总不如施耐庵。但如其面勿黛，[4]如其髭勿鬣，[5]如其兜鍪勿纸，[6]如其刀杖勿树，[7]如其传勿杜撰，勿弋阳腔，[8]则十得八九矣。"[9]于是分头四出，寻黑矮汉，寻梢长大汉，寻头陀，寻胖大和尚，寻茁壮妇人，寻姣长妇人，寻青面，寻歪头，寻赤须，寻美髯，寻黑大汉，寻赤脸长须，[10]大索城中。无则之郭、之村、之山僻、之邻府州县，用重价聘之，得三十六人。梁山泊好汉个个呵活，臻臻至至，[11]人马称娖而行，[12]观者兜截遮拦，直欲看杀卫玠。[13]

五雪叔[14]归自广陵，多购法锦宫缎，从以台阁者八：雷部六，大士一，龙宫一，[15]华重美都，见者目夺气亦夺。盖自有台阁，有其华无其重，有其美无其都，有其华重美都，无其思致，无其文理。轻薄子[16]有言："不替他谦了也，事事精办！"

季祖南华老人[17]喃喃怪问余曰："《水浒》与祷雨有何义

味？近余山[18]盗起，迎盗何为耶？”余俯首思之，果诞而无谓，徐应之曰：“有之。天罡尽，以宿太尉殿焉。[19]用大牌六，书‘奉旨招安’者二，书‘风调雨顺’者一，‘盗息民安’者一，更大书‘及时雨’者二，前导之。”观者欢喜赞叹，老人亦匿笑而去。[20]

纯生氏曰：雨虽及时，只是从盗泉乞得，老人曷不为转语耶？

①壬申：崇祯五年（1632）。

②唾之：以口唾水神，为当地祈雨的一种仪式。

③龙眠：李公麟，字伯时，号龙眠居士。北宋著名画家，工人物，画马尤精。在世时尚无宋江。　松雪：赵孟頫，字子昂，号松雪道人。元代大书画家，山水、人物、花鸟、竹石、鞍马无所不能。这二人当然不可能画《水浒》，此处只是代指人物画的名家。　近章侯：当代的陈洪绶。

④勿黛：不要涂抹粉黛。

⑤勿鬣：勿饰以马鬣做的假须髯。

⑥兜鍪勿纸：头盔不是用纸浆制作。

⑦刀杖勿树：武器不是用木头削成。

⑧弋阳腔：源于江西弋阳的一种声腔，声调高亢，多演金戈铁马，剧目中即有《水浒》连台大戏。

⑨张岱主张，如果不装不饰，不白不唱，那就最接近《水浒》中的原型。

⑩以上都是《水浒传》描写的李逵、武松、鲁智深、顾大嫂、扈三娘、杨志、刘唐、朱仝、关胜等三十六人的形象。

⑪臻臻至至：很盛旺的样子。

⑫称娖：行列整齐。《后汉书·中山简王焉传》："今五国各官骑百人，称娖前行。"李贤注："称娖，犹齐整也。"

⑬看杀卫玠：形容观看的人众拥挤迫前，以致扮者不堪其劳。《世说新语·容止》：卫玠美风仪。王武子是卫玠之舅，俊爽有风姿，见玠，辄叹曰："珠玉在侧，觉我形秽。"卫玠从豫章至下都，人闻其名，观者如堵墙。玠先有羸疾，体不堪劳，遂成病而死，时人谓"看杀卫玠"。

⑭五雪叔：张岱从叔。南华老人张汝懋之子。

⑮雷部：天神中的雷部诸天将，道书及小说说法各异，如《封神演义》为二十四天君，《西游记》则仅八天君。　大士：观世音菩萨。此台阁上当有善财、龙女诸神。　龙宫：指龙王及海中水族神怪。以上八台阁皆与求雨有关。

⑯轻薄子：此处是指说话刻薄的人。

⑰南华老人：见卷三《陈章侯》篇注。

⑱余山：绍兴无余山，或是"涂山"之误。周作人与日本友人松枝茂夫信："余山当是地名，待考。此或是'嵞山'之省，与'涂山'通，谓越中之山乡乎？但此系臆测，想难凭信。"按，山阴县西北四十余里有涂山。传说大禹巡省南土，合诸侯于涂山，执玉帛者万国。又涂山氏之女候禹于涂山之阳，大禹娶之。此涂山或作"嵞山"。另，绍兴西北四十余里又有"西余山"，与涂山如非一山，即为连麓。

⑲天罡：《水浒传》一百零八将中有三十六人为天罡星下界，七十二人为地煞星下界。祷雨所扮者三十六人，故称之为"天罡"。　以宿太尉殿焉：过会时，待三十六天罡过尽，以宿太尉为殿后。宿太尉名元景，在《水浒传》中作为正直大臣出场。梁山诸将征方腊之后，或死或亡，高俅诸奸隐瞒实情，宿太尉奏明徽宗，请予封旌。

⑳匿笑：南华老人见乡人被张岱哄骗得欢喜赞叹，暗里偷笑。

山艇子

龙山自巘花阁[①]而西皆骨立，得其一节，亦尽名家。[②]山艇子石，意尤孤孑，壁立霞剥，[③]义不受土。大樟徙其上，石不容也，然不恨石，屈而下，与石相亲疏。[④]石方广三丈，右坳而凹，非竹则尽矣，何以浅深乎石。[⑤]

然竹怪甚，能孤行，实不藉石。竹节促，[⑥]而虬叶毶毶，如猬毛，如松狗尾，离离矗矗，捎掠攒挤，[⑦]若有所惊者。竹不可一世，不敢以竹二之：[⑧]或曰古金错刀也；[⑨]或曰竹生石上，土肤浅，蚀其根，[⑩]故轮囷盘郁如黄山上松。

山艇子樟始之石，中之竹，终之楼。意长楼不得竟其长，故艇之。[⑪]然伤于贪，特特向石，石意反不之属，使去丈而楼壁出。[⑫]樟出，竹亦尽出。竹石间意，在以淡远取之。

纯生氏曰：孤奇妙远，字字不经人道。

①巘花阁：《越中园亭记》："在张五泄（张岱从叔）君宅后，即龙山

之南麓。石壁棱峙，下汇为小池。飞栈曲桥，逶迤穿渡，为亭为台，如簇花叠锦，想金谷当年不过尔尔。”

②得其一节，亦尽名家：此言龙山于巘花阁之西皆有风格，随意取一段，即可称名景。

③霞剥：似指石有红色斑驳。

④相亲疏：即相亲近。此言樟树屈身就石，一副与石相亲近的姿态。

⑤此句意谓，石右侧地凹，如果不生着一丛竹子，此石就到此为止，就不会让人难测石之浅深了。

⑥竹节促：竹节短。

⑦离离：茂盛貌。　矗矗：重叠貌。　捎捩：徐渭评吴镇墨竹，“如群凤为鹘所掠，翎羽腾闪、捎捩、变灭之诡，虽凤亦不得而知。”是捎捩本为鸟羽拂掠转折之姿态，徐渭以之喻竹叶之形态。　攒挤：竹叶丛聚状。

⑧不敢以竹二之：此句难解，颇疑应是“不敢以竹竹之”，抄者以“竹”字相重，第二字作两点，后遂误为“二”字。如是，则此句意谓不敢因其为竹而以凡常之竹待之，方引出下面为金错刀、为黄山松之语。

⑨“金”，诸本皆误作“今”。按，“金错刀”，汉张衡《四愁诗》：“美人赠我金错刀，何以报之英琼瑶。”李后主写字创金错刀体，从竹叶上悟出。而唐希雅画竹，亦将金错刀书法融入，多颤掣之笔。

⑩蚀其根：石伤竹根。

⑪意长楼不得竟其长，故艇之：揣测那樟树之意，如果与楼一样向高处延伸，恐怕那楼的高度也不足以尽自己之长，所以它便随着石艇先横着生了。

⑫樟树虽然特意靠近石，但石之意似不大相亲近，让樟树离开丈余而沿楼壁向上长出。

悬杪亭

余六岁随先君子读书于悬杪亭。记在一峭壁之下，木石撑距，不藉尺土，飞阁虚堂，延骈如栉。①缘崖而上，皆灌木高柯，与檐甃相错。取杜审言“树杪玉堂悬”句，②名之“悬杪”，度索寻橦，③大有奇致。后仲叔庐其崖下，信堪舆家④言，谓碍其龙脉，⑤百计购之，一夜徙去，鞠为茂草。⑥儿时怡寄，⑦常梦寐寻往。

纯生氏曰：高人妙致，梦寐以之，盖自其幼时而已然矣。

①延骈如栉：如梳齿般绵延相排。

②见杜审言《蓬莱三殿侍宴奉敕咏终南山应制》诗。杜审言，唐初人，杜甫祖父。官至修文馆直学士。

③度索寻橦：“橦”，原本误作“樟”。曾巩《亳州谢到任表》：“扶桑戴斗之区，度索寻橦之国。”杨慎解此云：“予按今蜀松茂之地，皆有此桥，其河水险恶，既不可舟楫，乃施植两柱于两岸，以绳絙其中，绳上

有一木筒，所谓橦也。欲度者，则以绳缚人于橦上，人自以手缘索而进，行达彼岸，复有人解之，所谓寻橦也。”

④堪舆家：风水先生。

⑤龙脇：“脇”同“膥”，音穴，本意为“臆中脂”，与堪舆无关。疑指“龙穴”，即堪舆家所谓山之气脉结穴处。

⑥鞠为茂草：颓败荒芜，化为茂草。

⑦儿时怡寄：寄托儿时快乐之处。

雷殿

雷殿[1]在龙山磨盘冈下，钱武肃王[2]于此建蓬莱阁，有断碣在焉。殿前石台高爽，乔木潇疏。[3]六月，月从南来，树不蔽月。余每浴后拉秦一生、石田上人、[4]平子辈坐台上，乘凉风，携肴核，饮香雪酒，剥鸡豆，[5]啜乌龙井水，水凉冽激齿。下午着人投西瓜浸之，夜剖食，寒栗逼人，可雠三伏。[6]林中多鹘，[7]闻人声辄惊起，磔磔云霄间，[8]半日不得下。

纯生氏曰：布帆二丈，画冷云瘦鹤，顺风而翔于芦花杨柳之间，襟怀类此。

①雷殿：即雷祖殿，供奉雷祖。雷祖即雷神。

②钱武肃王：钱镠，五代时吴越国开创者，谥武肃。都于杭州，子孙割据两浙约七十年，北宋初归土。按，钱镠在唐末曾驻军会稽。

③“潇疏”，应是“萧疏”之误。

④石田上人：为绍兴城内戒珠寺僧人。

⑤鸡豆：即芡实。

⑥鞴：对抗。

⑦鹘：一种猛禽，又名隼。

⑧磔磔：鸟叫声。苏轼《石钟山记》：“山上栖鹘，闻人声亦惊起，磔磔云霄间。”

龙山雪

天启六年[①]十二月，大雪深三尺许。晚霁，余登龙山，坐上城隍庙[②]山门，李芥生、高眉生、王畹生、马小卿、潘小妃[③]侍。万山载雪，明月薄之，[④]月不能光，雪皆呆白。坐久清冽，苍头送酒至，余勉强举大觥敌寒，酒气冉冉，积雪欲之，竟不得醉。马小卿唱曲，李芥生吹洞箫和之，声为寒威所慑，咽涩不得出。三鼓归寝。马小卿、潘小妃相抱从百步街旋滚而下，直至山趾，浴雪而立。[⑤]余坐一小羊头车拖冰凌而归。[⑥]

纯生氏曰：越有狂生，当天大雪，赤足上潜岳峰，四顾大呼曰：遍天地皆白玉合成，使人心胆澄澈，便欲仙云。

①天启六年：1626 年，张岱时年三十岁。

②上城隍庙：绍兴龙山有二府城隍庙。上城隍庙在卧龙山西冈，西

冈之麓则为下城隍庙。

③以上数人皆为张岱家女伶。

④薄：逼近。

⑤浴雪：浑身是雪。

⑥羊头车：一种独轮小车。雪深路滑，无法转动，只有众人簇拥，滑雪而下，故曰“拖冰凌”。

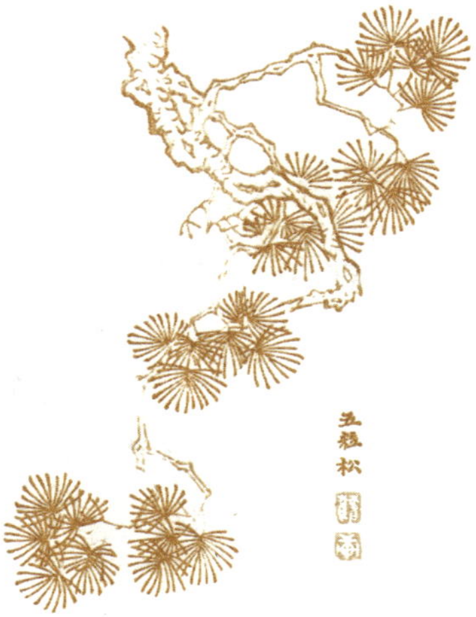

庞公池

庞公池[①]岁不得船，况夜船，况看月而船。自余读书山艇子，辄留小舟于池中，月夜，夜夜出，缘城至北海阪，往返可五里，盘旋其中。山后人家，闭门高卧，不见灯火，悄悄冥冥，意颇凄恻。

余设凉簟，卧舟中看月，小傒船头唱曲，醉梦相杂，声声渐远，月亦渐淡，嗒然睡去。歌终忽寤，含糊赞之，寻复鼾齁。小傒亦呵欠歪斜，互相枕藉。舟子回船到岸，篙啄丁丁，[②]促起就寝。此时胸中浩浩落落，并无芥蒂，[③]一枕黑甜，高春[④]始起，不晓世间何物谓之忧愁。

纯生氏曰：妙夺漆园之梦。

①庞公池：池在绍兴城南，龙山城隍庙前绝壁下。砎园即在庞公池。

②篙啄丁丁：用竹篙敲船板，丁丁作响，以惊醒乘客。

③“蒂”，乾隆本、咸丰本俱误作“带”（“蒂”字异体为“蔕”），马兴荣点校本云道光本作“蒂”，据改。

④高春：太阳西落，近于黄昏时。

品山堂鱼宕

二十年前，强半住众香国，[1]日进城市，夜必出之。品山堂孤松箕踞岸帻入水。[2]池广三亩，莲花起岸，莲房以百以千，鲜磊可喜。新雨过，收叶上荷珠煮茶，[3]香扑烈。

门外鱼宕横亘三百余亩，多种菱芡。小菱如姜芽，辄采食之，嫩如莲实，香似建兰，无味可匹。深秋，橘奴饱霜，非个个红绽不轻下剪。季冬观鱼，鱼艓千余艘，鳞次栉比。[4]罱者夹之，[5]罛者扣之，[6]簎者罨之，[7]罾者撒之，[8]罩者抑之，罣者举之，水皆泥泛，浊如土浆。鱼入网者圉圉，[9]漏网者噞噞，[10]寸鲵[11]纤鳞，无不毕出。集舟分鱼，鱼税[12]三百余斤，赤鯶[13]白肚，满载而归。约吾昆弟，烹鲜剧饮，竟日方散。

纯生氏曰：朱公致富，水畜第一。

①众香国：张岱家建园林于城南，名众香国。祁彪佳《越中园亭记》有“众香国”一条，云：“张长公大涤君开园中堰，以品山名其堂。盖千岩万壑，至此俱披襟相对，恣我月旦耳。季真半曲，方干一岛，映带左右，鉴湖最胜处也。”按佛经中言有国名众香，为香积菩萨所居。其楼阁苑囿皆香，香气周流十方无量世界。

②孤松箕踞岸帻入水：此以孤松拟人，箕踞岸帻，伸腿席地而坐，把头巾推到额后，以示恣情随意，而脚伸到水中。

③“茶”，咸丰本改作“酒”，误。

④“栉比”，乾隆本误作“比栉”，据咸丰本改。

⑤罱（lǎn）：夹鱼的工具。以下数句句型相同，都是持某具者各施某能，如此句即“持罱者则夹鱼”云云。

⑥罛（gū）：大鱼网。

⑦簎（cè）：以叉刺取水中鱼鳖，此指鱼叉。　罨（yǎn）：掩捕。刺中鱼后以小网捞取。

⑧罠（xùn）：捕取鸟兽的网。

⑨圉圉：被困之状。

⑩噞噞：鲜活之状。

⑪鲵：此处指小鱼。《庄子·外物》：“趣灌渎，守鲵鲋，其于得大鱼难矣。”陆德明《释文》引李颐曰：“鲵、鲋，皆小鱼也。”

⑫鱼税：鱼宕为张岱家所有，渔民打捞之后以鱼抵租。

⑬䁘（mù）：鱼目。

松化石

松化石，[1]大父舁自清江署中。[2]石在江口神祠，土人割牲飨神，以毛血洒石上为恭敬，血渍毛毵，几不见石。大父舁入署，亲自祓濯，呼为“石丈”，[3]有《松化石纪》。[4]今弃阶下，戴花缸，[5]不称使。余嫌其轮囷臃肿，失松理，不若董文简[6]家茁错二松橛，[7]节理槎枒，皮断犹附，视此更胜。大父石上磨崖铭之曰：“尔昔鬣而鼓兮，[8]松也。尔今脱而骨兮，石也。尔形可使代兮，贞勿易也。尔视余笑兮，莫余逆也。”其见宝如此。

纯生氏曰：米元章云：“世人皆以芾为颠，愿质之子瞻。”子瞻云：“吾从众。”此老颠颇似之。

① “松化石”，文中诸处及小题，皆为咸丰本妄改为“松花石”。

② “清江”，乾隆本、咸丰本俱误为“潇江”。张岱祖父张汝霖历任诸职无与潇江相关者。清江为江西临江府首县，在今江西临江西南，下

言“江口”即指清江入赣江处。万历二十三年（1595），汝霖成进士，授清江令。据此改正。

③呼为“石丈”：米芾好石，知无为军，郡斋有怪石，芾具公服拜之，呼为“石丈”。

④“纪”字疑应作“记”。

⑤戴花缸：松化石立起，于顶上置花缸。

⑥“文”，乾隆本误作“父”，据咸丰本改。董文简即董玘，详见卷二《花石纲遗石》。

⑦茁错：粗短槎枒状。　松橛：亦松化石，因其短粗，称为橛。董玘家之二石，徐渭有诗咏之，诗题正为《松化石牡丹》，亦可证改“松花石”者之误。

⑧鬣而鼓：松鬣分张貌。

闰中秋

崇祯七年闰中秋，仿虎丘故事，[1]会各友于蕺山亭。[2]每友携斗酒、五簋、十蔬果，红毡一床，席地鳞次坐。缘山七十余床，衰童塌妓，[3]无席无之。在席者七百余人，能歌者百余人，同声唱“澄湖万顷”，声如潮涌，山为雷动。诸酒徒轰饮，酒行如泉。夜深客饥，借戒珠寺[4]斋僧大锅煮饭饭客，长年以大桶担饭不继。命小傒岕竹、楚烟于山亭演剧十余出，妙入情理，拥观者千人，无蚊虻声，四鼓方散。

月光泼地如水，人在月中，濯濯[5]如新出浴。夜半，白云冉冉起脚下，前山俱失，香炉、鹅鼻、天柱诸峰[6]仅露髻尖而已，米家山[7]雪景仿佛见之。

纯生氏曰：奇语一出，夜色难收矣。

①虎丘故事：参见卷五《虎丘中秋夜》篇。

②蕺山亭：在绍兴勾践故城东北，今蕺山公园内。

③衰童塌妓：年长色衰的娈童妓女。此处为调侃语，未必真如是也。

④戒珠寺：晋王羲之故宅在蕺山，后舍为戒珠寺。

⑤濯濯：光彩明亮。

⑥鹅鼻山即刻石山，在绍兴府城西南五十里，以秦始皇刻石其上而得名。宛委山亦名天柱山，在府城东南十五里。

⑦米家山：米芾与其子米友仁创造了一种以各种墨点与渲染表现云雾雨雪山景的画法，人称这种画法为“米家山”或“米点山水”。

载茗一车

愚公谷

无锡去县北五里为锡山。[1]进桥店在左岸，店精雅，卖泉酒水坛、花缸、宜兴罐、风炉、盆盎、泥人等货。愚公谷[2]在惠山右，屋半倾圮，惟存木石。惠水涓涓，由井之涧，由涧之溪，由溪之池、之厨、之湢[3]，以涤、以濯、以灌园、以沐浴、以净溺器，无不惠山泉者，故居园者福德与罪孽正等。

愚公先生[4]交游遍天下，名公巨卿多就之，歌儿舞女、绮席华筵、诗文字画无不虚往实归。名士清客至则留，留则款，款则饯，饯则赆。[5]以故愚公之用钱如水，天下人至今称之不少衰。

愚公文人，其园亭实有思致文理者为之。磥石为垣，编柴为户，堂不层不庑，树不配不行。[6]堂之南，高槐古朴，树皆合抱，茂叶繁柯，阴森满院。藕花一塘，隔岸数石乱而卧。[7]土墙生苔，如山脚到涧边，不记在人间。园东逼墙一台，外瞰寺，老柳卧墙角而不让台，台遂不尽瞰，与他园花树故故为容，亭台意特特为园者不同。[8]

纯生氏曰：流泉满衣，流波满车，主人沐如，从者浴如。

①锡山：乾隆本、咸丰本俱误作“铭山”。无锡无铭山，“铭”字显系“锡”字之误。锡山古时本产锡，相传有樵者于山下得一石铭，曰“有锡争，无锡宁”。有人揣测，因山出石铭，或称为“铭山”。此说方志不载，别无凭据，且张岱不过外乡一游客，岂能舍正名而用僻称？　另，锡山及惠山均在无锡县西，此作“北”，应误。

②愚公谷：在无锡西惠山东麓，今锡惠公园内。原有寄畅园，邹迪光于园旁造别业，以己号名之，称愚公谷。按，邹迪光亦兼用刘向《说苑·政理》中“愚公谷”事：齐桓公出猎，逐鹿而走，入山谷之中，见一老公，而问之曰：“是为何谷？”对曰：“为愚公之谷。”桓公曰：“何故？”对曰：“以臣名之。”桓公曰：“今视公之仪状，非愚人也，何为以公名？”对曰：“臣请陈之，臣故畜牸牛，生子而大，卖之而买驹，少年曰：‘牛不能生马。’遂持驹去。傍邻闻之，以臣为愚，故名此谷为愚公之谷。”

③湢：浴室。

④愚公：邹迪光，字彦吉，号愚公，江苏无锡人。万历进士，官至湖广提学副使。被劾罢归，于锡山建园林。

⑤赆：送别时所赠的钱或物。

⑥不配不行：不刻意搭配品种和安排行次。

⑦“乱”，乾隆本、咸丰本俱作“乿”。“乿”，古“治”字，置此不通，应为“乱”（繁体字“亂”）字之讹。刘侗《帝京景物略》卷一《定国公园》有言：“西转而北，垂柳高槐，树不数枚，以岁久繁柯，阴遂满院。藕花一塘，隔岸数石乱而卧，土墙生苔，如山脚到涧边，不记在人家圃。”两相比对，张岱此篇故意借用刘文，以示对这位“山水知己”的推重。

刘侗作"乱而卧"，方与前后文相应。而张岱前文言"树不配不行"，既然已经"树无行次"，下面自然是"石无位置"，怎么能有"治石"呢？

⑧"容"字乾隆本、咸丰本俱阙，全句遂不可断，或以"亭台"属上句，则下句无主词。按，刘侗《定国公园》文末云："老柳瞰湖而不让台，台遂不必尽望。盖他园花树故故为容，亭台意特特在湖者，不免佻达矣。"是"故故为"下本应有"容"字，意方可通，今据补。而"花树故故为容"是言所植花木不能任其天然，完全为向客人展示姿容而栽植，"亭台意特特为园"，是言所建亭台为有意与园景相配搭，登之可以观园内之景，此皆非愚公园一任自然天真之旨。

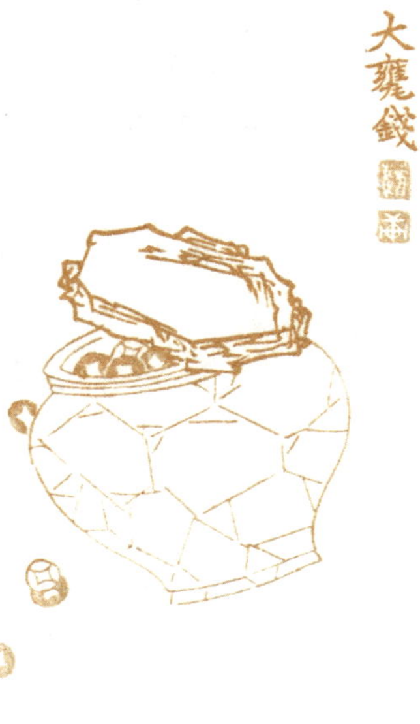

定海水操

定海演武场在招宝山海岸。[①]水操用大战船，唬船、艨艟、斗舰[②]数千余艘；杂以鱼艓轻艖，[③]来往如织。舳舻[④]相隔，呼吸难通，以表语目，[⑤]以鼓语耳，截击要遮，尺寸不爽。健儿了望，猿蹲桅斗，[⑥]哨见敌船，从斗上掷身腾空汆[⑦]水，破浪冲涛，顷刻到岸，走报中军，又趵跃入水，轻如鱼凫。[⑧]

水操尤奇在夜战，旌旗干橹皆挂一小灯，[⑨]青布幕之。画角一声，万蜡齐举，火光映射，影又倍之。招宝山凭栏[⑩]俯视，如烹斗煮星，釜汤正沸。火炮轰裂，如风雨晦冥中电光翕焱，[⑪]使人不敢正视；又如雷斧断崖，石下坠不测之渊，观者褫魄。[⑫]

纯生氏曰：奇气写照，纸上有声。

①崇祯十一年（1638），张岱与秦一生游普陀，过定海。招宝山在

今宁波镇海区，甬江出海口，为海防要地。

②以上三种均为形制不同的大战船。“艨艟”，乾隆本、咸丰本俱作“蒙冲”，此从砚云本。

③鱼艓轻艖：艓、艖均为小船名。

④舳（zhú）舻（lú）：船头与船尾合称，代指首尾相接的船队。

⑤以表语目：用标识向眼睛传递信息。

⑥桅斗：桅杆上的斗状设施，供人踞其上以了望远方。

⑦“氽”，乾隆本、咸丰本作“体”，今从砚云本。

⑧鱼凫：鱼和水鸟。

⑨“灯”，乾隆本、咸丰本俱作“镫”，今从砚云本。

⑩“栏”，乾隆本、咸丰本俱作“槛”，今从砚云本。

⑪电光翕焱：电光突发闪烁状。

⑫褫魄：失魂落魄。

阿育王寺舍利

阿育王寺，[1]梵宇深静，阶前老松八九棵，森罗有古色。殿隔山门远，烟光树樾，摄入山门，望空视明，冰凉晶沁。右旋至方丈，门外有娑罗二株，高插霄汉。便殿供旃檀佛，[2]中储一铜塔，铜色甚古，万历间慈圣皇太后[3]所赐藏舍利子塔也。舍利子常放光，琉璃五采，百道迸裂，出塔缝中，岁三四见。凡人瞻礼舍利，随人因缘现诸色相，[4]如墨墨无所见者，是人必死。昔湛和尚至寺，亦不见舍利，而是年死。屡有验。

次早，日光初曙，僧导余礼佛，开铜塔，一紫檀佛龛供一小塔，如笔筒六角，非木非楮，[5]非皮非漆，上下皲[6]定，四围镂刻花楞梵字。舍利子悬塔顶，下垂摇摇不定，人透眼光入楞内，复眡眼[7]上视舍利，辨其形状。余初见三珠连络如牟尼串，[8]煜煜有光。余复下顶礼，求见形相，再视之，见一白衣观音小像，眉目分明，鬋鬘[9]皆见。秦一生反复视之，讫无所见。一生遑遽，面发赤，出涕而去。一生果以是年八月死，奇验若此。

纯生氏曰：舍利非一，有白色骨舍利，黑色发舍利，赤色肉舍利。菩萨、罗汉皆有佛舍利，锤击不碎，此是戒、定、慧所薰修者。

①阿育王寺：在浙江宁波鄞县鄮山山麓，初建于西晋太康年间，以舍利塔闻名于世。崇祯十一年（1638），张岱与秦一生游普陀后至阿育王寺。

②旃檀佛：旃檀木（即檀香木）雕成的佛像。

③慈圣皇太后：明穆宗之妃，神宗朱翊钧之生母李氏。

④色相：佛家语，指万物具体之形象。此言舍利子据人之因缘而呈现不同面貌。

⑤楮：纸。

⑥鞔（mán）：皮脱之意，与此文不相属。疑即鞔鼓、鞔皮之“鞔”，音同而误。

⑦眂眼：“眂”即“视”字，“视眼”不成词。本书“眂”字均为“眠”字之误，可由《王月生》篇“眂娗”砚云本作“眠娗”证之。眠眼即眯眼。读书人眼多近视，视物不清则眯缝眼而视。

⑧牟尼串：即牟尼子，佛教徒所持数珠。

⑨鬋（jiǎn）鬘：鬓毛额发。

过剑门

南曲[1]中妓，以串戏为韵事，性命以之。杨元、杨能、顾眉生、李十、董白以戏名，[2]属姚简叔期余观剧。[3]傒僮下午唱《西楼》，[4]夜则自串。

傒僮为兴化大班，[5]余旧伶马小卿、陆子云在焉，加意唱七出，戏至更定，曲中大咤异。杨元走鬼房问[6]小卿曰："今日戏气色大异，何也？"小卿曰："坐上坐者余主人。主人精赏鉴，延师课戏，童手指千，[7]傒僮到其家谓'过剑门'，[8]焉敢草草！"

杨元始来物色[9]余。《西楼》不及完，串《教子》：[10]顾眉生，周羽；杨元，周娘子；杨能，周瑞隆。杨元胆怯肤栗，不能出声，眼眼相觑。渠欲讨好不能，余欲献媚不得。持久之，伺便喝采一二，杨元始放胆，戏亦遂发。

嗣后曲中戏，必以余为导师，余不至，虽夜分不开台也。以余而长声价，以余长声价之人而后长余声价者，多有之。

纯生氏曰："水晶帘影映横波"，蚕尾为眉生咏矣。惜李十诸人不概见于篇什。时继之年已八旬，或未能尽述，若淡心所记，亦多有不及，何欤？

①南曲：南京地名，指秦淮河南岸妓院乐户聚集区。

②以上诸人俱见卷四《牛首山打猎》及注。　以戏名：以串戏而知名曲中。

③属：托付。　期：约请。

④《西楼》：张岱好友袁于令所作《西楼记》，写书生于鹃与妓女穆素徽的爱情故事。

⑤兴化大班：兴化今属江苏泰州，明代昆山腔产生于苏州，扩散至兴化等地。此大班指昆曲戏班。

⑥鬼房：旧时称后台演员化妆之屋为鬼房，因化妆出来的人物俱是古人也。　“问”，咸丰本误作“周”。

⑦童指戏童。手指千，则是百人。此言经张岱指导出来伶童多达百人。

⑧过剑门：“剑门”易被人误以为四川之“剑门关”，彼“剑门”为“剑州”之门户，而剑门关仅易守难攻，“过”则坦途无险也。此“过剑门”应是旧戏舞台上一种表演程式，由“站门”龙套中二人各持剑举过头，两剑相交，剑下留空如门洞，使谒见者低头屈身而过，再衬以“堂威”之声，以示威风杀气，过此者则作觳觫惊战状。小卿等俱为伶童，自当用本行中语，何知数千里外有剑门关？

⑨物色：访求。

⑩《教子》：此即明无名氏所作《寻亲记》一戏。《寻亲记》为明人据宋元旧作《寻亲教子》改编，且其中有“训子”一出，故亦沿用“教子”之名。其中小生为周羽，而周瑞隆为周羽之子。

冰山记

魏珰败，[1]好事作传奇十数本，多失实，余为删改之，仍名《冰山》。[2]城隍庙扬台，[3]观者数万人，台址鳞比，挤至大门外。一人上，白曰："某杨涟。"[4]口口谇謈[5]曰："杨涟！杨涟！"声达外如潮涌。人人皆如之。[6]杖万元白，逼死裕妃，[7]怒气忿涌，噤龂嚄唶。[8]至颜佩韦击杀缇骑，[9]嘄呼跳蹴，汹汹崩屋。沈青霞缚藁人射相嵩以为笑乐，[10]不是过也。

是秋携之至兖，为大人寿。[11]一日，宴守道刘半舫。[12]半舫曰："此剧已十得八九，惜不及内操、菊宴，及逼灵犀与囊收数事[13]耳。"余闻之。是夜席散，余填词，督小傒强记之。次日至道署搬演，已增入七出如半舫言。半舫大骇异，知余所构，遂诣大人，与余定交。

纯生氏曰：笔锋所向，画骨画虎兼画神气。

①魏珰败：天启七年（1627），明熹宗死，思宗即位不久，即宣布魏忠贤罪状，安置凤阳，流放途中，魏自杀，其党遂败。

②《冰山记》传奇，原为陈开泰撰，叙魏忠贤一党乱政及败亡事。

③扬台：搭建戏台。

④杨涟：字文孺。万历三十五年（1607）进士。天启五年（1625）任左副都御史，因弹劾魏忠贤二十四大罪，被诬杀。

⑤口口谇譢：人们小声而急促地传言。

⑥人人皆如之：每一角色上台，都是这样。

⑦杖万元白，逼死裕妃："万元白"原本误作"范元白"。据绍兴娄仲安先生言，万、范越音相同，疑张岱凭记忆写错。按，张岱熟知明代史事，未必因音同而误写，范、萬（万）字形相近，再加以音同，抄书者笔误的可能性较大。　万燝，字闇夫，号元白。万历四十四年进士。官工部屯田郎中。天启四年，上章劾魏忠贤。忠贤矫诏廷杖一百，先命群阉至燝宅，捽殴之。及至阙下，几无气息。杖已，绝而复苏，群阉更肆蹴踏，越四日即卒。　明熹宗天启三年，客氏、魏忠贤幽杀裕妃张氏于别宫，绝其饮食。天雨，妃匍匐饮檐溜而死。

⑧噤齦：闭着嘴咬牙根，恨极之状。疑"齦"字应作"齘"。噤齘，切齿怒恨貌。"齦"，咸丰本误作"断"。　嚄（huò）唶（jiè）：大声呼叫。

⑨颜佩韦击杀缇骑：即张溥《五人墓碑记》所记，苏州市民为阉党逮捕正直官员周顺昌，奋起抗暴。事后，阉党大范围搜捕暴动市民，商人颜佩韦等五人为了保护群众，挺身投案，英勇就义。

⑩沈鍊，字纯甫，号青霞。会稽人。嘉靖十七年（1538）进士。官锦衣卫经历，疏劾严嵩十罪，廷杖戍边。在边与塞上人相与詈严嵩父子，缚草为人，象李林甫、秦桧及严嵩，醉则以箭射之。旋被诬杀。

⑪崇祯二年（1629），张岱至兖州省父，详见卷一《金山夜戏》篇。

⑫刘半舫：刘荣嗣，字敬仲，号半舫。曲周人。为官清正。官至总督河道工部尚书。守道，即观察使。

⑬内操：魏忠贤于大内操练士兵，衷甲出入宫禁，恣为威虐，以图

不轨。　菊宴，未详。　逼灵犀：指逼迫妓女萧灵犀为阉党崔呈秀做妾事。但灵犀颇为呈秀所宠，阉党既败，呈秀自缢，灵犀亦伏剑以殉。　囊收：魏忠贤既败，崇祯帝欲定逆案，乃以布囊装阉党所上章疏，谓阁臣：“此皆奸党颂疏，可案名悉收。”于是案名罗列无遗脱，颁示天下。　“菊宴”，乾隆本作“菊晏”，从咸丰本改。

卷八

孤雲帶雁來

龙山放灯

万历辛丑年，[1]父叔辈张灯龙山，剡木为架者百，[2]涂以丹雘，[3]帨以文锦，[4]架一，灯三之。[5]灯不专在架，亦不专在磴道，沿山袭谷，枝头树杪，无不灯者；自城隍庙门至蓬莱冈上下，亦无不灯者。山下望如星河倒注，浴浴熊熊；又如隋炀帝夜游，倾数斛萤火于山谷间，[6]团结[7]方开，倚草附木，迷迷不去者。好事者卖酒，缘山席地坐。山无不灯，灯无不席，席无不人，人无不歌唱鼓吹。

男女看灯者，一入庙门，头不得顾，[8]踵不得旋，只可随势潮上潮下，不知去落何所，有听之而已。庙门悬禁条：禁车马，禁烟火，禁喧哗，禁豪家奴不得行辟人。[9]父叔辈台[10]于大松树下，亦席亦声歌，每夜鼓吹笙簧与宴歌弦管，沈沈昧旦。[11]

十六夜，张分守宴织造太监[12]于山巅星宿阁。傍晚至山下，见禁条，太监忙出舆，笑曰："遵他，遵他，自咱们[13]遵他起！"

却随役，[14]用二丱角[15]扶掖上山。夜半，星宿阁火，罢宴，亦遂罢灯。[16]

凡四夜，山上下糟丘肉林，日扫果核、蔗滓及鱼肉骨、蠡蜕[17]堆砌成高阜，拾妇女鞋挂树上，如秋叶。

相传十五夜，灯残人静，当垆[18]者正收盘核，有美妇人[19]六七人买酒，酒尽，有未开瓮者，买大罍[20]一，可四斗许，出袖中蓏果，顷刻罄罍而去。疑是女人星，或曰酒星。[21]又一事：有无赖子于城隍庙左借空楼数楹，以姣童实之，为"帘子胡同"。[22]是夜，有美少年来狎某童，剪烛殢酒，[23]媟亵非理，解襦，[24]乃女子也。未曙即去，不知其地其人，或亦[25]是妖狐所化。

纯生氏曰：高歌《将进酒》，不问夜如何。苍茫宇宙，如是者得有几番。

①万历辛丑年：万历二十九年（1601），时张岱五岁。

②刻：削。"百"字下砚云本有"架"字，疑衍。

③丹雘：红色颜料。

④帨：佩巾，此处做动词用，即披挂的意思。

⑤架一，灯三之：每一木架都要挂上三个灯。乾隆本、咸丰本无"架"字，据砚云本补。

⑥《隋书·炀帝纪》：大业十二年，炀帝幸景华宫，征求萤火，得数斛。夜出游山而放之，光遍岩谷。

⑦团结：萤火虫原在器皿中拥挤成团。

⑧顾：扭头回顾。

⑨行辟人：让别人让路或回避。

⑩台：搭建台子。

⑪沈（chén）沈：茂盛状。　昧旦：天将破晓。

⑫分守：明时镇戍将校分五等：曰镇守，曰协守，曰分守，曰守备，曰备倭。　织造太监：明代于南京、苏、杭等产丝及丝织集中之地置织造太监，专为皇家供应丝织品，并搜刮民间物品。

⑬“们”，乾隆本误作“门”，砚云本、咸丰本不误。

⑭却随役：让随从退下。

⑮丱（guàn）角：童子发束成两角形，故以丱角称童子。

⑯星宿阁失火，张分守之宴罢，而灯会也随之停止。灯会本应自十三至十七共五夜，今十六即停，故下云“四夜”。

⑰蠡蜕：蠡，贝类。其蜕即贝壳。

⑱当垆：垆，放酒坛的土墩。酒店里卖酒者即称当垆。“垆”，砚云本作“罏”，乾隆本误作“炉”，此据咸丰本。

⑲乾隆本、咸丰本无“人”字，据砚云本补。

⑳罍：酒坛子。

㉑女人星：《华阳国志》：汉武帝时，张宽为侍中，从祀甘泉，至渭桥，有女子浴于渭水，乳长七尺。上怪问之，女曰：“后第七车侍中知我所来。”时宽在第七车，对曰：“天星主祭祀者，斋戒不洁则女人星见。”　酒星：唐卢肇《逸史》：章仇兼琼镇西川，令左右搜访道术士。有一酒家，常有纱帽藜杖者四人来饮，一饮数斗，话谈间常说孙思邈。一日饮酒毕，忽不见。兼琼异之，上奏朝廷，玄宗召孙思邈问之，孙曰：“此太白酒星耳，仙格绝高，每游人间饮酒，处处皆至，尤乐蜀中。”

㉒帘子胡同：明朝时，北京前门外有新帘子胡同和旧帘子胡同，为男妓集中地。后即以“帘子胡同”代称男妓馆所。

㉓殢酒：沉湎于酒。

㉔襦：短上衣，实即内上衣。

㉕乾隆本、咸丰本无“亦”字，据砚云本补。“亦”承上女人星、酒星而言，不可省。

王月生

南京朱市妓，[1]曲中羞与伍。[2]王月生出朱市，曲中上下三十年决无其比也。面色如建兰[3]初开，楚楚文弱，纤趾一牙，如出水红菱。矜贵寡言笑，女兄弟、闲客多方狡狯，嘲弄咍侮，[4]不能勾其一粲。[5]善楷书，画兰竹水仙；亦解吴歈，[6]不易出口。南京[7]勋戚大老力致之，亦不能竟一席。富商权胥得其主席半晌，先一日送书帕，非十金则五金，不敢亵订。[8]与合卺，非下聘一二月前，则终岁不得也。

好茶，善闵老子，虽大风雨、大宴会，必至老子家啜茶数壶始去。所交有当意者，亦期与老子家会。一日，老子邻居有大贾，集曲中妓十数人，群谇嘻笑，环坐纵饮。月生立露台上，倚徙栏楯，眂娗[9]羞涩，群婢见之皆气夺[10]，徙他室避之。

月生寒淡如孤梅冷月，含冰傲霜，不喜与俗子交接；或时对面同坐起，若无睹者。有公子狎之，同寝食者半月，不得其一言。一日口嗫嚅动，闲客惊喜，走报公子曰："月生开言

矣！”哄然以为祥瑞，急走伺之。面赪，寻又止。公子力请再三，蹇涩⑪出二字曰：“家去。”⑫

纯生氏曰：写月生矜贵处，如玉壶之冰，瑶台之月。清风穆若，芳桂宛然。

①朱市：朱市又称珠市，是南京下级妓院区，位于今南京白下路内桥之西。余怀《板桥杂记》云：“珠市在内桥旁，曲巷逶迤，屋宇湫隘。然其中有丽人，惜限于地，不敢与旧院颉颃。”王月、王节与寇湄为其中翘楚。

②曲中：即所谓“旧院”，亦称“南曲”，在秦淮河南岸，与贡院隔河相对，柳如是、李香君辈均在此。乾隆本、咸丰本“伍”字上有“为”字，据砚云本删。

③建兰：产于福建，故称。越地本盛产兰，明时建兰传入，更为世所重。

④咍（hāi）侮：取笑戏弄。“咍”，砚云本、乾隆本、咸丰本俱形误为“哈”，不成辞，据文义改。

⑤粲：笑貌。

⑥吴歈（yú）：吴地民歌。“歈”，乾隆本、咸丰本俱作“歌”，据砚云本改。

⑦“南京”，乾隆本、咸丰本均作“南中”，据砚云本改。

⑧亵订：不郑重其事地约订。

⑨“眠娗”，乾隆本、咸丰本俱作“眂娗”，据砚云本改。

⑩气夺：气焰尽失。

⑪蹇涩：出语艰涩。“蹇”，诸本均作“謇”，字通。

⑫王月生即王月。《板桥杂记》有一条，略云：“王月，字微波，有殊色，善自修饰，颀身玉立，桐城孙武公昵之，欲置为侧室，会有贵阳

蔡香君强有力，以三千金啖其父，夺以归。香君后为安庐兵备道，携月赴任，宠专房。崇祯十五年五月，大盗张献忠破庐州府，知府郑履祥死节，香君被擒。搜其家，得月，留营中，宠压一寨。偶以事忤献忠，断其头，蒸置于盘，以享群贼。”余瑞紫《张献忠陷庐州记》所记则不同：张献忠既擒蔡香君，责曰：“我不管你，只是你做个兵备道，全不用心守城，城被我破了，你就该穿大红朝衣，端坐堂上，怎么引个妓妾避在井中？”蔡道无言可答。其妾王月手牵蔡道衣襟不放，张叫砍了罢。数贼执蔡道于田中杀之，王月大骂张献忠，遂于沟边一枪刺死，尸立不仆，移时方倒。案此二说均有疑点，据《明史》及《明季北略》等野史，张献忠陷庐州时，蔡香君即弃城而逃，并无被俘事。但王月之遭遇悲惨应无疑义。

张东谷好酒

余家自太仆公[①]称豪饮，后竟失传，余父余叔至不能饮一蠡壳，[②]食糟茄[③]面即发赪，家常宴[④]会，但留心烹饪，庖厨之精，遂甲江左。一簋进，弟兄[⑤]争啖之立尽，饱即自去，终席未尝举杯。有客在，不待客辞，亦即自去。

山人张东谷，酒徒也，每悒悒不自得。[⑥]一日起谓家君曰："尔兄弟奇矣！肉只是吃，不管好吃不好吃；酒只是不吃，不知会吃不会吃。"二语颇韵，有晋人风味。而近有伧父载之《舌华录》，[⑦]曰："张氏兄弟赋性奇哉！肴[⑧]不论美恶，只是吃；酒不论美恶，只是不吃。"字字板实，一去千里，世上真不少点金成铁手也。

东谷善滑稽，[⑨]贫无立锥，与恶少讼，指东谷为万金豪富。东谷忙忙走愬[⑩]大父曰："绍兴人可恶，对半说谎，便说我是万金豪富！"[⑪]大父常举以为笑。

纯生氏曰：或讥刘公荣与人饮，答曰："胜公荣者不可不与饮，不如公荣者亦不可不与饮，是公荣辈者又不可不与饮。"于是王戎、阮籍共饮，独不与公荣酒，而三人谈戏无异。或以问阮，答曰："胜公荣者不得不与饮酒，不如公荣者不可不与饮酒，惟公荣可不与饮酒。"东谷好酒不得，真有无可奈何如公荣者，酒徒滑稽，故属高致。

①太仆公：张岱高祖张天复。

②蠡壳：贝壳。　乾隆、咸丰本无"至"字，据砚云本补。

③糟茄：以盐与酒糟腌制。

④"宴"，乾隆本作"晏"，砚云本作"讌"，咸丰本作"宴"，俱通。

⑤"弟兄"，乾隆本、砚云本同，咸丰本误作"兄弟"。

⑥山人：处士，但大多就是豪门清客。　悒悒不自得：在张家不得畅饮也。

⑦伧父：粗鄙不韵之人。《舌华录》：曹臣编，万历间刻。所录皆取面谈，凡笔札之词皆不载，故曰《舌华》。臣，字荩之，歙县人。

⑧"肴"，乾隆本、咸丰本俱作"肉"，此据砚云本改。《舌华录》卷三正作"肴"。

⑨砚云本"东谷"上有"张"字。

⑩愬（sù）：诉说。

⑪对半说谎：夸大其辞，所言只有事实一半。如所言万金，其实只有五千也。张东谷贫无立锥，竟认有五千金，故为人所笑。

楼船

家大人造楼，船之；造船，楼之。故里中人谓“船楼”，谓“楼船”，颠倒之不置。是日落成，为七月十五，①自大父以下，男女老稚靡不集焉。以木排数重搭台演戏，城中村落来观者大小千余艘。②午后飓风起，巨浪磅礴，大雨如注，楼船孤危，风逼之几覆。以木排为戙，③索缆数千条，网网如织，风不能撼。少顷风定，完剧而散。

越中舟如蠡壳，局蹐篷底看山，④如矮人观场，⑤仅见鞋靸而已，升高视明，颇为山水吐气。

纯生氏曰：楼居非陆，水居非舟，其楼船之谓耶？惜不令牵小船于岸上住者见之。

①七月十五：在道教称中元节，在佛教称盂兰盆节，为民间三大鬼节之一。张耀芳之造楼船，《琅嬛文集》卷四《家传》云：“先子屡困场屋，抑郁牢骚，遂病翻胃。先宜人忧之，谓‘其适意园亭，陶情丝竹，庶可以解其岑寂’。庚辰以来，遂兴土木，造船楼一二，教习小傒，鼓吹剧

戏，一切繁靡之事，听先子任意为之。”“庚辰”为“丙辰”之误，即万历四十四年（1616），时张岱二十岁。

②水边搭台，乘船看戏，可与鲁迅的《社戏》参看。

③戙（dòng）：系船的木桩。

④篷底看山：篷即船篷。

⑤观场：挤在人堆里看把戏，看热闹。

阮圆海戏

阮圆海家优，[1]讲关目，讲情理，讲筋节，[2]与他班孟浪[3]不同。然其所打院本，[4]又皆主人自制，笔笔勾勒，苦心尽出，与他班卤莽者又不同。故所搬演，本本出色，脚脚出色，出出出色，句句出色，字字出色。

余在其家看《十错认》《摩尼珠》[5]、《燕子笺》三剧，其串架斗笋、[6]插科打诨、意色眼目，主人细细与之讲明。知其义味，知其指归，故咬嚼吞吐，寻味[7]不尽。至于《十错认》之龙灯、之紫姑，[8]《摩尼珠》之走解、之猴戏，《燕子笺》之飞燕、之舞象、之波斯进宝，[9]纸札装束，无不尽情刻画，故其出色也愈甚。

阮圆海大有才华，恨居心勿静，其所编诸剧，骂世十七，解嘲十三，多诋毁东林，辩宥魏党，[10]为士君子[11]所唾弃，故其传奇不之著焉。如就戏论，则亦镞镞能新，[12]不落窠臼者也。

纯生氏曰：瑶草胸中乃有丘壑，圆海亦尔。

①阮圆海：阮大铖，字集之，号圆海。万历四十年进士。初为东林党骨干，后因东林内部矛盾而转投阉党。魏忠贤败后，大铖名列逆案，被罢官。明亡，福王在南京建弘光小朝廷，大铖投靠马士英，为兵部尚书。大兴党狱，排挤正人。后降清被杀。大铖人格卑下，自不足道，但诗文戏曲均可名家。张岱虽然与他有来往，在曲学上多有肯定，但对他人品的评价毫不留情，在《石匮书后集》中说阮大铖"在先帝时每思辨雪逆案，蓄毒未发；至北变后，遂若出柙之虎，咆哮无忌"。所作传奇十种，今存《春灯谜》、《燕子笺》、《双金榜》、《牟尼合》四种。张岱与阮大铖之交往，当在崇祯十一年滞留南京时。

②关目：戏曲的情节构思。　筋节：戏曲情节发展的关键处。

③孟浪：粗疏而不精当。

④院本：戏曲脚本。

⑤《摩尼珠》：即《牟尼合》。

⑥串架斗笋：此指剧本的故事结构。

⑦"味"，乾隆本误作"吐"，据咸丰本改。

⑧紫姑：紫姑神，民间信仰的一种箕仙，召请以卜问吉凶。宋时降紫姑之法，见苏轼《子姑神记》所云，为"衣草木为妇人，而置箸手中，二小童子扶焉，以箸画字"。后世多流行于妇女间，则以彩衣饰条帚为人形，以簸箕为乩盘，近于闺阁游戏。此处所言"紫姑"，就是这样的一种人偶。

⑨波斯进宝：波斯指西域商贾，因善于鉴识宝物，多有资财，民间遂以波斯为财神之一种，而波斯进宝也成为版画和戏曲中的吉祥题材。

⑩东林：万历后期，顾宪成、高攀龙等讲学于无锡东林学院，直言议政，逐渐形成一股政治势力，其中多有正直士大夫，也不乏投机小人。魏党：士大夫中一批依附魏忠贤的政治势力。　辩宥：辩解宽宥。因阮大铖名列阉党，故以戏曲为自己饰丑。

⑪"士君子"，乾隆本作"士君之"，据咸丰本改。

⑫镞镞能新：《世说新语·赏誉》："谢镇西道敬仁：'文学镞镞，无能不新。'"镞镞，挺拔不凡貌。

巘花阁

巘花阁在筠芝亭松峡下，[1]层崖古木，高出林皋，秋有红叶。坡下支壑回涡，石蹋棱棱，与水相距。[2]阁不槛不牖，地不楼不台，意正不尽也。

五雪叔归自广陵，一肚皮园亭于此小试。[3]台之，亭之，廊之，栈道之；[4]照面楼之侧又堂之，阁之，梅花缠[5]折旋之，未免伤板、伤实、伤排挤，意反局蹐若石窟书砚。[6]隔水看山、看阁、看石麓、看松峡上松，庐山面目反于山外得之。[7]五雪叔属余作对，余曰："身在襄阳袖石里，家来辋口扇图中。"[8]言其小处。

纯生氏曰：五雪宜置丘壑中，一经妙手点染，便如长康画幼舆在岩石里也。

①筠芝亭：详见卷一《筠芝亭》。

②支壑回涡：水岸不齐，多有豁入的支叉小湾，水流则形成旋涡。

石踇（mǔ）：山根如足趾一般突出的石棱。结合来看，石岸边突出的为石踇，缩入的则为支壑。　距：同拒。

③扬州多有名园，故云五雪“一肚皮园亭”。

④以上是张五雪对巘花阁的改造增建。

⑤梅花缠：一种盘绕扎束的样式，形如梅花。

⑥局蹐：局促不伸展。园林建筑过于拥挤，人在其中，如入石窟。“书砚”费解，疑有误字。

⑦苏轼《题西林壁》诗：“横看成岭侧成峰，远近高低无一同。不识庐山真面目，只缘身在此山中。”

⑧襄阳袖石：见卷六《朱氏收藏》中“以袖攫石”注。　辋口扇图：王维有别墅在蓝田县南辋川，亭馆相望，日与文士丘为、裴迪、崔兴宗游览其中。王摩诘画其所居辋川，又与裴迪赋诗，以纪诸景。

范与兰

范与兰[①]七十有三，好琴，喜种兰及盆池小景。建兰三十余缸，大如簸箕。早舁而入，夜舁而出者，夏也；早舁而出，夜舁而入者，冬也；长年辛苦，不减农事。花时，香出里外，[②]客至坐一时，香袭衣裾，三五日不散。余至花期至其家，坐卧不去，香气酷烈，逆鼻[③]不敢嗅，第开口吞欲之，如沆瀣[④]焉。花谢，粪之满箕，[⑤]余不忍弃，与与兰谋曰："有面可煎，有蜜可浸，有火可焙，奈何不食之也？"与兰首肯余言。

与兰少年学琴于王明泉，能弹《汉宫秋》、《山居吟》、《水龙吟》三曲。后见王本吾琴，大称善，尽弃所学而学焉，半年学《石上流泉》一曲，生涩犹棘手。王本吾去，旋亦忘之，旧所学又锐意去之，不复能记忆，究竟终无一字，终日抚琴，但和弦而已。

所畜小景，有豆板黄杨，[⑥]枝干苍古奇妙，盆石称之。朱樵峰以二十金售之，不肯易。与兰珍爱，"小妾"呼之。余强借斋头三月，枯其垂一干，余懊惜，急舁归与兰。与兰惊惶无措，煮参汁浇灌，日夜摩之不置，一月后枯干复活。

纯生氏曰：与兰当为香祖庵主，彼坐卧不去者，所谓老鹤多眠兰蕙中也。

①范与兰：见卷二《绍兴琴派》注。

②里，“里程”之里。里外：一里之外。

③逆鼻：直冲鼻孔。

④沆（hàng）瀣（xiè）：夜间的雾气。

⑤粪之满箕：整簸箕的都是要当作垃圾处理的花瓣。　粪：扫除。

⑥豆板黄杨：即豆瓣黄杨，平时即称为黄杨，一种珍贵木种，生长极慢。

蟹会

食品不加盐醋而五味全者，为蚶，为河蟹。河蟹至十月与稻粱俱肥，壳如盘大，坟起，而紫螯巨如拳，小脚肉出，油油如螾蜒。掀其壳，膏腻堆积，如玉脂珀屑，①团结不散，甘腴虽八珍②不及。

一到十月，余与友人兄弟辈立蟹会，期于午后至，煮蟹食之，人六只，恐冷腥，迭番煮之。从③以肥腊鸭、牛乳酪。醉蚶如琥珀，以鸭汁煮白菜如玉版。④果瓜以谢橘，以风栗，以风菱。⑤饮以玉壶冰，⑥蔬以兵坑笋，饭以新余杭白，漱以兰雪茶。由今思之，真如天厨仙供！酒醉饭饱，惭愧惭愧。

纯生氏曰：昔有嗜蟹者曰："愿来世蟹亦不生，我亦不食。"一僧精禅理，尤好嗜蟹。蟹投百沸作郭索状，触釜铮铮有声。僧俯而祝曰："汝莫心焦，待汝一背红便不痛楚也。"

①珀屑：碎琥珀。

②八珍：八种珍贵的美食，说法历代不一。或以龙肝、凤髓、豹胎、鲤尾、鸮炙、猩唇、熊掌、酥酪为八珍，则近于仙话也。

③从：伴随。

④玉版：古人以玉版称美笋，此处则以白玉之版喻白菜。

⑤风栗、风菱：风干的栗实及菱角。

⑥玉壶冰：酒名。吴伟业《戏题士女图》诗：“四壁萧条酒数升，锦江新酿玉壶冰。”

露兄

崇祯癸酉，[1]有好事者开茶馆，泉实玉带，[2]茶实兰雪，[3]汤以旋煮无老汤，器以时涤无秽器，其火候、汤候，亦时有天合之者。余喜之，名其馆曰“露兄”，取米颠“茶甘露有兄”句也。[4]为之作《斗茶檄》，曰：

水淫[5]茶癖，爰有古风；瑞草雪芽，素称越绝。[6]特以烹煮非法，向来葛灶生尘；[7]更兼赏鉴无人，致使羽经积蠹。[8]迩来[9]择有胜地，复举汤盟。[10]水符递自玉泉，茗战争来兰雪。[11]瓜子炒豆，何须瑞草桥边；[12]橘柚楂梨，出自仲山圃内。[13]八功德水，无过甘滑香洁清凉；[14]七家常事，不管柴米油盐酱醋。一日何可少此，子猷竹庶可齐名；[15]七碗吃不得了，卢仝茶不算知味。[16]一壶挥麈，[17]用畅清谈；半榻焚香，共期白醉。[18]

纯生氏曰：文彩葩流，枝叶横生。

①崇祯癸酉：崇祯六年（1633）。

②玉带：绍兴太平山有惠泉，又名玉带泉。

③兰雪：见卷三《兰雪茶》篇。

④米芾诗文好怪。尝作诗云："饭白云留子，茶甘露有兄。"人不省"露兄"，问之，乃曰："只是甘露的哥哥耳。"

⑤水淫：《南史·何佟之传》：何佟之性好洁，一日之中洗涤者十余遍，犹恨不足，时人称为"水淫"。

⑥瑞草、雪芽：会稽名茶有龙山瑞草、日铸雪芽。　越绝：越中绝品。

⑦葛灶：晋葛洪之灶，本是炼丹所用，此处借指为茶灶。　生尘：东汉桓帝时，范丹因党人而遭禁锢，废居在家，四壁萧然，以至绝粮。乡里人作歌曰："甑中生尘范史云，釜中生鱼范莱芜。"

⑧羽经：唐陆羽所著《茶经》。　积蠹：积尘生蠹。

⑨"迩来"，乾隆本、咸丰本作"迩者"。此从砚云本。

⑩汤盟：茶汤之会。　"复"，砚云本作"后"，误。

⑪水符：此指煮茶之水。符，兵符，此为虚指，以应上之"盟"、下之"战"。　茗战：斗茶之会，比茶之优劣，称茗战。　兰雪：见卷三《兰雪茶》。

⑫瓜子炒豆，何须瑞草桥边：典出苏轼《与王元直》："或圣恩许归田里，得款段一仆，与子众丈、杨宗文之流往还瑞草桥，夜还何村，与君对坐庄门，吃瓜子炒豆，不知当复有此日否。"

⑬"楂"，乾隆本、咸丰本作"查"（zhā），此从砚云本。楂、查二字通，但"楂梨"正字应作"樝（zhā）梨"。　仲山圃：不详，疑有误字。或指哀仲家之梨园，《世说新语·轻诋》"哀家梨"，刘孝标注："秣陵有哀仲家梨甚美，大如升，入口消释。"但"哀仲"无由称为"仲山"。

⑭八功德水，无过甘滑香洁清凉：南京锺山之阳有泉曰"八功德"，一清，二冷，三香，四柔，五甘，六净，七不噎，八去沉疴。

⑮子猷竹：王徽之，字子猷。王羲之子。爱竹，尝寄居空宅中，便令种竹。或问其故，徽之指竹曰："何可一日无此君邪！"

⑯唐卢仝号玉川子，好茶，人称茶仙。有《走笔谢孟谏议寄新茶》诗云："一碗喉吻润，两碗破孤闷。三碗搜枯肠，唯有文字五千卷。四

碗发轻汗，平生不平事，尽向毛孔散。五碗肌骨清，六碗通仙灵。七碗吃不得也，唯觉两腋习习清风生。”

⑰挥麈：晋人清谈，手持麈尾，后以挥麈代指清谈。

⑱白醉：陶然如醉而实非酒醉。

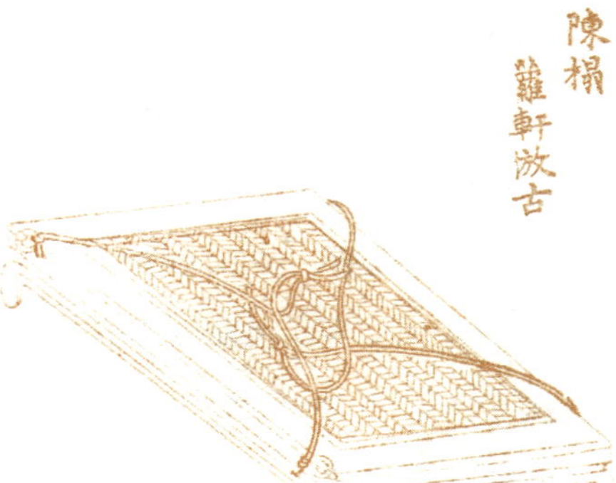

闰元宵

崇祯庚辰闰正月，[1]与越中父老约重张五夜灯。[2]余作《张灯致语》[3]曰：

两逢元正，岁成闰于摄提之辰；[4]再值孟陬，天假人以闲暇之月。[5]《春秋传》详记二百四十二年事，“春王正月”，孔子未得重书；[6]开封府更放十七、十八两夜灯，乾德五年，宋祖犹烦钦赐。[7]兹闰正月者，三生奇遇，何幸今日而当场；百岁难逢，须效古人而秉烛。[8]况吾大越，蓬莱福地，宛委洞天。[9]大江以东，民皆安堵；遵海而北，水不扬波。[10]含哺嬉兮，[11]共乐太平之世界；重译至者，皆言中国有圣人。[12]千百国来朝，白雉之陈无算；十三年于兹，黄耇之说有征。乐圣衔杯，宜纵饮屠苏之酒；[13]较书分火，应暂辍太乙之藜。[14]

前此元宵，竟因雪妒，天亦知点缀丰年；[15]后来灯夕，欲与月期，人不可蹉跎胜事。[16]六鳌山立，只说飞来东武，使鸡犬不惊；[17]百兽室悬，毋曰下守海澨，唯鱼鳖是见。[18]笙箫聒地，竹椽出自柯亭；[19]花草盈街，禊帖携来兰渚。[20]士女潮涌，撼动蠡城；车马雷殷，唤醒龙屿。[21]况时逢丰穰，呼庚呼癸，一岁自兆重登；[22]且科际辰年，为龙为光，两榜必征双首。[23]莫轻此五夜之乐，眼望何时？试问那百年之人，躬逢几次？敢祈同志，勿负良宵。敬藉赫蹏，[24]喧传口号。

纯生氏曰：天孙无缝衣，光芒四射，花样则古楼阁樗蒱诸锦，极尽文章钜丽。

①崇祯庚辰：崇祯十三年（1640）。是年闰正月。上一次闰正月是在嘉靖二十四年（1545）。

②自北宋初，朝廷允许正月十五元宵节民间接连五夜张灯，称“五夜灯”。详见下注⑦。

③《张灯致语》：演出或节庆开始时颂辞，例属歌颂太平的陈词滥调。

④元正：正月。　岁成闰于摄提之辰：摄提格本为古代太岁纪年之一，此处用来代指岁星纪年，正值辰年。

⑤孟陬：每年第一个月称孟陬，故正月或称陬月。屈原《离骚》：“摄提贞于孟陬兮，惟庚寅吾以降。”旧俗，正月无农事，休闲为多。

⑥《春秋》每年正月例书“春王正月”，但春秋二百余年，没有一年是重书“正月”的，意即没有一个闰正月。

⑦《燕翼贻谋录》：太祖乾德五年正月甲辰诏曰：“上元张灯，旧止三夜。今朝廷无事，区宇乂安，方当年谷之丰登，宜纵士民之行乐。其令开封府更放十七、十八两夜灯。”后遂为例。

⑧秉烛：李白《春夜宴从弟桃花园序》：“浮生若梦，为欢几何。古人秉烛夜游，良有以也。”

⑨蓬莱福地：绍兴有蓬莱山，在城北三十五里，有云海风洞之奇。　宛委洞天：指宛委山，即会稽山。在会稽东南。传说禹登宛委山，发金简之书，得治水之理。

⑩遵海：沿海。　水不扬波：比喻天下安定。

⑪含哺嬉兮：口含食物而嬉戏。《庄子·马蹄》："夫赫胥氏之时，民居不知所为，行不知所之，含哺而熙，鼓腹而游。"

⑫重译至者，皆言中国有圣人：《尚书大传》：周成王时，越裳氏重译而朝，献白雉于周公，曰："吾受命于吾国之黄耇（老人）：久矣，天之无烈风淫雨，意中国有圣人耶？有则盍朝之？"

⑬乐圣衔杯：乐圣，为中国有圣人而乐。唐李适之《罢相作》诗："避贤初罢相，乐圣且衔杯。"　屠苏之酒：古代风俗，于农历正月初一饮屠苏酒，辟除百病。

⑭较书分火，应暂辍太乙之藜："较书"即"校书"，张岱避明讳，改"校"为"较"。王嘉《拾遗记》：刘向校书天禄阁，夜有太乙之精化为老人，扶青藜杖，登阁而进。见向在暗中独坐诵书，乃吹杖端，烂然出火。此处是说：当此盛会之夜，读书人也要暂停一下夜读了。

⑮前此元宵，竟因雪妒：上一个元宵因为下雪而未能放灯。　点缀丰年：瑞雪兆丰年。

⑯后来灯夕，欲与月期：这一个元宵将遇到晴月之夕而放灯。　蹉跎：空过，虚度。

⑰鳌山：堆成巨鳌形状的灯山。　飞来东武：绍兴怪山，因传说自东武飞来，又名飞来山。又此山其形似龟，故又有龟山之称。此处则指鳌山飞来。

⑱百兽室悬：诸种兽状灯悬于室内。　毋曰下守海澨，唯鱼鳖是见：不要说我们这海边上只有鱼鳖。

⑲竹椽出自柯亭：蔡邕避难于会稽柯亭，仰见椽竹，知有奇音，取之作笛。

⑳花草盈街，禊帖携来兰渚：萧翼奉唐太宗命，至兰渚寺偷出禊帖，归途中按捺不住好奇，打开偷看，顿时遍野花开。

㉑龙屿：绍兴有龙山，即以龙屿代指绍兴。

㉒呼庚呼癸：庚代指粮，癸代指水。呼庚癸，语本《左传》哀公

十三年：吴申叔仪乞粮于公孙有山氏。答曰："精粮虽然没有，但粗粮还是有的。如果你们登首山以呼曰：'庚癸乎！'我们就会答应的。"杜预注："军中不得出粮，故为私隐。庚，西方，主谷；癸，北方，主水。"乾隆本"岁"下衍一"月"字，据咸丰本删。

㉓科际辰年：龙年为科举大比之年。　为龙为光：见《诗·小雅·蓼萧》："既见君子，为龙为光。"毛传："龙，宠也。"郑玄笺："言天子恩泽光耀被及己也。"

㉔赫蹏：本是写字用的小幅绢帛，后即以借指纸。

合采牌

余作“文武牌”，[1]以纸易骨，便于角斗。而燕客复刻一牌，集天下之斗虎、斗鹰、斗豹者，而多其色目多其采，曰“合采牌”。[2]余为之作叙曰：

太史公曰[3]：“凡编[4]户之民，富相什[5]则卑下之，伯[6]则畏惮之，千则役，万则仆，物之理也。”古人以“钱”之名不雅驯，缙绅先生难道之，[7]故易其名曰“赋”、曰“禄”、曰“饷”。天子千里外曰“采”。[8]采者，采其美物以为贡，犹赋也。[9]诸侯在天子之县内曰“采”，有地以处其子孙亦曰“采”，[10]名不一，其实皆谷也，饭食之谓也。周封建多采则胜，秦无采则亡。[11]采在下无以合之，则齐桓、晋文起矣。[12]列国有采而分析之，则主父偃之谋也。[13]由是而“亮采”、“服采”，好官不过多得采耳。[14]充类至义之尽，[15]窃亦采也，盗亦采也，鹰、虎、豹由此其选也。然则奚为而不禁？曰：“小役大，弱役强，斯二者天也。”[16]《皋陶谟》曰：“载采采。”[17]微哉！之哉！庶哉！[18]

纯生氏曰：骨牌设宣和二年，高宗时诏颁行天下，后世易之以纸，层出不穷，必奉水上军为鼻祖者，岂不忘宣和所自欤？夫阴私自利皆谓之盗，人或溺之而不鉴之，亦有盗心而不能自革者矣。

①文武牌：叶子牌之一种，以文武职官为其名色。

②采：博具中的花色。斗虎、斗鹰、斗豹，应该都是当时人创造的各种叶子牌名。张燕客吸取各牌的花色，制成一牌，因是聚合众采，故称“合采”。

③太史公：指司马迁。下引见《史记·货殖列传》。

④“编”，乾隆本误作“偏”，据咸丰本改。

⑤富相什：财产相差十倍。

⑥伯：即“佰”字。

⑦难道之：《嫏嬛文集·合采牌序》作“难言之”，是。《史记·五帝本纪》：“百家言黄帝，其文不雅驯，荐绅先生难言之。”雅驯，典雅之训。荐绅即缙绅。

⑧天子千里外曰“采”：《礼记·王制》：天子“千里之内曰甸，千里之外，曰采，曰流”。这是言古代“九畿”之采，不是卿大夫封邑之“采地”。赌牌之“采”本指牌或骰子的花色，张岱故意把牌“采”与“采”的其他词义混合发挥。

⑨贡，犹赋也：贡、赋，都是一种租税。

⑩县：古称天子所居之州曰县。此“采”为封邑之采地。《礼记·礼运》：“故天子有田以处其子孙，诸侯有国以处其子孙，大夫有采以处其子孙。”

⑪此处之“采”实言封国。

⑫齐桓、晋文：春秋时，齐桓公九合诸侯，以匡天子。齐桓死后，

晋文公继霸，屡合诸侯，代行征伐。此处之“采”代指列国诸侯。

⑬主父偃之谋：汉武帝时，主父偃上书，以诸侯国强盛，不利于皇权，建“推恩策”，使诸侯皆得推恩分封子弟为侯国，实分其国而削弱之。“分析”，乾隆本误作“分折”，据咸丰本改。

⑭辅佐政事称“亮采”（语出《书·舜典》“使宅百揆，亮采惠畴”）；天子近侍之臣称“服采”（语出《书·酒诰》），故此云“好官不过多得采”。

⑮充类至义之尽：语出《孟子·万章下》：孟子曰：“夫谓非其有而取之者盗也，充类至义之尽也。”用同类事物比照类推，把道理引申到极点。所以下面一直把“采”引申到窃、盗，因为他们与官僚本质上没什么不同。

⑯《孟子·离娄上》：“天下无道，小役大，弱役强，斯二者天也。”张岱在此有指斥时政之意，官府与盗贼无别，政如猛虎，刻剥黎民，而朝廷不能制止，正是“天下无道”。

⑰《书·皋陶谟》：皋陶曰：“都！亦行有九德。亦言，其人有德，乃言曰，载采采。”注：载，行。采，事也。称其人有德，必言其所行某事某事以为信验。

⑱微哉！之哉！庶哉：“之哉”不通，疑是“旨哉”之讹，“旨哉”即“有味乎此言哉”之意。这三句的意思是：皋陶这话真微妙啊，真有味啊，真丰富啊。

瑞草溪亭

瑞草溪亭为龙山支麓，高与屋等。燕客相其下有奇石，身执蘽臿，[①]为匠石先，发掘之。见土䡅土，见石甃石，去三丈许，始与基平，乃就其上建屋。屋今日成，明日拆，后日又成，再后日又拆，[②]凡十七变而溪亭始出。盖此地无溪也而溪之，溪之不足又潴之、壑之。一日鸠工数千指，索性池之，索性阔一亩，索性深八尺。无水，挑水贮之，中留一石如案，回潴浮峦，[③]颇亦有致。

燕客以山石新开，意不苍古，乃用马粪涂之，使长苔藓；苔藓不得即出，又呼画工以石青、石绿皴之。一日左右视，谓此石案焉可无天目松数棵盘郁其上？遂以重价购天目松五六棵，凿石种之。石不受锸，石崩裂，不石不树，亦不复案。燕客怒，连夜凿成砚山形，缺一角，又䡅一礐石[④]补之。

燕客性下[⑤]急，种树不得大，移大树种之；移种而死，又寻大树补之。种不死不已，死亦种不已，以故树不得不死，然亦不得即死。

溪亭比旧址低四丈，运土至东，多成高山，一亩之室，沧桑忽变。见其一室成，必多坐看之，至隔宿或即无有矣。故溪亭虽渺小，所费至巨万焉。

燕客看小说：姚崇⑥梦游地狱，至一大厂，炉鞴⑦千副，恶鬼数千，铸泻甚急。问之，曰："为燕国公铸横财。"后至一处，炉灶冷落，疲鬼一二人鼓橐，奄奄无力。崇问之，曰："此相公财库也。"崇寤而叹曰："燕公豪奢，殆天纵也！"⑧燕客喜其事，遂号"燕客"。

二叔业⑨四五万，燕客缘手立尽。甲申，二叔客死淮安，⑩燕客奔丧，所积薪俸及玩好、币帛之类又二万许，燕客携归，甫三月又辄尽。时人比之"鱼弘四尽"焉。⑪溪亭住宅，一头造，一头改，一头卖，翻山倒水无虚日。有夏耳金者，制灯剪彩为花，亦无虚日。人称耳金为"败落隋炀帝"，称燕客为"穷极秦始皇"，可发一粲。

纯生氏曰：此泉石之膏肓，烟霞之锢疾也。

①虆（léi）臿：虆，盛土之器；臿，挖土之具。此代指诸种土石工具。

②二"拆"字，乾隆本俱误作"折"，据咸丰本改。"又拆"，乾隆本作"有折"，据咸丰本改。

③回潴浮峦：池水环回，中浮一石如峦。

④礐石：大石。

⑤"卞"，乾隆本误作"忭"，据咸丰本改。

⑥姚崇：唐开元间贤相，与宋璟齐名。及与张说（燕公）同相玄宗，

不相能。

⑦炉鞴：熔炉及鼓风用的皮囊，泛指熔炼冶铸所用的设备。

⑧此事见于唐李亢《独异志》，但非姚崇，而是宰相卢怀慎。大意云：卢怀慎无疾暴卒。夫人崔氏，止其儿女号哭。曰："公命未尽，我得知之。公清俭而洁廉，四方赂遗，毫发不留。与张说同时为相。今张说纳贿山积，其人尚在。而奢俭之报，岂虚也哉！"及宵分，公复生。左右以夫人之言启陈。怀慎曰："理固不同，冥司有三十炉，日夕为说鼓铸横财。我无一焉，恶可并哉？"言讫复绝。

⑨业：家中产业。

⑩甲申：崇祯十七年（1644）。是年明亡。据张岱《家传》，张尔葆在淮安，练乡兵守清江浦防贼，以积劳致疾而死。

⑪鱼弘四尽：《梁书》：鱼弘，历官南谯、盱眙、竟陵太守。常语人曰："我为郡有四尽：水中鱼鳖尽，山中獐鹿尽，田中米谷尽，村里民庶尽。丈夫生世，如轻尘栖弱草，白驹之过隙。人生欢乐富贵几何时！"于是恣意酣赏，侍妾百余人，不胜金翠，服玩车马，皆穷一时之绝。

嫏嬛福地

陶庵梦有宿因，[1]常梦至一石厂，[2]峭窅岩窱，[3]前有急湍回溪，水落如雪，松石奇古，杂以名花。梦坐其中，童子进茗果。积书满架，开卷视之，多蝌蚪、鸟迹、辟历篆文，[4]梦中读之，似能通其棘涩。[5]

闲居无事，夜辄梦之，醒后伫思，欲得一胜地仿佛为之。郊外有一小山，石骨棱砺，上多筠篁，偃伏园内。余欲造厂，[6]堂东西向，前后轩之，后磥一石坪，植黄山松数棵，奇石峡之。堂前树娑罗二，资其清樾。左附虚室，坐对山麓，磴磴齿齿，划裂如试剑，[7]扁曰"一丘"。右踞厂阁三间，前临大沼，秋水明瑟，深柳读书，扁曰"一壑"。缘山以北，精舍小房，绌屈蜿蜒，有古木，有层崖，有小涧，有幽篁，节节有致。

山尽有佳穴，造生圹，俟陶庵蜕焉，[8]碑曰"呜呼有明陶庵张长公之圹"。[9]圹左有空地亩许，架一草庵，供佛，供陶庵像，迎僧住之奉香火。

大沼阔十亩许，沼外小河三四折，可纳舟入沼。河两崖皆高阜，可植果木，以橘、以梅、以梨、以枣，枸菊围之。山顶可亭。山之西鄙有腴田二十亩，可秫可粳。门临大河，小楼翼之，可看炉峰、敬亭诸山。楼下门之，扁曰“嫏嬛福地”。[10]缘河北走，有石桥极古朴，上有灌木，可坐，可风，可月。

纯生氏曰：云山幸不求吾是，林泉又不责吾非，朝粥一碗，夕灯一盏，佛法不怕烂却也。

①宿因：前世因缘。

②厂：读 hǎn，非“厰”之简体字。山崖边较浅的岩穴，人可以居。

③峆（kǎn）窅岩寝（fù）：见于马融《长笛赋》。峆，即“坎”字。窅，深洼。岩，深岩也。寝，地突出不平也。

④蝌蚪、鸟迹、辟历篆文：古时有蝌蚪文、鸟虫篆，皆象形而成。又有伏羲见鸟迹而制文字之传说。“辟历”即“霹雳”，此指雷文，所谓“霹雳之下，乃时有字”。此处借指奇形怪状的古文字。

⑤棘涩：艰涩难通。

⑥此“厂”指宽大的棚屋。下文“厂阁”则是下为敞屋的楼阁。

⑦试剑：试剑石。巨石有大裂痕，往往被人附会为某英雄试剑之石。如苏州虎丘的吴王试剑石，镇江北固山之刘备试剑石，是张岱所见过的。

⑧蜕：人死后的遗体。此处为动词，作安置遗体解。

⑨乾隆本、咸丰本均作“呜呼陶庵张长公之圹”，据马兴荣校本，道光本作“有明陶庵张长公之圹”。按，“有明”二字应该为原本所有，乾隆本为避祸而删去，但不会凭空代以“呜呼”二字。窃以为原本为“呜呼有明陶庵张长公之圹”，乾隆本删去“有明”，道光本改回时误把“呜呼”删掉。另证以张岱《自为墓志铭》云：“曾营生圹于项王里之鸡头山，

友人李研斋题其圹曰：‘呜呼有明著述鸿儒陶庵张长公之圹。’”是“呜呼有明”四字皆有，而“著述鸿儒”四字则张岱自谦而不于本文表出也。

⑩“嫏”，咸丰本改为“琊”。按，元伊士珍《嫏嬛记》，记晋张华误入天帝藏书处“嫏嬛福地”，正字皆作“嫏嬛”。张岱本篇所记及题自己文集，俱用张华故事，应以“嫏嬛”为正。

帶雨
十竹齋寫

晚雀林中度

鲁王【鲁王宴】

（福王南渡）[弘光元年]，鲁王播迁至越，[1]以先父相鲁先王，幸旧臣第。[2]岱接驾，无所考仪注，[3]以意为之。踏脚四扇，氍毹藉之，高厅事尺，[4]设御座；席七重，备山海之供。鲁王至，冠翼善，[5]玄色蟒袍，玉带，朱玉绶。观者杂沓，前后左右，用梯，用台，用凳，环立看之，几不能步，剩御前数武而已。传旨"勿辟人"。[6]岱进，行君臣礼。献茶毕，安席，再行礼。不送杯箸，示不敢为主也。趋侍坐。书堂官[7]三人，执银壶二，一斟酒，一折酒，一举杯跪进。上膳：一肉簋；一汤盏，盏上用银盖盖之；一面食，用三黄绢笼罩，三臧获捧盘加额跪献之，书堂官捧进御前。汤点七进，队舞七回，鼓吹七次，存"七奏"意。[8]是日演《卖油郎传奇》，[9]内有泥马渡康王（故事，与时）[南渡中兴，]事巧合，[10]睿颜大喜。

二鼓转席，临不二斋、梅花书屋，坐木犹龙，卧岱书榻，剧谈移时。出登席，设二席于御座傍，命岱与陈洪绶侍饮，谐谑欢笑如平交。[11]睿量（宏）[弘]，已进酒半斗矣，大犀觥一气尽。陈洪绶不胜饮，呕哕御座旁。寻设一小几，命洪绶书箑，醉捉笔不起，止之。剧完，饶戏[12]十余出。起驾转席后，又进酒半斗，睿颜微酡。进辇，两书堂官掖之，不能步。岱送至闾外。命书堂官再传旨曰："爷今日大喜，爷今日喜极！"君臣欢洽，脱略[13]至此，真属异数。

①崇祯十七年三月，明思宗自缢死，李自成称帝于北京。福王朱由崧为史可法、马士英等扶立于南京，年号弘光，次年即覆亡。清军入南京，福王南逃至芜湖，被俘。鲁王朱以海为鲁肃王朱寿镛第五子，明亡，逃入台州。弘光亡后，张国维等迎鲁王于绍兴，称"监国"。次年败入海上。流离奔波，死于金门。

②张岱父张耀芳曾为鲁王右长史，时鲁宪王朱寿鋐在兖州。相，辅佐。按，据当时人李寄《西施山戏占》诗后有注，揭出鲁王幸张岱第的实情，大略云：鲁王既至越，有一姓娄者言于王："余邑有鲁先王故长史张某，闻王来，畏有所费，匿不见。"于是鲁王召张岱，因议张乐设宴。张岱不得已，因启请鲁王及诸官临家。王曰："尔出资，吾为尔设。"张岱于是方上数百金于王。王乃召百官宴于庭，出优人歌妓以侑酒。

③仪注：制度，仪节。

④踏脚：属于一种家具，一般放在椅子前，供放脚用。　高厅事尺：比厅事（客厅）地面高出约一尺。此言以四件踏脚，铺上毛毯，使其高出客厅地面一尺，作为放"御座"的台子。

⑤翼善：是皇帝及诸王在平时所戴的一种冠。以乌纱冒之，两角上折。

⑥勿辟人：不要赶走观者。

⑦书堂官：近侍宦官。

⑧七奏：礼：上汤膳奏乐，天子九奏，诸王七奏。鲁王仅为监国，仍用诸王礼。按，鲁王名为监国，实等流亡，颠沛之余，竟能讲究什么七奏之礼，也是可笑。张宗子于此详记之，颇似不能免俗者，而想此时

明社已屋，仅存几许余脉以为号召，虽不能深讥，但留此实录以见其毫无复国雪耻气象，其意亦远。

⑨卖油郎：即冯梦龙《醒世恒言》中“卖油郎独占花魁”故事，可参看。此是演为戏曲者。

⑩泥马渡康王：金兵围汴京，宋康王赵构奉命使金，至磁州，为守臣宗泽劝留，遂至相州。汴京旋破，二帝被掳，康王遂即皇帝位于南京（商丘）。这段历史在民间演义为康王赵构避金人至钜鹿，马毙，冒雨独行，遇一白马引路。夜至一祠宇，觉马似泥马而身有汗迹。因宿，梦有青衣方袍者以杖击地，促令急行。及明，方知是“磁州都土地崔府君”之祠。又乘泥马前行，至一处，马忽不见，而众臣来迎。于是安然渡江、称帝于南京云云。故事详见《说岳全传》。卖油郎故事的背景也正是北宋破亡，百姓南逃至临安，所以中间插入了泥马渡江一段。

⑪平交：平等之交。

⑫饶戏：正戏以外的加演。

⑬脱略：随意，不拘形迹。

苏州白兔［冰花］

崇祯戊寅[1]至苏州，见白兔，异之。及抵武林，金知县汝砺官福建，携白兔二十余只归。己卯、庚辰，[2]杭州遍城市皆白兔，越中生育至百至千。此“兽妖”也。[3]［余考《建州志》长白山鸟兽、草木、花卉无不尽白，地气自北而南，鸟兽非得气之先邪？］

余少时不识烟草为何物，十年之内，老壮童稚、妇人女子无不吃烟，大街小巷尽摆烟桌。此“草妖”也。[4]

妇人不知何故，一年之内都着对襟衫，戴昭君套。[5]此“服妖”也。

庚辰冬底，燕客家琴砖[6]十余块，结冰花如牡丹、芍药，花瓣枝叶，如绣如绘，间有人物鸟兽，奇形怪状，十余砖底面皆满。燕客迎余看，至三日不消。此“冰妖”也。燕客误以为祥瑞，作《冰花赋》檄友人作诗咏之。［余考《金史》金末，河冰成龟纹，又有花卉鸟兽之状，巧过镂绘，不数年而金亡。今兹流寇猖獗，中原鼎沸，然则妖孽祯祥，又岂一朝一夕之故哉！]

①崇祯戊寅：崇祯十一年（1638）。

②己卯、庚辰：崇祯十二年（1639）、十三年（1640）。

③兽妖：《洪范五行传》讲阴阳灾异，认为只要出现反常及怪异的现象、物种甚至民谣儿歌，都是上天示警，预兆着将有灾祸降临。所谓“草木之类谓之妖，虫豸之类谓之孽，六畜谓之祸，人谓之痾，异物生谓之眚，自外来谓之祥，气相伤谓之沴”，总则俱可称之为“妖”。按，谈迁《枣林杂俎·中集》：万历中，有舶商自暹罗携白兔归闽，售四百金。每季而育，其种日蕃。崇祯中，浙直遍有之，直三四金。

④王逋《蚓庵琐语》云：“烟叶出闽中，北地多寒疾，非此不治。关外至以一马易一斤。崇祯中下令禁之，民间私种者问徒。利重法轻，民冒禁如故。寻下令犯者皆斩。然不久因军中病寒不治，遂弛其禁。予儿时尚不识烟为何物，崇祯末，三尺童子莫不吃烟矣。烟利厚，而‘吃燕’声恶，民间卖者，题曰‘熙朝瑞品’，以讽官吏，使不究诘。”据此，则烟草自崇祯时乃盛行也。本书卷二《三世藏书》篇中谈到方国安军人以书纸“吹烟”，即此“吃烟”。烟草虽产于闽中，但吃烟之俗主要行于北方边塞，如今江南亦吃烟成俗，是北人侵南之兆，且“吃烟”声似“吃燕”（明都北京在燕地），大不吉，故曰“草妖”。

⑤昭君套：即昭君帽，戏剧中昭君出塞，披大斗篷，上连帽罩，外镶皮毛为缘。此为戏曲中北方民族服饰，而今日江南妇女以为时髦，则预兆将为北兵所据，故曰“服妖”。

⑥琴砖：据王士性《广志绎》言，洛阳古墓中出甃冢之砖，长数尺，其中空。吴越因其长短与古琴相宜，且中空能使琴声清亮，用以置琴，称为琴砖。

草妖

河北观察使袁茂林楷[1]所记草妖尤异。崇祯七年七月初一，孟县民孙光显祖墓有野葡萄草，蔓延长丈许。今夏枝桠间忽抽新条，有似美人者，似达官者，有似龙、似凤、似麟、似龟、似雀、似鱼、似蝉、[2]似蛇、似孔雀，有似鼠伏于枝者，有似鹦鹉栖于架者，架上有盏，盏中有粒。凤则苞羽具五彩，美人上下衣裳，裳白衣黄，面上依稀似粉黛。人间物象，种种具备。七月初八日，地方人始报闻，急使人取之，已为好事者撷尽，止得美人一，鹦鹉一，凤一，故述此三物尤悉。

余谓此草木之妖，[论其休咎，恐衣冠人物不免草芥之虞。] 适晤史云岫，言汉灵帝中平元年，东郡有草如鸠雀、蛇龙、鸟兽之状。[3]若然，则余所臆度者更可杞忧。[4]此异宜上闻，县令以萎草不耐，恐取观不便，遂寝其事。特为记之如左。

①袁楷，字茂林，陕西凤翔人。天启进士，曾任开封知府。善理烦剧，沉案累积，一时并听，剖决无枉，人称为“照天烛”。后升河北观察使。

②“蝉”，疑是“鱓”字之误，枝条无法像蝉，且叙述于鱼、蛇之间，类应相近。

③《后汉书·五行志》：“中平元年夏，东郡，陈留济阳、长桓，济阴冤句、离狐县界，有草生，其茎靡累肿大如手指，状似鸠雀、龙蛇、鸟兽之形，五色各如其状，毛羽头目足翅皆具。近草妖也。是岁，黄巾贼始起。皇后兄何进秉威权，持国柄，汉遂微弱，自此始焉。”

④杞忧：《列子·天瑞》：杞国有人忧天地崩坠，身亡所寄，废寝食者。又有忧彼之所忧者云云。张岱自称“杞忧”，是但愿所忧如杞人之忧天。

祁世培［平水梦］

［弘光］乙酉秋九月，[1]余见时事日非，辞鲁国主，隐居剡中。[2]方磐石遣礼币聘余出山，商确军务，檄县官上门敦促。[3]余不得已，于丙戌正月十一日，道北山，逾唐园岭，宿平水韩店。余适疽发于背，痛楚呻吟，倚枕假寐，见青衣持一刺示余，曰"祁彪佳拜"。[4]余惊起，见世培排闼入，[5]白衣冠。余肃入坐定。余梦中知其已死，曰："世培尽忠报国，为吾辈生色。"世培微笑，遽言曰："宗老此时不埋名屏迹，出山何为耶？"余曰："余欲辅鲁监国［恢复中原］耳。"因言其如此如此，已有成算。世培笑曰："尔要做，谁许尔做？[6]且强尔出，无他意，十日内有人勒尔助饷。"余曰："方磐石诚心邀余共事，应不我欺。"世培曰："尔自知之。唉！天下事至此，已不可为矣。尔试观天象。"拉余起，下阶西南望，[7]见大小星堕落如雨，崩裂有声。[8]世培曰："天数如此，奈何奈何！宗老，尔速还山！随尔高手，到后来只好下我这着，——"[9]起出门，附耳曰："完《石匮书》！"洒然竟去。

余但闻犬声如豹，惊寤，汗浴背，门外犬吠嗥嗥，与梦中声接续。蹴儿子起，语之。次日抵家。阅十日，[田仰缚]镳儿（被缚）去，（果）[即]有逼勒助饷之事。⑩忠魂之笃而灵也如此！

①乙酉秋九月：顺治二年（1645）五月，南明弘光帝逃亡，清兵入南京。六月，清兵下苏杭。闰六月，鲁王朱以海监国于绍兴。杭州既降，马士英欲投鲁王，鲁王诸臣包括张岱等力拒之。但鲁王之军队仅依方国安一旅，而方国安与马士英有旧好，马、阮俱投方军，且言听计从。至九月，见监国事已不可为，张岱遂辞去。

②剡中：指剡县，今浙江嵊县。

③方磐石即方国安，此时控制着鲁王以海，想借鲁王之名诱张岱至军营，胁迫其出赀助军饷。

④祁彪佳，字弘吉，号世培。见卷一《木犹龙》注。

⑤排闼：推门。

⑥你虽然想做番事业，但谁允许你来做？

⑦时朱由榔在西南称帝，年号永历，为各路义军奉为正统。

⑧大小星堕落如雨，兆西南抗清诸将殒没。

⑨下我这着：即指下面所说的，坚忍存活，完成《石匮书》这部有明一代之史。

⑩田仰：马士英亲信。镳儿为张岱之子，为马士英党缚去，做人质以索要钱财助饷，实际上就是一种绑票。可见鲁王名为监国，实同傀儡。

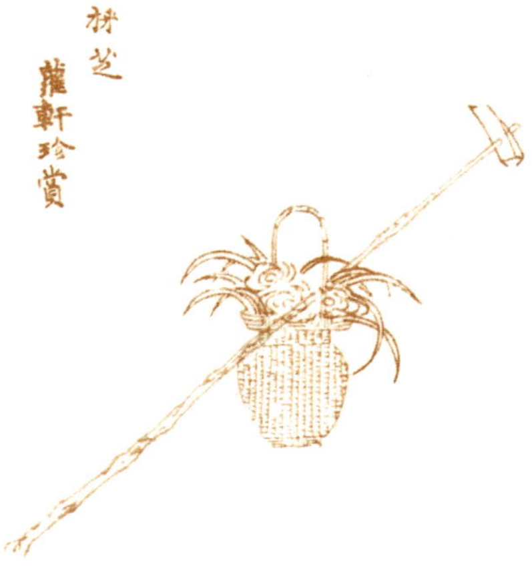
採芝
蘿軒珍賞

附录

雲光棲斷樹

张岱：自为墓志铭

蜀人张岱，[1]陶庵其号也。少为纨绔子弟，极爱繁华，好精舍，好美婢，好娈童，好鲜衣，好美食，好骏马，好华灯，好烟火，好梨园，好鼓吹，好古董，好花鸟，兼以茶淫橘虐，书蠹诗魔，劳碌半生，皆成梦幻。年至五十，国破家亡，避迹山居，所存者破床碎几，折鼎病琴，与残书数帙、缺砚一方而已。布衣蔬食，常至断炊，回首二十年前，真如隔世！

常自评之，有七不可解。向以韦布[2]而上拟公侯，今以世家而下同乞丐，如此则贵贱紊矣，不可解一。产不及中人，而欲齐驱金谷，[3]世颇多捷径，而独株守于陵，[4]如此则贫富舛矣，不可解二。以书生而践戎马之场，以将军而翻文章之府，[5]如此则文武错矣，不可解三。上陪玉皇大帝而不谄，下陪悲田院乞儿而不骄，[6]如此则尊卑溷矣，不可解四。弱则唾面而肯自干，[7]强则单骑而能赴敌，如此则宽猛背矣，不可解五。夺利争名，甘居人后，观场游戏，肯让人先，如此则缓急谬矣，不可解六。博奕摴蒱，则不知胜负，啜茶尝水，则能辨渑淄，如此则智愚杂矣，不可解七。有此七不可解，自且不解，安望人解？故称之以富贵人可，称之以贫贱人亦可；称之以智能人可，称之以愚蠢人亦可；称之以强项人可，称之以柔弱人亦可；称之以卞急人可，称之以懒散人亦可。学书不成，学剑不成，学节义不成，学文章不成，学仙学佛、学农学圃俱不成，任世人呼之为败子，[8]为废物，为顽民，为钝秀才，为瞌睡汉，为死老魅[9]也已矣。

初字宗子，人称石公，即字石公。好著书，其所成者，有《石匮书》、《张氏家谱》、《义烈传》、《瑯嬛文集》、《明易》、《大易用》、《史阙》、《四书遇》、《梦忆》、《说铃》、《昌谷解》、《快园道古》、《傒囊十集》、《西湖梦寻》、《一卷冰雪文》行世。[10]

生于万历丁酉八月二十五日卯时，鲁国相大涤翁之树子也。[11]母曰陶宜人。幼多痰疾，养于外大母[12]马太夫人者十年。外太祖[13]云谷公宦两广，藏生牛黄丸盈数簏，自余囡地以至十有六岁，食尽之而厥疾始瘳。六岁时，[14]大父雨若翁携余之武林，遇眉公先生跨一角鹿，为钱唐游客，对大父曰："闻文孙善属对，吾面试之。"指屏上李白骑鲸图曰："太白骑鲸，采石江边捞夜月。"余应曰："眉公跨鹿，钱唐县里打秋风。"眉公大笑，起跃曰："那得灵隽若此！吾小友也。"欲进余以千秋之业，岂料余之一事无成也哉！

甲申以后，悠悠忽忽，既不能觅死，又不能聊生，白发婆娑，犹视息人世，恐一旦溘先朝露，⑮与草木同腐。因思古人如王无功、陶靖节、徐文长皆自作墓铭，⑯余亦效颦为之。甫构思，觉人与文俱不佳，辍笔者再。虽然，第言吾之癖错，⑰则亦可传也已。

曾营生圹于项王里之鸡头山，友人李研斋题其圹曰："呜呼，有明著述鸿儒陶庵张长公之圹。"伯鸾高士，冢近要离，⑱余故有取于项里也。⑲明年，年跻七十，死与葬，其日月尚不知也，故不书。铭曰：

穷石崇，斗金谷。盲卞和，献荆玉。⑳老廉颇，战涿鹿。㉑赝龙门，开史局。㉒馋东坡，饿孤竹。㉓五羖大夫，焉肯自鬻。㉔空学陶潜，枉希梅福。㉕必也寻三外野人，方晓我之衷曲。㉖

（原载《嫏嬛文集》卷五）

①蜀人张岱：张岱晚年著作常自署"蜀人"或"古剑"，是因祖先于南宋末自蜀中绵竹宦游至绍兴，而其始祖则可追溯至绵竹的张浚、张栻父子。张浚在南宋初为抗金名将，而张栻则为始终坚持抗金的大儒。张岱晚年特意强调是蜀人，就暗示着与满清政权（满人的祖先即金人）势不两立的立场。

②韦布：皮带布衣，为古代平民之服。张岱一生无功名，在明亡之前也从无入仕，鲁王监国时仅是一个流亡小政权的有名无实的"兵部职方主事"，从身份上说正是一介布衣。

③金谷：晋石崇有别馆在河阳之金谷，称金谷园。财产丰积，室宇宏丽，奢靡无度，挥金如土。

④株守于陵：《孟子·滕文公下》：陈仲子，齐之世家也，兄食禄万钟。而仲子以兄之禄为不义而不食，以兄之室为不义之室而不居，避兄离母，

处于于陵。人称于陵仲子。而《史记·鲁仲连邹阳列传》则又有一位于陵子仲，云“于陵子仲辞三公为人灌园”。司马贞《索隐》则综合二说：“《孟子》云陈仲子，齐陈氏之族，兄为齐卿，仲子以为不义，乃适楚，居于于陵，自谓于陵子仲。楚王聘以为相，子仲遂夫妻相与逃，为人灌园。”

⑤南明弘光朝亡后，奸相马士英蹿入浙江。时鲁王朱以海监国，张岱以布衣上书，愿提一旅之师，立斩奸佞，鲁王许以先斩后奏，张岱率数百人追拿马士英，不意士英躲入方国安营，事遂不济。是张岱也曾有短时期的“将军”经历。

⑥悲田院乞儿：苏子瞻泛爱天下士，无贤不肖，欢如也。尝言：“自上可以陪玉皇大帝，下可以陪悲田院乞儿。”宋曾慥《类说》：开元中京城乞儿，官为置病坊，给廪食。近代改为悲田院，或曰养病院。

⑦唾面而肯自干：唐娄师德深沉有度量，人有忤己，辄逊以自免，不见容色。教其弟任官须能忍耐。弟曰：“人有唾面，拭之乃已。”师德曰：“未也。拭之是违其怒，当使自干耳。”

⑧败子：不成材的人，所说源于谷物之“稗子”。

⑨死老魅：即老而不死的妖物。

⑩以上著作今日尚存的有《石匮书》及《后集》、《古今义烈传》、《嫏嬛文集》、《大易用》、《史阙》、《四书遇》、《陶庵梦忆》、《西湖梦寻》，又《快园道古》有残本，《一卷冰雪文》民国时周作人尚见于书肆。其余就不知存否了。

⑪鲁国相大涤翁之树子也：“鲁”，原本作“曹”，误。鲁国相，张岱父亲曾任鲁王右长史，美称为“相”；大涤翁是他的号。树子，本来是指诸侯的嫡长子，这里只能作一般豪门的嫡长子来讲了。

⑫外大母：外祖母。

⑬外太祖：母亲的祖父。

⑭六岁时：张岱《快园道古》卷五“夙慧部”云：“陶庵年八岁，大父携之至西湖。眉公客于钱塘，出入跨一角鹿。”《陶庵梦忆》卷五“麋公”一则亦言是万历乙巳（三十三年，1605）即张岱九岁时事。故此处

六岁应是八岁之误。陈继儒，字仲醇，号眉公、麋公。松江人。工诗文、书画，与董其昌齐名。

⑮溘先朝露：谓生命比朝露还短暂，即死得过早。

⑯王绩，字无功，自号东皋子。有《东皋子集》传世，内有《自撰墓志》一篇。陶渊明有《自祭文》一篇。徐文长有《自为墓志铭》一篇。

⑰癖错：怪癖。

⑱伯鸾高士，冢近要离：后汉梁鸿，字伯鸾。与妻孟光避祸至吴，依皋伯通家。及卒，伯通等为求葬地于吴要离冢傍，咸曰："要离烈士，而伯鸾清高，可令相近。"要离，春秋时吴人，为吴王阖闾刺杀公子庆忌，然后自杀。见《吴越春秋》。

⑲余故有取于项里也：项里山，在绍兴西南二十里，相传项羽流寓于此，蓄志反秦复楚，此即张岱之所取也。

⑳盲卞和，献荆玉：《韩非子·和氏》：楚人和氏得玉璞楚山中，奉而献之厉王。厉王使玉人相之，玉人曰石。王以和为诳，而刖其左足。武王即位，和又奉其璞而献之。武王使玉人相之，又曰石。王又以和为诳，而刖其右足。文王即位，和乃抱其璞而哭于楚山之下，三日三夜，泣尽而继之以血。王闻之，使人问其故。和曰："吾非悲刖也，悲夫宝玉而题之以'石'，贞士而名之以'诳'，此吾所以悲也。"王乃使玉人理其璞而得宝焉，遂命曰"和氏之璧"。

㉑老廉颇：廉颇，战国时赵将，被谗而逃于魏之大梁。赵以数困于秦兵，赵王思复得廉颇，廉颇亦思复用于赵。赵王使使者视廉颇尚可用否。赵使者既见廉颇，廉颇为之一饭斗米，肉十斤，被甲上马，以示尚可用。　战涿鹿：黄帝与蚩尤大战于涿鹿。但颇疑此处涿鹿为钜鹿之误。项羽率兵救赵，破釜沉舟，以示必死，与秦将章邯战于钜鹿，卒大破之。

㉒龙门：司马迁，龙门人。张岱有志学司马迁一手修成一代之史，此处自谦曰赝。

㉓馋东坡：苏东坡好美食，能品鉴。　饿孤竹：伯夷、叔齐，孤竹君之二子。参见本书卷首《自序》篇注。

㉔五羖大夫，焉肯自鬻：虞国既为晋所灭，大夫百里奚沦为奴虏，先媵于秦，后逃至宛，为楚所虏。秦穆公闻百里奚贤，欲重赎之，恐楚人不与，乃使人谓楚曰：“吾媵臣百里奚在焉，请以五羖羊皮赎之。”楚人遂许与之。当是时，百里奚年已七十余。穆公释其囚，与语国事。谢曰：“臣亡国之臣，何足问！”穆公曰：“虞君不用子，故亡，非子罪也。”固问，语三日，穆公大悦，授之国政，号曰五羖大夫。

㉕梅福字子真，汉成帝时任大将军王凤，专势擅朝，梅福上书讥切王氏，不见纳。及王莽专政，福一朝弃妻子，去九江，至今传以为仙。其后，人有见福于会稽者，变名姓为吴市门卒云。

㉖郑思肖，字忆翁，号所南。元兵南下，扣阍上疏，辞切直，忤当路，不报。初名某，宋亡乃改今名，“思肖”即思赵，“忆翁”与“所南”皆寓意也。南宋既亡，自称“三外野人”。精墨兰，宋亡后为兰不画土，根无所凭借。或问其故，则云地为他人夺去。临终时嘱其友曰：“思肖死矣，烦为书一位牌，当云大宋不忠不孝郑思肖。”语讫而绝，年七十八。思肖临终之前，编一生诗文，藏于铁柜，外书“大宋孤臣郑思肖百拜封”，坠于苏州承天寺眢井中，沉埋三百余年，至崇祯十一年方被发现，即著名之《心史》。张岱晚年心迹行止正与思肖相同，而所著明史称《石匮》，亦自拟于《心史》，故详述如此，以便参照。

《砚云甲编》本《梦忆》序

陶庵老人著作等身，其自信者尤在《石匮》一书。兹编载方言巷诵、嘻笑琐屑之事，然略经点染，便成至文。读者如历山川，如睹风俗，如瞻宫阙宗庙之丽，殆与采薇麦秀同其感慨，而出之以诙谐者欤？老人少工帖括，不欲以诸生名。大江以南，凡黄冠、剑客、缁衣、伶工，毕聚其庐。且遭时太平，海内晏安，老人家龙阜，有园亭池沼之胜，木奴秫粳，岁入缗以千计，以故斗鸡臂鹰、六博蹴踘、弹琴擘阮诸技，老人亦靡不为。今已矣，三十年来杜门谢客，客亦渐辞老人去。间策杖入市，人有不识其姓氏，老人辄自喜，遂更名曰蝶庵，又曰石公。其所著《石匮书》，埋之嫏嬛山中。所见《梦忆》一卷，为序而藏之。

乾隆甲寅本《陶庵梦忆》王文诰识语

《陶庵梦忆》序见瓯山金氏本，刻入《砚云甲编》。书仅一卷，十失六七。此本余从王竹坡、姚春漪得之，辗转钞袭，多有脱讹。置箧中且十年矣，岁辛亥，游岭南，暇时翻阅，粗为点定，或评数语于后，意之所至，无容心也。客过寓，见者请公同好，遂以付梓。而是书不著姓氏，卷中曰“张氏”，曰“岱”，曰“老”。据金氏考《浙江通志》，张岱字宗子，山阴世族，晚境著书，率以“梦”名，惟《石匮书》埋之嫏嬛山中，世未尽见。恭阅《四库全书简明目录》，谷应泰因张岱《石匮藏书》排纂编次为《纪事本末》八十篇，虽非正裁，别调孤行，是《石匮书》竟以不传传陶庵。陶庵自云“名根一点，坚固如佛舍利，劫火勿失”，兹幸名列御书，幽光不泯，天之所以予陶庵者固甚厚矣。《梦忆》出诸游戏，而俗情文言，笔下风发，亦今古自名一家，洵非奇才不能。余釐为八卷，即以金氏本原序弁诸首。时乾隆甲寅秋七月仁和王文诰纯生甫识。

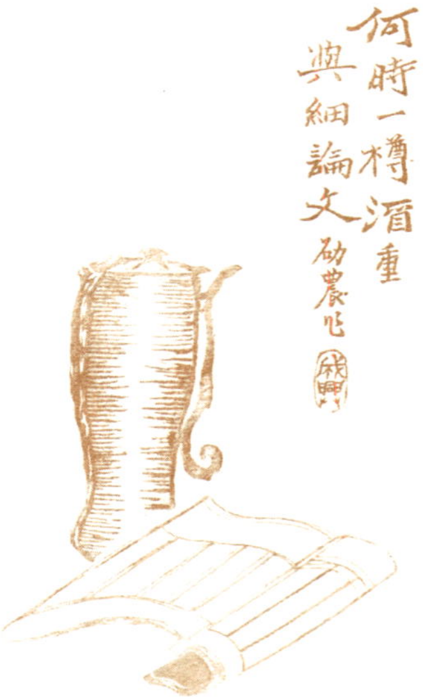

《粤雅堂丛书》本《陶庵梦忆》伍崇曜跋

右《陶庵梦忆》八卷，明张岱撰。按岱字宗子，山阴人。考邵廷采《思复堂集·明遗民传》，称其“尝辑明一代遗事为《石匮藏书》，谷应泰作《纪事本末》，以五百金购请，慨然予之”；又称“明季稗史，罕见全书，惟谈迁编年、张岱列传具有本末，应泰并采之，以成《纪事》”，则《明史纪事本末》固多得自宗子《石匮藏书》暨列传也。阮文达《国朝文苑传稿》略同。

是编刻于秀水金忠淳《砚云甲编》，殆非足本。序不知何人所作，略具生平，而亦作一卷，岂即忠淳笔欤？乾隆甲寅，仁和王文诰谓从王竹坡、姚春漪得传钞足本，实八卷，刻焉。顾每条俱缀“纯生氏曰”云云，纯生殆文诰字也。又每卷直题“文诰编”，恐无此体。兹概从芟薙，特重刻焉。昔孟元老撰《梦华录》，吴自牧撰《梦粱录》，均于地老天荒、沧桑而后，不胜身世之感，兹编实与之同。虽间涉游戏三昧，而奇情壮采，议论风生，笔墨横恣，几令读者心目俱眩，亦异才也。

考《明诗综》沈邃伯《敬礼南都奉行殿纪事诗》“高后配在天，御幄神所栖。众妃位东序，一妃独在西。成祖重所生，嫔德莫敢齐”云云。《静志居诗话》“长陵每自称曰‘朕高皇后第四子也’。然奉先庙制高后南向，诸妃尽东列，西序惟碽妃一人。盖高后从未怀妊，岂惟长陵，即懿文太子亦非后生也。世疑此事不实，诵沈生诗，斯明征矣”云云。兹编《锺山》一条，即纪其事，殆可补史乘之缺。又王贻上《分甘余话》“柳敬亭善说平话，流寓江南。一二名卿遗老左袒良玉者，赋诗张之，且为作传。余曾识于金陵，试其技，与市井之辈无异”云云。而是编《柳敬亭说书》一条，称其“疾徐轻重，吞吐抑扬，入情入理”，亦见其持论之平也。咸丰壬子展重阳日南海伍崇曜谨跋。

《陶庵梦忆》诸篇事迹编年

此表仅列张岱生平与《陶庵梦忆》相关者，以便读者检阅。

明万历二十五年　丁酉　1597年　1岁

张岱出生于绍兴。

万历二十九年　辛丑　1601年　5岁

正月上元，父叔辈张灯龙山。（卷六《绍兴灯景》、卷八《龙山放灯》）

万历三十年　壬寅　1602年　6岁

朱相国朱赓家放灯塔山。按，朱赓为张岱祖父张汝霖之岳丈，《梦忆》一书中记朱家佚事又有卷三《朱文懿家桂》、《逍遥楼》。

万历三十一年　癸卯　1603年　7岁

仲叔张联芳（尔葆）于淮上得铁梨木天然几，与淮抚李三才争。（卷六《仲叔古董》）

按，张联芳之收藏，实因其舅朱石门启之，其收藏之富，与王承勋、朱石门、项墨林、周铭仲为江南五大藏家。而张岱对古玩字画的赏鉴无疑也受到其二叔的影响。本书中涉及到收藏的篇目还有舅祖朱石门的《朱氏收藏》，妻祖刘毅的《齐景公墓花樽》（均见于卷六）。

张岱于诸叔兄弟中与仲叔张联芳及其子燕客最为亲近。本书中与张联芳相关的尚有卷二《焦山》、卷三《斗鸡社》、卷五《范长白》、《于园》、卷六《噱社》、卷七《悬杪亭》。

万历三十二年　甲辰　1604年　8岁

祖父游绍兴曹山，大张乐于狮子岩下。（卷六《曹山》）

随父读书于悬杪亭。（卷七《悬杪亭》）

万历三十三年　乙巳　1605年　9岁

祖父至松江，赠驯鹿与陈继儒。（卷五《麋公》）旋携张岱至西湖，遇陈继儒乘鹿而游。当是张岱识眉公之始。

万历三十五年　丁未　1607年　11岁

祖父为汪若霖弹劾，落职归。此后居家畜声伎。“与范长白、邹愚公、黄贞父、包涵所诸先生讲究此道。”（卷四《张氏声伎》）

范长白。范允临，字长倩，号长白。万历进士，官至福建布政司参议。（卷五《范长白》）

邹愚公。邹迪光，字彦吉，号愚公，江苏无锡人。万历进士，官至湖广提学副使。（卷七《愚公谷》）

黄贞父。黄汝亨，字贞父，号寓庸居士，又号寓林。浙江仁和人，万历二十六年进士，官至江西布政司。（卷一《奔云石》）

包涵所。包应登，字涵所。钱塘人。万历十四年进士，官福建提学副使。（卷三《包涵所》）

张岱于戏曲创作、评论、导演均称行家，与三世畜养声伎有很大关系。本书中与此相关的篇目，有卷一《金山夜戏》、卷二《朱云崃女戏》，卷四《不系园》、《杨神庙台阁》、《严助庙》，卷五《柳敬亭说书》、《虎丘中秋夜》、《刘晖吉女戏》、《朱楚生》，卷六《彭天锡串戏》、《目莲戏》，卷七《及时雨》、《闰中秋》、《过剑门》、《冰山记》，卷八《楼船》、《阮圆海戏》等。

万历四十年　壬子　1612年　16岁

祈梦于会稽山南镇庙梦神。（卷三《南镇祈梦》）

万历四十二年　甲寅　1614年　18岁

过绍兴城南二十里娄公埠之斑竹庵，发现禊泉。（卷三《禊泉》）

张岱自言“啜茶尝水，则能辨渑淄”，其品泉篇目又有卷三《阳和泉》、《闵老子茶》等篇，而品茶则有卷三《兰雪茶》、卷八《露兄》。此外张岱精于美食，于各地方物多有记述，除卷四《方物》之外，又有《严助庙》、《乳酪》、卷五《樊江陈氏橘》、卷七《鹿苑寺方柿》、卷八《蟹会》等。

是年祖父起任于南京刑部。

万历四十四年　丙辰　1616年　20岁

在绍兴学琴于王侣鹅。（卷二《绍兴琴派》）同学中有范与兰，善制盆景。（卷八《范与兰》）

是年张岱父张耀芳建楼船。（卷八《楼船》）

万历四十六年　戊午　1618年　22岁

学琴于王本吾。（卷二《绍兴琴派》）张岱组织琴友成丝社，作小檄，当在此后。（卷三《丝社》）

天启元年　辛酉　1621年　25岁

祖父以病辞官归，归即筑砎园于龙山之趾。（卷一《砎园》）

张氏园林始自高祖张天复之筠芝亭（卷一《筠芝亭》），至张岱已是五代。本书中涉及到张氏园林的篇目，尚有卷二《表胜庵》、《梅花书屋》、《不二斋》，卷三《天镜园》，卷四《世美堂灯》，卷七《山艇子》、《悬杪亭》、《庞公池》、《品山堂鱼宕》，卷八《楼船》、《巘花阁》、《瑞草溪亭》等。又有张岱梦中之《嫏嬛福地》，见卷八。

天启二年　壬戌　1622年　26岁

六月二十四日，在苏州，至葑门观荷。（卷一《葑门荷荡》）本书中与苏州一地相关者，有卷一《吴中绝技》，卷五《虎丘中秋夜》、《范长白》，补遗《苏州白兔》。

苏州、金陵等地多巧匠，张岱除收藏古董外，对工巧器物也颇留意。除《吴中绝技》外，卷一之《天砚》、《濮仲谦雕刻》，卷二之《砂罐锡注》、《沈梅冈》，卷四之《世美堂灯》，卷五之《诸工》，卷六之《甘文台炉》皆有涉及。

设斗鸡社于龙山下，仿王勃《斗鸡檄》檄同社。（卷三《斗鸡社》）

天启三年　癸亥　1623 年　27 岁

正月上元，张岱兄弟携诸伶工往陶堰，观司徒庙戏并演出。（卷四《严助庙》）

天启四年　甲子　1624 年　28 岁

读书于杭州岣嵝山房凡七阅月。（卷二《岣嵝山房》）

天启五年　乙丑　1625 年　29 岁

祖父张汝霖去世，张岱适在杭州，"父、叔及诸弟、门客、臧获辈乱取之，三代遗书，一日尽失。"（卷二《三世藏书》）

张汝霖于清江令任上得一松化石，移至家。（卷七《松化石》）

汝霖博采群书欲作《韵山》一书，穷三十年之力，及见《永乐大典》零册，遂辍笔。（卷六《韵山》）

天启六年　丙寅　1626 年　30 岁

是年至杭州重访南屏黄汝亨故居，礼先生遗蜕，"不胜人琴之感"。（卷一《奔云石》）

十二月，绍兴大雪深三尺许。晚霁，登龙山。（卷七《龙山雪》）

天启七年　丁卯　1627 年　31 岁

四月，读书天瓦庵，夜与友人登绍兴最高峰香炉峰。（卷五《炉峰月》）

本书记绍兴及附近风物，除自家园林之外，篇目尚有卷一《越俗扫墓》、卷二《花石纲遗石》，卷三《禊泉》、《阳和泉》、《白洋湖》、《龙喷池》，卷四《杨神庙台阁》，卷七《龙山雪》、《雷殿》等。

崇祯二年　己巳　1629 年　33 岁

五月，观竞渡于南京秦淮河。（卷五《金山竞渡》）

是年秋，携所作《冰山记》传奇及家庭戏班，往兖州省父。（卷七《冰山记》）中秋后一日至镇江，中夜作戏于金山寺。（卷一《金山夜戏》）

至兖州。此后一年多曾至曲阜谒孔庙（卷二《孔庙桧》）、孔林（卷二《孔林》）。登泰山。（卷四《泰安州客店》）观鲁府烟火（卷二《鲁藩烟火》）、松棚（卷六《鲁府松棚》）。赏兖州芍药（卷六《一尺雪》）、张氏菊海（卷六《菊海》）。

崇祯四年　辛未　1631 年　35 岁

三月，仍在兖州，观阅武。（卷四《兖州阅武》）

五月，于无锡观竞渡。（卷五《金山竞渡》）

父罢职，九月抵家。

崇祯五年　壬申　1632 年　36 岁

父张耀芳逝世。

七月，村村祷雨，扮潮神海鬼，争唾之。里中扮《水浒》。（卷七《及时雨》）

命名阳和岭玉带泉为阳和泉。（卷三《阳和泉》）

十二月，住西湖。大雪三日，独往湖心亭看雪。（卷三《湖心亭看雪》）

本书关于杭州及附近景物，又有卷二《岣嵝山房》、卷三《陈章侯》、卷五《湘湖》、卷七《西湖香市》、《西湖七月半》等篇。

崇祯六年　癸酉　1633年　37岁

绍兴有好事者开茶馆，“泉实玉带，茶实兰雪”，张岱为命名，并作《斗茶檄》。(卷八《露兄》)

崇祯七年　甲戌　1634年　38岁

闰八月中秋，仿虎丘故事，大会诸友于绍兴蕺山亭。(卷七《闰中秋》)

十月，在杭州，携楚生往不系园看红叶。至定香桥，客不期而至者八人：南京曾波臣，东阳赵纯卿，金坛彭天锡，诸暨陈章侯，杭州杨与民、陆九、罗三，女伶陈素芝。(卷四《不系园》)与朱楚生相关者有卷五《朱楚生》。

崇祯八年　乙亥　1635年　39岁

八月十三，与陈洪绶夜游西湖。(卷三《陈章侯》)本书中与陈洪绶相关者有卷六《水浒牌》、卷三《白洋潮》、卷四《不系园》。

崇祯十年　丁丑　1637年　41岁

正月十四，邀祁彪佳观世美堂灯。(卷四《世美堂灯》)

是年于祖宅建梅花书屋。(卷二《梅花书屋》)

枫社社集，请诸名公题木犹龙。(卷一《木犹龙》)

张岱二叔张联芳，是年任扬州同知。张岱因借住瓜洲于园(卷五《于园》)，无事辄游金、焦二山。(卷二《焦山》)本书记扬州、镇江风物的又有卷四《二十四桥风月》、卷五《扬州清明》、《金山竞渡》、《扬州瘦马》。

崇祯十一年　戊寅　1638年　42岁

同秦一生游宁波（卷一《日月湖》）诣天童寺，访金粟和尚。（卷六《天童寺僧》）至鄞县游阿育王寺。（卷七《阿育王寺舍利》）游普陀，过定海，观水操。（卷七《定海水操》）有可能此时到了天台。（卷一《天台牡丹》）。

八月，至白洋吊朱恒岳少师，与陈洪绶、祁彪佳往海塘观潮。（卷三《白洋潮》）

是月秦一生逝世。（卷七《阿育王寺舍利》）

九月至南京，访茶人闵老子于桃叶渡，订交。（卷三《闵老子茶》）张岱精于煮泉品茶，与此相关的本书尚有卷三《禊泉》、《兰雪茶》、《阳和泉》诸篇。

初至南京，即同吕吉士出观音门，游燕子矶。（卷二《燕子矶》）

旅居南京，曾寓鹫峰寺。（卷一《锺山》）

与画家姚简叔订交。（卷五《姚简叔画》）

至南京祖堂山访阮大铖。（卷八《阮圆海戏》）

冬，携苍头游栖霞，遇萧伯玉。（卷三《栖霞》）

冬，与隆平侯等勋贵行猎于南京牛首山（卷四《牛首山打猎》），与者有杨元、杨能、顾眉生、李十、董白诸妓，而卷七《过剑门》中此数人亦在，当是同时之事。

是年归浙，闵老子与朱市妓王月生送至燕子矶，饮石壁下。（卷二《燕子矶》，卷八《王月生》）

本书写南京景物又有卷一《锺山》、《报恩塔》、《濮仲谦雕刻》，卷四《秦淮河房》。

是年至苏州，见白兔，异之。（补遗《苏州白兔》）

崇祯十二年　己卯　1639 年　43 岁

纠工疏浚绍兴若耶溪之龙喷池。（卷三《龙喷池》）

崇祯十三年　庚辰　1640 年　44 岁

闰正月，与越中父老约重张五夜灯，作《张灯致语》。（卷八《闰元宵》）

明崇祯十五年　壬午　1642 年　46 岁

五月初，至镇江，看金山竞渡。（卷五《金山竞渡》）

在南京，七月十五日至锺山孝陵观祭高皇帝礼。（卷一《锺山》）

明崇祯十七年　甲申　1644 年　48 岁

二叔客死淮安，其子燕客奔丧，张岱同往。（卷八《瑞草溪亭》）燕客，张岱堂弟，名萼，初字介子，又字燕客。其事见于本书者又有卷一《天砚》、卷六《仲叔古董》、卷八《合采牌》。

是年三月，明思宗自缢死，李自成称帝于北京。明亡。

清顺治二年　乙酉　1645 年　49 岁

弘光朝覆亡。清军入南京，福王南逃至芜湖，被俘。鲁王朱以海为鲁肃王朱寿镛第五子，明亡，逃入台州。弘光亡后，张国维等迎鲁王于绍兴，称监国。以张耀芳曾为鲁王右长史故，鲁王以海幸张岱第。（补遗《鲁王》）

闰六月六日，祁彪佳沉池殉国。

秋九月，见时事日非，辞鲁国主，隐居剡中。方国安以商确军务为名，强张岱出山，以图挟持。张岱途中疽发于背，倚枕假寐，梦祁彪佳来拜，言："天数不可挽，尔速还山，完《石匮书》！"（补遗《祁世培》）

张岱既入剡，家为方国安兵所据，所积图书三万卷，尽为吹烟籍甲，四十年所积，一日尽失。（卷二《三世藏书》）

清顺治三年　丙戌　1646年　50岁

六月，藏劫余书籍及大父《韵山》手稿于九里山表胜庵藏经阁（卷六《韵山》），然后再避兵剡县西白山。（卷七《鹿苑寺方柿》）

《陶庵梦忆》初成，作"自序"。按，《梦忆》中有些篇在此后仍有订补，而《嫏嬛福地》一篇更可能是在《梦忆序》写成多年之后所作。

补记

这本书正在准备付印，好赶上参加明年一月书展的时候，突然得到一个好消息，浙江古籍出版社出版的路伟、郑凌峰诸君所校的《陶庵梦忆·西湖梦寻》（以下简称“浙古本”）即将面世。我立刻请示编辑先生，能不能让我看到这本书之后再付印？而出版方正在犹豫不决的时候，一个朋友已经把书寄到了。我激动地拆开包，先把“整理前言”拜读一过，见参校诸本中，梦寐以求的“王见大本”（整理者称“王乙本”，本文依本书之例称“道光本”）赫然在内，而且还有意想不到的科学院图书馆藏的手钞本（整理者称“科图本”）。眼下所能知道的各种版本尽收入囊中，点校者缕叙版本源流，如数家珍，让我顿有坐拥宝山之喜了。

我用了一晚上的时间把《陶庵梦忆》部分细读一过，校勘者的精细功夫令人钦服，使我收益多多。所遗憾者，不能用“浙古本”的成果重新进行整理，以使拙注生色，只好用这篇《补记》把得到的收获罗列出来，以谢读者。

先说道光本。对道光本的看法我已经在本书前言中说明，出于摹想，期望虽多，但已经把它看成乾隆本的修订本，并不企冀得到惊人的发现，但细读校语之后，仍然有不能满载而归的小小失望。

道光本与乾隆本相比，自然有其优长之处，主要是对乾隆本一些错字的纠正，现列举如下：卷二《三世藏书》中的“吹烟”改为“吃烟”，卷四《严助庙》的“上贡”改为“上供”，《牛首山打猎》中的“祖茔”改为“祖堂”，卷五《治沅堂》中的“钦宗”改为“徽宗”，“诸公”改为“朱公”，卷七《悬杪亭》中的“度索寻樟”改为“寻橦”。只是卷七《庞公池》“并无芥蒂”之“蒂”字，马兴荣本说是据道光本所改，而“浙古本”则未出校，不知孰是。较重要的是以下两条，一是卷四《宁了》“一日夷人买去，惊死”改为“一日夷人买去，秦吉了曰：‘我汉禽，不入胡地。’遂惊死”。一是卷八《嫏嬛福地》中的“呜呼陶庵张长公之圹”改为“有明陶庵张长公之圹”。以上共八处，这些我在注本中大多以“妄测”出之（有些则在故宫出版社本《陶庵梦忆》中大胆“妄改”了），如今得到佳本印证，当然是喜不自胜了。

但我的“妄测”不止于此，在过去的注本中就疑卷一《天砚》之“不得砚丑”当是“不得妍丑”，卷七《松化石》之“潇江”当是“清江”之类，本注本中又多添了不少，如卷七《山艇子》“不敢以竹二之”疑为“不敢以竹竹之”之讹，卷八《嫏嬛福地》那句“有明陶庵张长公之圹”前应尚有“呜呼”二字等等。这多是因字形相近而致误，遇到善本很容易得到印证的，可是“道光本”未能使我如愿以偿，只好还戴着“妄测”的帽子。这当然不能“盗憎主人”似的责怪佳本，但失落之情总是难免的。

另外让我想不到的是，道光本与乾隆本相比，竟增添了一些新的错误，蒙“浙古本”校出，举例如下：卷四《世美堂灯》误“棱”为“稜”，卷五《治沅堂》误“成都”作“城都”，《金山竞渡》误“钲”为“釭”。另有无故而删节者，如卷六《朱氏收藏》一则，删去“以袖攫石、攫金银，以赚田宅”十一字，《菊海》一则，乾隆本“肃余入，遍观之，不敢以菊言，真菊海也。厂三面，砌坛三层，以菊之高下高下之”，不知何故，道光本竟简化成“真菊海也，坛三层，以菊高下之”。两相比照，让人疑惑：难道乾隆本多出的那些字是王文诰一时好事而加进去的么？

又有虽不知孰对孰错，感觉改后胜于改前的，如卷六《松棚》“劲竿”改为“劲幹”，《曹山》“颠翻”改为“颠播”，卷七《西湖香市》“厂外又棚，棚外又摊”改为“厂外又栅，栅外又摊”，《定海水操》“俯视”改“睆视”。但也有改后未必胜于改前的，如卷三《包涵所》“索性”改“率性”，卷四《严助庙》“鲟黄”改“鳞黄”，卷六《绍兴灯景》中“小巷”改为“小街”，“市廛”改为“市前”，卷八《嫏嬛福地》“植黄山松数颗”改为“横黄山松数颗”。

道光本中特别需要指出的有两条：

一，卷七《品山堂鱼宕》最后一句“约吾昆弟，烹鲜剧饮，竟日方散”，其中“竟日”道光本作“竟三日”。窃以为道光本优胜，试想渔人捞捕多时，然后是“集舟分鱼”，然后是“满载而归”，此时已经是什么时候，就是立刻约人剧饮，也谈不上“竟日”了吧？无法把此校补入正文，实在遗憾，在此表出，以赎万一。

二，卷六《齐景公墓花樽》，乾隆本“乾阳刘太公”改为“乾刘阳太公”，我一直认为是咸丰本的胡改，今天才知道，始作俑者乃是道光本，咸丰本是冤枉的。这就牵涉到一个问题，咸丰本的出版者究竟看到过道光本没有？“乾刘阳太公”一语颇怪，很难有两个本子不期而遇地撞到一起，所以我认为是咸丰本看到道光本之后而改的。如果此说成立，那么咸丰本对乾隆本的其他错字的改正，也应该是参考了道光本的结果。

总结起来，除了可用咸丰本纠正者之外，道光本对乾隆本有纠而正之者，有未正反误者，又有改后稍胜或未必胜于不改者，则谭复堂说的“《梦忆》以王见大本为最佳”，也只是相对于乾隆本和咸丰本而言。但这样说并不是贬低道光本的价值，在版本校勘上，道光本的重要贡献是无可替代的。

如果说道光本让我有些小失望，那么科图本带给我的是大惊喜。此本与砚云本属于同一系统，二本的篇数、次序完全一致，细读“浙古本”校记，二本的文字也几乎没有差异，但一有差异就是要砍头的“大事件”。我分成三条做一介绍，自然也是对本注本的补充。

一，卷一《锺山》一则有“近阁下一座稍前，为硕妃，是成祖生母”一句，科图本“硕妃”下多“韃女”二字。这“韃”字当然是犯忌的，虽然硕妃为高丽人，但高丽先于明朝为满洲所并，南侵的清军中就有高丽人参加。但更值得琢磨的不在于此，而是由此“韃女”二字可以看出张岱对明成祖的态度。我读《报恩寺塔》一篇，总觉得张岱对这以“功德”掩篡位之丑的报恩寺塔语带讥讽。张岱对朱棣的出身，先点明不是嫡子，再点明是“韃女”——“夷狄犬羊”之种，显然是有深意存焉。

二，卷四《兖州阅武》一篇，与砚云本和乾隆本对照，“扮敌人百余骑”科图本作“扮胡人百余骑”，“敌骑突至”作“胡骑突至”，“内以狡童扮女三四十骑”作“内以狡童扮胡女三四十骑”，“所扮者皆其歌童外宅”作“胡儿胡女皆其歌童外宅”。这些都理当在正文内据以改正，但现在只能补记于此。另外，由这些“胡”字，可知此篇不会写于张岱仓皇避仇之时，应该是阅武当年的实录，或可以作为《梦忆》多篇作于明亡前之一证。

三，补遗四篇，科图本篇篇都有“死罪”。好在这四篇集中在书末，改版问题不大。我现在改变本注本体例，不出校记，直接把科图本的要紧字句校补砚云本，校补之处，砚云本中的原字句用圆括号改小字标识，补入的科图本用方括号大字标识。二本个别字间有出入，砚云本较胜的，就不再改动了。

由此看来，《梦忆》科图本的发现是路伟诸君对张岱研究的一大贡献，仅次于近年《石匮书》钞本和《嫏嬛文集》沈复灿钞本的发现。对于《梦忆》版本有兴趣者，“浙古本”应该列于必收之冠。

用十余个版本逐字校勘，需要极细密的功夫和耐心，对于两本相雠就心劳目昏的我来说简直难以想象。所以在当今浮躁之世，能做到“浙古本”这水平已经很令人吃惊，即使出现一些无关大体的误校、漏校，应该连小疵也算不上。但作为一个读者和受益者，为表感激之忱，也提两点小建议，只当是曝芹之献。

一是版本的选择，鄙见以为“浙古本”所用版本太多，一些没有价值的版本校勘起来不但浪费精力，还容易干扰校勘者的思路。仅举一例：卷五《诸工》一则“嘉兴腊竹王二之漆竹”，“腊竹王二”为工师诨名，本极明白，但“雁来红”等坊间诸本无端补一“之”字，成了“嘉兴之腊竹，王二之漆竹”，就大违本意了。“浙古本”采之，算是被陋本干扰的白璧之玷。

二是已经辛苦校出的成果应该得到充分的利用，从手心中漏掉，实在可惜。如卷一《越俗扫墓》，“男女分两截坐，不坐船”及“男女必用两坐船”，其中“坐船”语意不清，让人不明白这船究竟坐还是不坐。“浙古本”已经用科图本、砚云本校出“坐船”为“座船”之误，而“座船”相当于专门载客之船，却没有在文本上取以代之，令人遗憾。又如卷八《龙山放灯》“一灯三之”，也是让人不明所以，难道一个灯要用三个木架悬挂么？“浙古本”校出“一”字上科图本、砚云本有“架”字，“架一，灯三之”，一架上悬三灯，豁然明白，也是可惜没有采用，结果标点时有失所据。

另外再说些题外话。

《梦忆》一书在文本上疑点颇多，我读不通就生疑，生疑则妄测，不检查自己的浅学，却问责于书本，这应该不是好毛病。但愚者千虑，或有一得，所以虽然常见笑于高明，这毛病一时也难戒掉。“浙古本”已经把能找到的有价值的版本一网打尽，即使不加补改，眼下的成绩就可以说把《梦忆》的版本校勘做“绝”了；——但我的很多妄测仍然不能解决。承蒙“浙古本”整理者的垂青，能把我的一些没有得到版本印证的妄测收入其中，足见包容之广，所以我在此冒昧倡言：由于《梦忆》的特殊情况，只靠“本校”是做不成最好版本的。

或问：总不成只有迎合了你的妄测才算完美吧？那么我就举两个不大算是妄测，也容易为读者诸公认可的例子：卷四《祁止祥癖》之“至宝是宝”，虽然理解吃力，但诸本无异辞，也少见有人置疑，各注本只是宛转圆解；但我认为这四字其实是“至宝是保”之讹，语出周密《齐东野语》，赵子固事也。又卷五《炉峰月》之“陬牙横梧”，现存各本亦无异辞；但它其实是“陬互横啎”之误，语出宋玉《高唐赋》也。

此类须用“他校”和“理校”才能解决的问题应该还有不少，只是我学问识见都很浅薄，加之年老气衰，只能望而生叹而已。于是而想到《嚎社》中的一段，现颠倒如下：“老年（读书）如以指头掐字，掐得一个只是一个，掐得不着时只是白地。少年读书如快刀切物，眼光逼注，皆在行墨空处，一过辄了。”既在前年喜读沈复灿钞本《嫏嬛文集》，今又喜读“浙古本”，《梦忆》文本的最后完善，自当寄厚望于路伟诸君也。

栾保群

2018 年 12 月 27 日

图书在版编目（CIP）数据

新校注陶庵梦忆 / （明）张岱著；栾保群校注．-- 南京：江苏凤凰文艺出版社，2019.2

ISBN 978-7-5594-2514-0

Ⅰ．①新… Ⅱ．①张… ②栾… Ⅲ．①笔记－中国－明代②《陶庵梦忆》－注释③《陶庵梦忆》－译文 Ⅳ．①I264.8

中国版本图书馆 CIP 数据核字（2018）第 152562 号

书　　名	新校注陶庵梦忆
著　　者	（明）张岱 著　栾保群 校注
责任编辑	黄孝阳　汪　旭
出版发行	江苏凤凰文艺出版社
出版社地址	南京市中央路 165 号，邮编：210009
出版社网址	http: //www.jswenyi.com
印　　刷	北京汇林印务有限公司
开　　本	880 毫米 × 1230 毫米　1/32
印　　张	12.75
字　　数	270 千字
版　　次	2019 年 2 月第 1 版
印　　次	2024 年 6 月第 4 次印刷
标准书号	ISBN 978-7-5594-2514-0
定　　价	68.00 元